风 过 梦 窗

王文英

学苑出版社

图书在版编目（CIP）数据

风过梦窗 / 王文英著 . — 北京：学苑出版社，2021.8（2023.2 重印）

ISBN 978-7-5077-6230-3

Ⅰ.①风… Ⅱ.①王… Ⅲ.①散文集—中国—当代 Ⅳ.① I267

中国版本图书馆 CIP 数据核字（2021）第 159269 号

责任编辑：孟　玮　齐立娟
出版发行：学苑出版社
社　　址：北京市丰台区南方庄 2 号院 1 号楼
邮政编码：100079
网　　址：www.book001.com
电子信箱：xueyuanpress@163.com
联系电话：010-67601101（营销部）　010-67603091（总编室）
印　刷　厂：英格拉姆印刷(固安)有限公司
开本尺寸：787×1092　1/16
印　　张：18.25
字　　数：293 千字
版　　次：2021 年 9 月第 1 版
印　　次：2023 年 2 月第 2 次印刷
定　　价：68.00 元

代序：不一样的看头

有一天，看书看到"梦窗"二字，忽然想起同名的宋朝大词人吴文英，就号梦窗，回身看看书桌旁的那扇窗，其实就是我的"梦窗"。

多少年了，坐或站在书案前忙活，那扇窗就这样静静地看着。若说经历过什么，做过什么，那扇窗都知道，不如我的新书就叫"风过梦窗"吧。

风过处，都会留痕。

一向合拍的另一半听了，这一次却大呼："为什么是风？"

"为什么不能是风？"

"风，可大可小，大者为狂风，小者也可是寒风。"另一半又言。

我可不这么看。风，也可是微风熏风东风南风，任尔东西南北风，都会留下点什么，就像我每日见缝插针地读书看报，写字画画，不只是过程。

现在，我的新随笔集子真的在路上了，名字就叫《风过梦窗》。

书名有了，接下来就是书正文前面的话，有人称作前言，也有人称作序。

出版书的人，往往喜欢找人写序，而这个写序的人，必是德高望重，或者成就斐然，或是一方诸侯，或者一领域的领头人。目的大家都明白，能够得到肯定，于书这种商品不光是有广告效应，也是质量的一层保障。

我也出版过几本书，每一次都是自己写点什么代序了。不是我另类，实在是不好意思求人，也没有自信去把自己亮给他人，求得他人的认可，所以只好自己来做。我想这一次也不例外。

我是一个爱好文艺的人，但离一个真正的文艺人还有距离。虽然每天写字画画，也写点文字。但严格地说，我不是一个职业写文章的人，虽然侥幸获得了个冰心散文奖，还有多个征文奖，屡次被选入《新华文摘》，但这都是无心插柳的事。

世间的事就是这样奇怪，你认认真真地天天做着一件事，却未必如愿做得好；而偶尔为之的，却不见得做得不好。这让我想起另一件事——写诗填词，也是偶尔为之，绝对谈不上产量，质量也不敢说有多好，尤其当着诗人不敢说，却无意得到了许多的褒奖，上了《诗刊》杂志，还被选入了诗集。有人编了一本《现代古诗三百首》，居然收入了我的绝句；又一本《古今妙词一百首》，也收入了我的一首词。

这样撞大运的事，只能说艺术创作不是简单劳动，不是你认真了、你努力了、你用功了、你下决心了、你日日不停就能做好的。除了勤奋，天分、悟性、阅历、素养也都很重要。就比如行内人夸一幅绘画作品，往往会说这画笔墨松弛，为艺的状态就是这样。

我喜欢文字，喜欢自己写，也喜欢读别人写的。虽然小时候一直梦想当一个作家，也试图努力过，但其实心里清楚，这么神圣的职业，我压根不知道怎么才能去成就，只知道自己喜欢，所以在写字画画的间隙，搂草打兔子捎带的，有话就写，没话就算。虽然在报刊上开了几个专栏，但也都是写喜欢、感兴趣的东西。当然，生活里并不都是这样，也会遇到一些命题作文，写得好不好，满意不满意，也只能努力即心安。

距离上次出版散文随笔集子，有几年了，就这样开着闲散的专栏，不想文字又积攒了不少，趁着我还有些热情，把它们收集在一起，也算对过往日子的一个记录和整理。

捋着这些文字，能够感受到自己其实一直还是在向前走着，步子虽然很小，但看得出是在进步着，文字也越来越松弛自然，还是能感到一丝欣慰的。

这本集子，和前几本一样，内容依旧杂，有书画鉴赏，有艺林杂谈，有边走边画边写，还有艺术、生活的日常杂记等，所以，在编辑的时候我按内容大致分成了四个部分，以便有幸结缘的读者能按图索骥。

第一部分，主要是书法、绘画的品藻、艺谈；第二部分，是游记和野外写生见闻、感受和记录；第三部分，多为日常生活的随笔；第四部分，日常杂记。顾名思义，日常日常，就是啥都可能有，涉猎杂，但也都是随着自己的心性，也没有杂到无边。

这些文章大多来自《中国文化报》的《兰堂偶记》、《艺术市场》杂志的《兰堂笔记》、《书法报》的《兰堂闲谈》、《青少年书法报》的《兰堂杂记》等几个专栏。

我知道，自己今生成不了真正的作家，但依旧会写下去，因为有话想说而不说会很难受，我也舍不得这个和自己聊天的好方式。

想来书法家、画家的文字，与作家的文字多少还是有不太一样的地方。记得郑板桥有句话说，"以画之关纽透入于书"，是说把画的结构布局用于书法的章法布局里，所以他的"六分半书"面目独具，是书又似画。这也是常有人说画家的字和书法家的字不大一样的原因，画家的字往往比书法家的多些浪漫自由的地方，特别是题在写意画上的，和画境相谐相合。而书法家、画家的文字也一样，不那么像作家，还会透着笔墨色彩的味道。有句老话说，三句话不离本行。或许正是因为这样，有不一样的看头，读了文字，顺带也了解了书法、绘画的一些事，或者走近了书法、绘画，顺带读了文字。无论哪样，看起来都还比较划算。当然，我说了不作数，只有读过的人，才有资格评说。

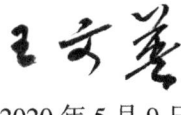

2020 年 5 月 9 日

目录

壹·书画闲谈 / 001

从许慎的情怀说起　/ 003

时光里的诗　/ 006

跟着心去流浪　/ 009

如今是书法的"大时代"？　/ 012

书法离民众到底有多远　/ 016

拿书法和世界接轨，行吗？　/ 019

"丑书"与客观求真　/ 023

这样做，你确定是认真的？　/ 026

脱离语境的谈艺名言　/ 029

书者，散也　/ 033

乾隆"三希堂"中的一希——王献之《中秋帖》　/ 037

陆机和他的"希代宝"《平复帖》　/ 041

唐代最后一个古典主义的书法家——褚遂良和他的《大字阴符经》　/ 044

我不想洗被辣的眼睛　/ 047

文艺大咖宋徽宗与《瘦金书千字文》 / 051

落花诗里看唐寅 / 054

字林侠客徐文长 / 057

至人黄道周 / 060

老梅著花的金农 / 063

有些话我还是要说 / 067

如何办个良心展 / 070

有一种绘画叫作文人画 / 073

艺术直见的是性命 / 077

闲堂的"闲" / 080

渴望自由的心灵——走过清莱黑屋博物馆 / 083

那个叫书法的艺术 / 086

失落的传统 / 088

《习书札记》的札记 / 091

贰·行走光阴 / 093

屯　堡 / 095

流水画桥春梦里 / 097

散人万里江湖天——何园记游 / 100

赶春——丁酉早春二月安康写生记忆 / 103

在路上——丙申春日吕梁采风手记 / 109

那些你走过看过的地方——丁酉初夏燕山采风速记 / 114

晋北行记 / 118

扶桑随笔 / 121

行走西西里 / 124

丹青里的诗和远方——戊戌春日侗寨写生手记 / 128

叁·夕阳晚坐 / 139

面朝大海 春暖花开 / 141

生活的艺术 / 144

三花饰马 / 147

在行书里穿行 / 150

活成自己 / 152

影子的背后 / 156

我叫王文英 / 159

闲话名字 / 161

过年了，你家贴春联了吗？ / 165

当紫砂遇上文人 / 168

整理自己 / 170

致终将逝去的岁月 / 173

明年的这个节日还得过 / 175

总有美好 / 178

让心飞一会儿 / 180

不简单 / 183

乐山大佛被美颜了 / 185

扇子上的风景 / 187

记忆的重要——兼说张晓林《书法菩提·夷门民国书法人物》 / 190

北窗密雪似半千 / 192

解 谜 / 194

似曾相识燕归来 / 196

肆·兰堂杂记 / 199

兰堂杂记（1） / 201

兰堂杂记（2） / 207

兰堂杂记（3）／211

兰堂杂记（4）／215

兰堂杂记（5）／219

兰堂杂记（6）／222

兰堂杂记（7）／225

兰堂杂记（8）／229

兰堂杂记（9）／233

兰堂杂记（10）／236

兰堂杂记（11）／238

兰堂杂记（12）／243

兰堂杂记（13）／248

兰堂杂记（14）／252

兰堂杂记（15）／256

兰堂杂记（16）／260

兰堂杂记（17）／264

兰堂杂记（18）／268

兰堂杂记（19）／272

兰堂杂记（20）／275

壹·书画闲谈

从许慎的情怀说起

不知道为什么最近总是想到两个字：情怀。朋友曾对我说，能心无旁骛地沉浸于创作的人，是因为有情怀。

我想自己算得上是个有情怀的人吧，最起码也是一个脱离了低级趣味的人，因为我始终在听着心声。

说到情怀，不由地想到一个人——许慎。最近在给学生讲书法史的时候，常常遇到他。

这个生活在东汉时期的人，写了一部影响了后来中国文化艺术、影响了中国人生活的书。这部书叫作《说文解字》，是一本关于汉字的书。

我们今天能够按照偏旁部首方便地查字典，用五笔输入法，都要感谢许慎。那些研究文字、训诂、音韵，学习书法、篆刻的人，也要感谢许慎。

在许慎之前，据说有近万个汉字，像珠子一样散落着，只有组成了词句，否则谁和谁都不搭界，且识读不易。许慎的贡献，是把这些珠子，理出了头绪和规律。这就是汉字的六种造字方法，简称六书。许慎的贡献还远不止于此，他概括总结出了汉字的五百多个偏旁部首，就像用五百多根绳子把相关的珠子串联了起来，让散沙一样的汉字有章可循。

九千多个汉字被许慎分别列入这些偏旁部首之下，为后世以偏旁部首查字典奠定了基础。而且他还分析字形、说解字义、辨识读声，《说文解字》是研究汉字演变、音韵、训诂的学术著作，具有很高的科学性，是一项伟大的学术发明。

在许慎之前没人做过这些事，在他之后的人，一直享用着他的研究成果。

这么了不起的许慎，不是现在科学院的研究员，也不是大学的老师，没有研究课题，也不需要著作、论文来评职称、评奖项，自然也没人给他研究经费。

他只是太尉府负责文书的官吏，做好自己的本职就OK了，没有责任和义务去近万个汉字的海洋里折腾。据说，这个耗费20多年且自己投资的研究成果，许慎献给了朝廷，然后，该干吗干吗去了。

我不是许慎，没有办法知道他的想法，只能从结果去判断，这其中最有用的原动力，是情怀。

一件事与吃饭穿衣的利禄没关系，与功名地位也没有关系，那就只能是情怀了。

情怀二字，好写好认，也常听到有人高谈阔论，就是难见到像许慎那样，不为功名利禄，只为情怀而做事的人。

没有办法穿越，仅凭文字叙说，无法体会许慎生活的东汉。今天的市井流行着无利不起早的价值观，利益至上的诱惑比蜈蚣的腿还多。

虽然阡陌桑田，红尘滚滚，有情怀的人，我相信依然会有。只是标榜情怀，行走江湖，利欲熏心的更多罢了。最该耐得住寂寞的艺术圈，也早混同于市井，俨然江湖道场，以作品说话的时代已经过去，作品也不再是艺术家的镜子。

今天的艺术家，有级别有段位，级别段位直接关系的是地位权利，是物质的水准。有了等级的差别，平静也就土崩瓦解了。还能够面对着书案画板的人，要么是真的情怀满满，要么是另有办法养家糊口。

如今专业越分越细，画家除了画种，还有题材的分别。专业分得细，或许可以研究得深入，但一定如美国学者爱德华·萨义德在《知识分子论》中说的，专门化意味着愈来愈多技术上的形式主义，以及愈来愈少的历史意识。

职业画家与职业化倾向的书法家，自然也与古时的文人画家、文人书法家不同。业余的有业余的玩法，专业的有专业的道道，遣兴怡情的和安身立命的，立场不同，身份不同，需求自然也不一样。趣味少了，炫技多了；自我少了，刻意多了，情怀慢慢地消解在形而上的追求里了。为了展览，为了得奖，为了入会，为了某些所谓的宏大叙事，还有主题，于是挖空心思，标新立异，画面上什么都可以有，就是没有自己。

想起梁实秋在他的文章中说，参观画展，常常感到悲凉。大抵一个人不到山穷水尽的时候，不肯把他所能得到的友谊一下子透支净尽，所以也不会轻易开画展……怕的是《蜀山图》里画上一辆卡车，《寒林图》里画上一架飞机。

世道变迁，风气转换，会带走人心。无谓的展览狂轰滥炸，透不透支友谊已不重要。《蜀山图》《寒林图》里的卡车、飞机也已不是问题。粥饭的档次，人前的显贵，手中的权力，或是最重要的了。

人生求足何时足，天道无常似有常。艺术终归是艺术，艺术家立世的根本终归还是要以作品来说话。就像许慎，就像许慎的《说文解字》。我相信，终有一天，怀揣情怀的艺术家会越来越多。

原刊于《艺术市场》2018 年 12 月

时光里的诗

一直对有传承、有历史感的地方和物件儿情有独钟,对朴厚苍拙的美痴迷。比如说那些一把年纪,每一个都像是活着的历史博物馆的老街巷、老建筑。

所以,只要见到那些穿越岁月烟尘的老建筑、老街巷,我总是没有办法掩饰自己的情感,一定要仔细地看过,触摸过,才会一步三回头地离开。

其实,生活中,人们对于古老的遗迹多多少少都有些情结,特别是那些沉淀了光阴的老房子、老街巷,带着它出生时的时尚风潮,建筑理念;带着建造者的匠心,还有生命寄托;收藏了一拨又一拨来了去了、去了来了的过客们的爱恨情仇,还有时光的浸润,在岁月的消蚀里熠熠生辉,就像时光里的诗。

相信那些无论是受过美术训练、对历史感兴趣,还是对美术、对历史没有一丁点儿爱好的人,看到这样凝结了光阴,还有时光记忆的老建筑、老街巷,都会不由自主地心生爱意,没有办法不喜欢,不珍惜。就像古色古香,在时尚达人的字典里也会被细心收藏。

心生了欢喜,还想把这欢喜长留在记忆里,最好的办法是给它拍照存档,佐以文字记下它的前世今生。

然而,除了文字、摄影,我更想用画笔去记忆。

因为画笔里有摄影的真实,更有文字的想象,能让我在想象与真实之间游走,表现心期许的那种模样,那种美。当然,我也很享受它们诞生的过程,就像一个母亲在孕育着新生命,那种喜悦是沉入心底,无法替代的。

我给它们起了一个很好听的名字,至少我是这样认为的——时光里的诗,还请朋友里的篆刻高手为它刻了一枚名章。

从此,我的绘画里,又多了一种记忆。

常有人说,这些画里有熟悉的味道,像小时候的街道。这些人有南有北,却从同一幅画里唤起了旧时的记忆。

《时光里的诗》也像《家山梦忆》系列,都是心期许的模样,不曾囿于一地、一街、一景、一山、一水,它是一种怀旧的情结,一种时光腌制的味道,一种文化的承载,一种风俗的记录,一种美好的记忆,更是后辈人对前辈人的敬意。画里没有一点儿现代工业的痕迹,我想表达的,就是那份纯粹。

也许,有一天,你看过,喜欢过的老街巷、老房子,毁了、不见了,这时的你也许会想起有像兰堂这样的人,曾经把它们记录在了文字里,镜头里,还画在了画里。

如果有人这样想,我会很开心,因为我的劳动还是有斤两的,不仅仅是愉悦了自己,也让见到它的人感受到了美好。

老街巷、老建筑,是地域文化的承载。然而,让人心戚戚的是,它们像花儿一样会褪色,会枯萎,有一天,还会消失。在这个世界上,没有生命可以挑战岁月,那些穿越时光的老房子也不是小强,也会在岁月的削蚀里耗竭生命。而我们身边的这个世界,还有许多比自然力还可怕的人和事,现代城市的野蛮扩张,物欲横流……那些经历过岁月,躲过战争的老房子、老街巷正在遭遇着和平岁月里

王文英《时光里的诗》

的某些威胁。

其实，有许多人痴爱这些承载了道不尽生命记忆的老建筑、老街巷，将此生的爱都给了它们，奔走呼号，极尽所能去保护，去延续它们的生命。在这些勇士那里，用镜头记录，当是最简单的一件事。

和那些勇士相比，《时光里的诗》虽然说不上高大上，但是在用另一种方式，延续着它们的生命、文化，还有美。这种方式也是有温度，深情的。

我总说自己贪心，可就是改不了这贪心的毛病，喜欢这，也喜欢那，却从不知道放弃。

有一天《中国妇女》杂志的记者在采访中，突然问我这些系列作品会画多久，还会有其他的想法吗？我认真地想了想，告诉她，只要爱还在，我就不会停下来。至于还会不会有其他的什么系列，我没有办法确定，不知道未来的某一天，什么事、什么人、什么风景还会让我心动。

我不是一个好画家，只是一个喜欢用画笔说话记录的人，就像我喜欢用文字记录一样。也因此，我更期望自己成为一个文明的记录者，而不单单是一个写字画画写文章的人。

原刊于《书法报》2018 年 3 月 27 日

跟着心去流浪

周作人在《雨天的书》里写道，我们于日常必需的东西以外，必须还有一点无用的游戏与享乐，生活才觉得有意思，我们看夕阳，看秋河，看花，听雨，闻香，喝不解渴的酒，吃不求饱的点心，都是生活上必要的。

看夕阳，看春花秋月，闻香听雨，喝不解渴的酒，都是颐养精神、趣味人生必要的事，对我来说，愉悦，也喜欢，但不执念。同样愉悦、喜欢的写写画画，不是偶然的片刻优游，却是一天不动动笔墨，就像少了什么要紧的东西，没着没落。

平常里，听人劝，吃饱饭，唯独笔墨的事，日子久了，只愿遵从自个儿的喜好，好像年纪越大越笃定。

不知道什么时候开始，入秋后的荷塘，连同荷塘里的景致，成了心头好。

原以为，会有很多人喜欢我的喜欢。

直到有一天，我把这喜欢涂抹在画纸上，才知道，其实，世人多爱繁华。

但我依然倔强地爱着繁华过后的荷塘，还有荷塘里的落寞寂寥。

繁华自有繁华的热烈与激情，看与不看，它就在那里，兀自灿烂着。

喧嚣后的狼藉里，落寞无边，却总有倔强的挺立着的，默默地静候下一个生命的历程。

那种寂寥落寞的倔强，那些横斜有致的身姿，那种静默孕育着的希望，就像古琴上的弦，莫名的清风，弹的吹的，都是心弦。

那些素心的清欢，就像时常莫名的落寞。入秋后的荷塘，看在眼中，烙在心里，画在纸上，诗意从那一茎一叶间弥散开来。

我知道这样的"素"，喜欢的人不多，总有一些人把世上的物事和人生的希望相连,生怕这样的凋零拐岔了自己的人生。

这些素心清欢的画作,十之五六或许七八会留在深闺,只愉悦陪伴她们的"娘"。古来多少以笔墨当营生的人,为吃好饭、穿好衣,养好家人,不得不随着金主的喜好涂抹。

但,我不想违逆的,还是自己的心。

坚持自己,或许改变不了什么;但人云亦云,人喜我也努力去喜,更没有希望改变什么。

在中国的艺术世界里,形式、技巧、色彩不是主要的,意义才是最重大的。于是,黑白灰,至简的笔墨呈现,气韵格调、意境成了中国画里最高的美学理想,特别是文人的介入,更是赋予了中国画哲学上的意义。

这是一种怎样的理想境界?没有深厚的文化做背衬,没有生命的厚重和生活的淬炼,是断没有办法理解,进而去呈现的。

市面上太多的形而上的照猫画虎,太多的为简而简,为写意而几近"公式化"的涂抹,让人读不出任何的"意味"。八大山人的寥寥数笔,是一生几十年生命的跌宕转换、沧桑百味,自然而然的成就。

所以,我不会认为自己书法好,就要扬长避短,在绘画里发挥书法的特长,按照许多人的理念,事半功倍地让自己早早地找到一种表面上看似很合理也很成功的表现方式。

我更愿意从心去流浪。一路的风景变幻,你不知道下一站在哪,哪一处的景致又会令你心动。

从《家山梦忆》《逍遥游》到《时光里的诗》,现在的《清平乐》《变奏》系列,可以说是我生命里的一个个站点。

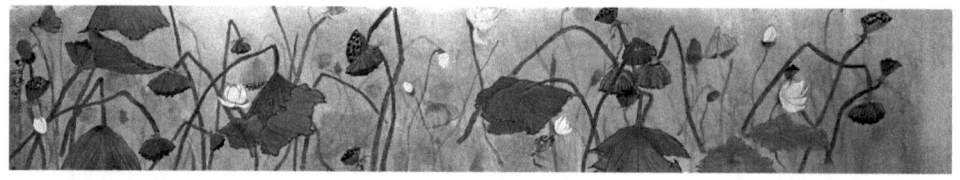

王文英《清平乐·秋日记》

记得中国妇女杂志社的记者曾经在采访中问过我:"以后还会有什么新的系列吗?"

我说:"不知道。"

我是真的不知道,未来的路上,走着走着我还会有什么新发现,又有什么会让我心动。

人生的每一个段落,自有它的芬芳生动,自然的绽放,才是人生最美好的事情。

艺术的事和世间所有的事一样,彼此的成全,才是世间最美的相遇;最真实的表现,也才是艺术最感人的魅力。

跟着心去流浪,用心去感知世界。也许有一天我会看到八大山人、石涛他们看过的风景,有过的心境;笔下也许会幻化出他们那样,妙不可言的笔墨。谁知道呢?

也许,我终不会有他们那样的造化。因为,世界上没有相同的人生境遇,也没有相同的人生经历,世上又有几多人能有他们那样厚重的生命体验,那样深厚的学识积累。自己经历过的,才是最真实的。

世上的美千千万万,表现的方法也会有千千万万,或许于千千万万中,终会发现彼此成全的那一个。

从心去流浪,我不知自己会摘多少朵花儿,也不知道最后的那朵花儿什么样子,只求做真实的自己,就好。

原刊于《中国文化报》2018年10月28日,《西部散文选刊》2020年第4期

如今是书法的"大时代"?

对西方美术史一知半解的我,在2017年岁尾的时候知道了布德尔这个人。埃米尔·安托万·布德尔,罗丹的学生。

对于创作了那座右手托腮,做低头状著名雕塑《思想者》的罗丹,中国人怕是都不陌生,只要是老老实实完成了义务教育。

据说罗丹的学生布德尔在艺术上的见识并不比他这个老师差,甚至有过之而无不及。但是中国人的眼里只识罗丹,布德尔在中国的际遇,只能怪他的老师光环太盛,应了一句老话:灯下黑。

即便是这样,今天我知道了布德尔的存在也还不算晚,但是罗丹的同乡未必知道中国有个曾经沁入读书人骨髓的文化艺术叫书法,知道中国有个书法家,被奉为"书圣",他叫王羲之。

话说回来,作为中国人知道罗丹,也不见得就知道王羲之,知道王羲之的,也未必知道他还有个儿子叫王献之,他们父子俩是中国书法史上除了钟繇、张芝之外,最最著名的两个人物,称作"二王",占了半部中国书法史。

能有这样胸纳五洲四海的国人,按理说对待事物会宽容广纳才对。但细细想来,好像不是这样,这种广纳态度只有对外,回过头对待自己身边的人和事,却未必如此。如果留心的话,见天儿的都能见到各种的不忿,各种的怼,好像自个儿才是最最的大无畏,又最最的眼里揉不得沙子,还无比的先知先觉,独独缺的就是罗丹《思想者》的那份理性和思考。

话说了这么多,我不是想要评判什么,只想拿它做个引子,就像旧时的说书人,开场讲的定场诗。

话说"百花齐放,百家争鸣"这八个字,打我开始喜欢舞文弄墨,知道文艺这事，就熟悉它。虽然很长的时间，有个二十来年吧，其实，细算起来有三十年，我只是在低头学习，和这八个字不大沾得上边。还没长成呢，就别提开花的事了。但这不妨碍我按照自己的喜好在砚田墨海里自在地写写画画。

不知道啥时候开始，忽然间喜欢书法的人多了起来，称为书法家的也像是从土里突然长出来似的，各种展示、各种赛事越来越多，越来越令人眼花缭乱。越来越多的学校开有书法课，王羲之、颜真卿没听说过的书法学士、硕士、博士也像雨后春笋。中国书法有救了，书法人的春天来了？

按理说，作为一个写了大半辈子真草隶篆的人，应该高兴才对。可我就是兴奋不起来。就说眼下吧，据说书法纳入了高考的内容，这么大好的形势，我怎么就改不了杞人忧天的毛病呢。这次怀化通道采风写生，遇到通道县一中的书法老师，聊天之后，我便更加地担起和自己没有半毛钱关系的心。

忽然之间，全国这么多的小学、中学、高级中学都要配备书法老师，师资在哪里？三楚大地上的通道县一中，是县城里唯一的高级中学，书法老师是从美术老师转行来的。虽然有书画同源的说法，但在今天分科越来越细的当下，术业有专攻，怕是谁都认可的存在。

还是说书法吧，我有自己的喜好，但从来不反感别人的喜好；我有自己的主张，也从来不反对别人的主张。百花齐放，百家争鸣，是艺术繁荣发展颠扑不破的真理。

我总是觉得在这个时代，书法家的担当和责任，要高过自己的个性塑造，谁让我们生在这样一个，过了近百年扬弃自己文化的生活，如今又开始了复兴的梦呢。这样的客观存在如果视而不见，那当是书法的不幸。

虽然我有这样的认识，但对那些走得快，以创新为己任的书法家，还是打心眼儿里由衷地感佩，他们在为书法艺术的发展燃烧着自己，没有理由不为他们点赞。

想想书法人真的不容易，追索临池，数十年如一日，未必能修得正果，成为自己期望的那样。书法能处在一个自由又健康的生长环境，是书法人共同的理想，比如真的有了百花齐放，百家争鸣，比如真的以艺术价值评判标准对待书法。

作为传统文化阵营的书法圈子,在今天一直秉持着见面你好、我好、大家好的面子礼仪,却习惯了背后品评抨击。

当然,书法的批评争论不是今天才有。过去有,现在有,未来也还会有。古时候,那些文人书法家们也会互相撑、互相讥讽、互相瞧不起,公开地评论别人,也会背后评论别人。可有一样不同,那时候的人,对于书法的认知是有共识的,文人书法家是令人尊敬的,一个任笔为体、胡乱涂抹的人是没有市场的。就是民间的老百姓,也不会轻易地相信江湖术士的忽悠。

在今天让人忧虑的不只是书法没有建立学术的、客观的、自由的评判机制,更重要的是面对书法这么有传统的文化艺术缺少了共识。懂不懂书法的人,写两笔、临两天不知道是什么的帖,都可以大言不惭地以书法家自居,还不缺拥趸者。长久地这样不管不顾地鱼目混珠,让那些围观的,特别是喜欢书法搬着板凳想学习的吃瓜群众,如何分辨优劣?

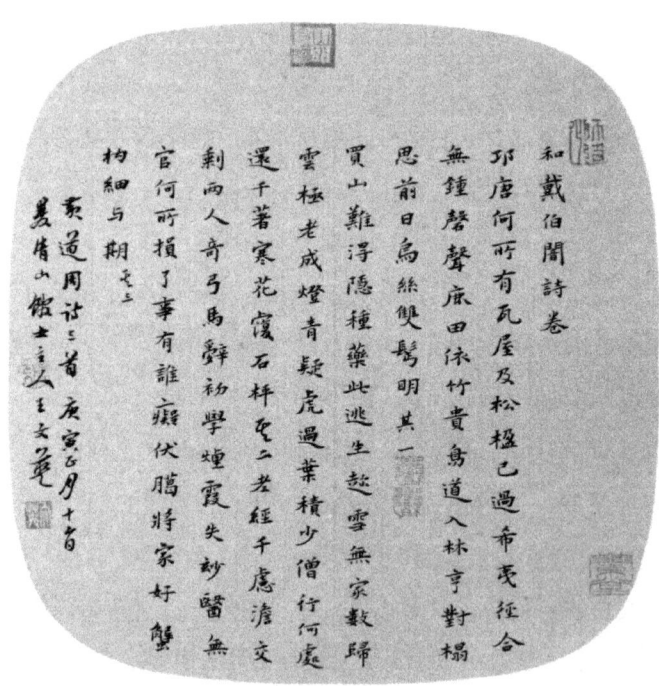

王文英《黄道周诗三首》

世界变化快得令人瞠目，转眼又是东风吹、战鼓擂了。书法的时代是"大时代"，还是"小时代"，真的不是一两个、三五个人一吆喝就成了，罗丹的同乡就会像我知道布德尔一样，一早醒来就知道遥远的中国有个艺术叫书法，知道有个了不起的书法家叫王羲之。

原刊于《艺术市场》2018 年 5 月

书法离民众到底有多远

上午收到新一期的《艺术市场》杂志,里面刊有《兰堂笔记》专栏文章《如今是书法的"大时代"?》。

下午朋友发来一段视频,一个有把年纪出家人装扮的人,手握毛笔,装模作样,又上蹿又下跳,还一字马,一通乱舞之后,走到书案前,信笔由缰。

眼前光头身着衲衣的僧人,怎么看都更像是马戏团的杂耍艺人。若说是有传承的杂耍艺人,对旧时文人标配的有着两千年历史的书法,应该还会有几分敬畏吧。眼前的这个,不知道是不是真的出世之人,权当他是真的佛门弟子吧,信笔胡涂乱抹就像前人说的"野狐禅"样的鬼画符,居然还是"道法自然"四个字。

僧人,作秀,胡涂乱抹,道法自然……这些概念放在一起,简直一部荒诞剧,还荒诞出新高度。俗世外的佛门弟子也这样好热闹,好哗众取宠,那对佛祖又有多少敬畏呢?是我 out(落伍)了,还是这个世界太奇妙?

我在上午收到的杂志专栏文章里说"今天让人忧虑的不只是书法没有建立学术的、客观的、自由的评判机制,更重要的是面对书法这么有传统的文化艺术缺少了共识"。

这不,视频里和尚"行为艺术"(姑且称吧)的过程,不乏叫好助威的拥趸者。想来,这个被称作"师父"的一路走来,俘获了不少粉丝吧。

联想不久前,刷爆朋友圈的另一段视频,一个白衣长发老男人,在三军仪仗队的鼓乐声里,挥毫刷刷刷,满纸狼藉,鬼气森森,令众多的书法人消受不了。想想若是唐代那个酒酣胸胆以发当笔,纵笔如兔起鹘落、急雨旋风的狂草大家张旭地下有知,看到后人以这样的无知狂妄承接他的真性癫狂,怕是会惊得坐起来吧。

书法不是胡来,不是任笔为体,它是有传统,有规矩,有要求的。

张旭者,唐代草书的杰出代表,他以自己的艺术实践丰富了书法的笔法,还有表现力。他的学生颜真卿继承他的衣钵,开创了以王羲之、王献之父子为代表的东晋妍美中和书风之后,新的审美风尚,雄浑壮美,大气磅礴。可以说,张旭师徒二人对唐代书法艺术的发展功不可没。

《新唐书》中说,"后人论书,欧(阳询)、虞(世南)、褚(遂良)、陆(柬之)皆有异论,至张旭,无非短者"。简直就是一个人见人夸的完美书法家。连至尊皇帝都不掩饰对他的喜爱,下诏将张旭草书列为"三绝"之一。另外两绝,一是李白的诗歌,一个是裴旻舞剑。

当年有着这样书坛至高地位的张长史也没见着有长发男人这样顶格的礼遇。

三军仪仗队是干吗的?

是中国人民解放军陆海空三军的仪仗队,主要担负迎送外国国家元首、政府首脑、军队高级将领及纪念、庆典等重大国事活动的仪仗司礼任务。竟然会为这样一个称不上会书法的江湖把式站脚助威。

但愿这个视频不是真的。

旧时书法家都是文人,今天的书法家虽然不能等同于文人,也算半个文人吧,毕竟书法是文化艺术。文人的尊严让他们不屑这样哗众取宠的表演。而江湖艺人不同,靠的就是这样摆摊,博眼球,挣银子。可再怎么着,旧时的国人不会把江湖艺人等同文人,不会把艺人的杂耍等同书法家的笔墨经营。现如今,是斯文扫地了,还

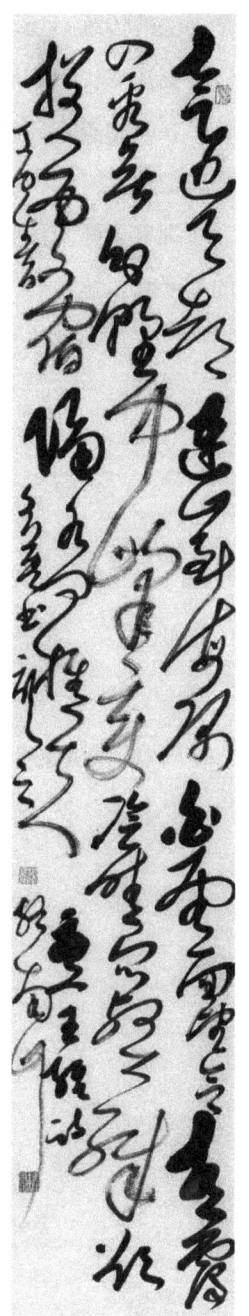

王文英《书王维诗〈终南山〉》

是书法的传统不要了，懂不懂书法都可以堂而皇之地纵笔挥毫成著名书法家了。

书法离民众到底有多远？

在当下提倡传统文化，书法进课堂的大好形势下，书法离民众好像很近，似乎又很远。

那些自顾自的书法家是不是也该抬抬头，为了书法的承继和发展，为了书法的尊严和血统，有些作为呢？

原刊于《艺术市场》2018 年 8 月

拿书法和世界接轨，行吗？

书法是什么？

书法是中国汉字书写的艺术，这谁都知道。可还是有些人好像忘记了，拿着毛笔，刷着涂抹着，除了斑驳淋漓的墨痕，没有丁点儿汉字的影子，却说这是书法。这样刷着涂抹着的不都是不懂书法的圈外人，还有圈内人。怪就怪在一些圈内人认为这是了不起的创举，是书法圈里最该被推崇的所谓学术追求。

这或许是书法家另类的追求和内心独一无二的表白。只是我始终弄不明白，这些看起来的确独特的艺术品，有它的个性，也有它的表现力，为什么非要嫁接到书法身上。是因为作者的身份是书法家，还是因为借鉴了书法的抽象美；是因为一时想不好怎么称呼，还是想要借书法的光环呢？

中国书法是一个独特的艺术体系，包含着形象、意象、抽象等复杂因素，却又体现了概括、洗练的表现形式。它的抽象美，还有洗练的表现形式，的确让许多艺术家，甚至一些西方艺术家着迷，他们从中也的确得到了许多的启示。

但如果只注重抽象造型，而忽略中国书法所特有的汉字本身，忽略它的形象，还有丰富的意象，借此探索下去，或许会产生许多美妙的艺术作品，但遗憾的是，它只能归类于抽象的造型艺术，而不是中国书法。

中国书法的一个重要的特点是它的依托性，是对汉字的依托。所以说过"笔墨等于零"的吴冠中先生才会说："作为书法，就不能扬弃可读性。"（《书画一家亲——贺苗子、郁风书画展》）书法因为可读而有了接续美感，由文字内容的音韵美、意境美再到书写的韵律美、造型美，二者相辅相成，完美统一，缺一不可。这种审美功能和审美体验是独特的，因为独特，才有魅力。

回望中国书法史，在文字演变、书法发展的长河里，风格、流派、书法家

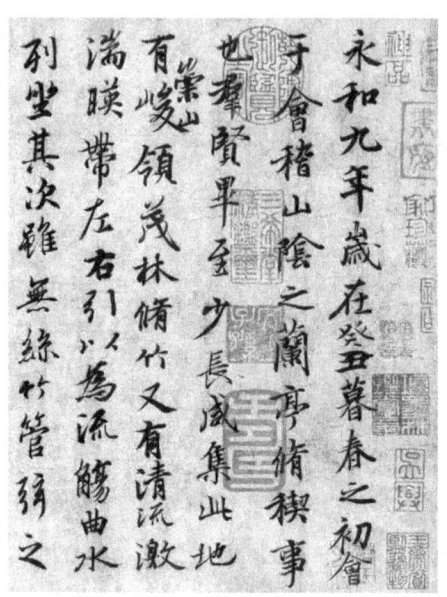

王羲之《兰亭序》(局部)

就像夜空里的星星,多且闪亮,却没有哪个简单重复哪个,也没有哪个遮蔽了哪个。篆隶章草的失踪与回归,晋人的妍美古朴,唐人的豪迈奔放与法度严谨,宋人的意趣古意,元人的复古……离我们最近的书法变革——清季的书道中兴,书法的发展演变始终没有离开它的本体。两千年来,一代又一代的书法家都是在寻径探源中寻得了新的生机。

一个时代有一个时代的精神气质,一个时代有一个时代的审美风尚,就像后人总结的晋人尚韵,唐人尚法,宋人尚意,虽然不能尽述和代表那个时代的书法现状,却是那个时代书法审美风尚的浓缩和信仰。

然这些时代风尚的转变无一不是在书法的本体之内。今天的书法变革和发展一样需要的是来自书法自身的鼎新革故,而不是抛开书法本体的所谓创新。如果离开书法本体去创新发展,那将不再是中国书法。就像基因技术再发达,人类的基因始终是人类的基因,不可能嫁接其他。

今天的书法家远远幸福过前辈,现在的考古成果,让我们见到的古代书迹越来越多,先秦、汉的竹简帛书,器物上的文字,敦煌残纸,以及民间生活里的种

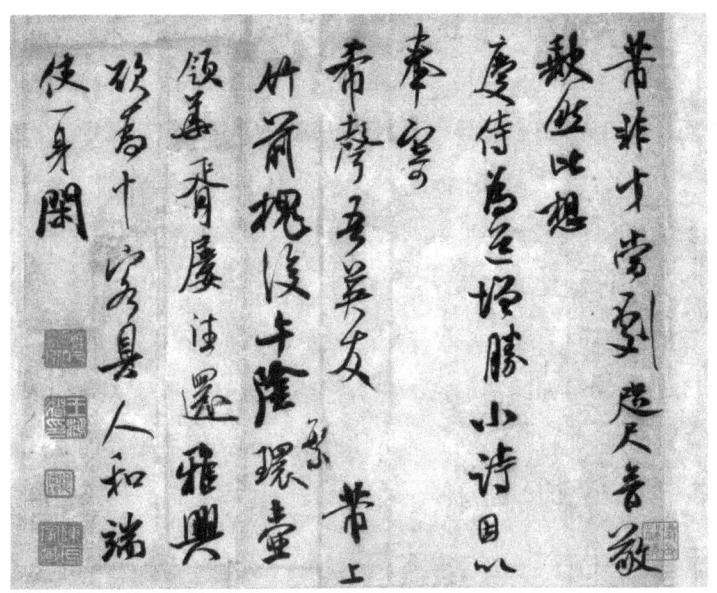

米芾《竹前槐后诗帖》

种书迹……前辈的书法家做梦都梦不到这么多的前代书迹。今天的我们想要哪种的碑版字帖，分分钟就可以搞定，在任何一个角落都可以随时随地临摹学习。这么幸运的一代书法家，面对如此丰富的资源，却偏好去另辟蹊径、去嫁接。或许，见得多识得广，也未必全是好事，也会让人迷失。

当下最响亮的一句话莫过于"和世界接轨"。搞经济的这样说，干金融的这样说，从事科学研究的这样说，做医学的这样说，没有问题。毕竟这些都是你家有，我家也要有；你家人需要，我家人也需要。

科学技术、经济发展、生活质量可以和世界接轨。书法则不行。书法是中国的艺术，是最能体现中国人精神气质和文化的艺术。拿这么独特唯一的文化艺术去和世界接轨，无疑等于自杀。如果真像有些人提倡的那样向现代艺术靠拢，书法早晚会被现代艺术消融，就像现在西方有些人认定的那样，当代中国早已纳入了西方文明，因为我们的衣食住行早已西化。如果自己的文化再被消融，如此这般地发展下去，令人不得不担忧那个最中国的书法，最值得中国人傲娇的文化艺术迟早会悄悄变了模样，甚至断送。

喜欢旅游的人都知道出游的目的，离开自己生活的地方去远方，不只是因为在一个地方待腻了，想换个环境，而是想看看和自己生活的地方不一样的地方，不一样的东西。如果按照什么都和世界接轨的理论，就像互联网的功绩让地球瞬间变成了一个村落，世界大同了，恁哪都一个模样，再喜欢旅游的人，也会打不起精神出门远行了。

越是民族的，才越是世界的。只有本土文化，才是对世界文化和人类文明的独特贡献。这么浅显的道理，是忘了呢，还是更在乎艺术之外的因素？

其实，富有创新精神的艺术家，一直都令人敬佩。毕竟大胆独造的精神和魄力，不是什么人都能拥有的。创造的是什么很重要，但更重要的是要清楚自己想要追求什么，自信自己的独创精神，才能让自己走得更远，更踏实。

原刊于《艺术市场》2019年9月

"丑书"与客观求真

"丑书"一词，可以说在当下关注书法的人里没有不知道的，但我今天想说的，不是"丑书"如何，而是因一篇文章误读牵出"丑书"的小事。事虽小，但是非曲直却很重要。

话说文字真是个奇妙的东西。

对外可以和别人聊天，对内可以和自己聊天。可以记录自己的喜怒哀乐，表达认知，表明态度，可以记录自己想要记录的一切；可以分享自己想要分享的一切；也可以阅读别人写的，掌握知识，丰富自己。文字还可以互通信息，让人和人之间的交流方便、自由还便捷。

但是自由自在的文字，也有由不得作者的时候。文字一旦落地生根，写作者的任务便完成了，看到的人会有什么想法，也由不得作者了。

所以常常会遇到阅读者读出连作者都没想到的内容和意思。比如中小学的语文课，老师对课文的分析讲解，就常让原作者吃惊加佩服，原来还有这些意思，自己竟没有想到。当然也常会有误读，或者是曲解，还会闹出有意思的插曲。

想来读者的阅读和作者的写作一样都是自由的，因人的不同，而有不同的理解，实属正常。十根手指伸出来还不一般齐呢，怎么能要求读者和作者的步调一致？即使这样想得明白，有的时候遇到误读也免不了会起急上火，自己明明写的是一，怎么就有人读出了二呢？

《拿书法和世界接轨，行吗？》是我发表在《艺术市场》杂志《兰堂笔记》专栏上的文章，写了自己对书法的认知，说了那些拿书法说事，却不事书法的艺术人，而不是在书法领地里积极翻耕施肥的创新者。有人阅后说我这是在讽刺"丑书"。其实，遇到被误读不是第一次，原也没必要大惊小怪。但既然说到"丑书",我想,就有必要再说几句。

"丑书"这个概念,是近十余年来出现的新词。严格地说,它不是一个美学概念,也就是说不是评判书法好坏优劣的尺子,而是一拨人批判另一拨人时发明的新词,可以看作现时流行语,且是外延宽泛的流行语,好像宽泛到只要看不惯的,管它是不是书法,通通可以装到这个筐子里了事,即便用作批评,也没甚说服力。

一个概念不清的新词,我是没有能力界定和认知的,所以,我不会对一个驾驭不了的词感兴趣,更不会去凑热闹。

而认为我在讽刺"丑书"的,我想,其心下应该对"丑书"有定义。不然,不会这样笃定,这样对号入座,是不自信,还是自己就认定了?

我一直坚持书法艺术必须植根自己的文化,按照书法千年形成的规律创新发展,但也很钦佩那些在书法的园地里肥料加得多的,步子迈得大的激进者。而对打着创新的旗子,把书法引向各种所谓前卫的艺术;对将书法这样严肃的艺术当成杂耍哗众取宠,胡涂乱抹的;对打着道统旗号,连故步自封都算不上,认真点说,只是在用毛笔写字,比普通人写得好点,还称不上书法,却又常常混淆视听

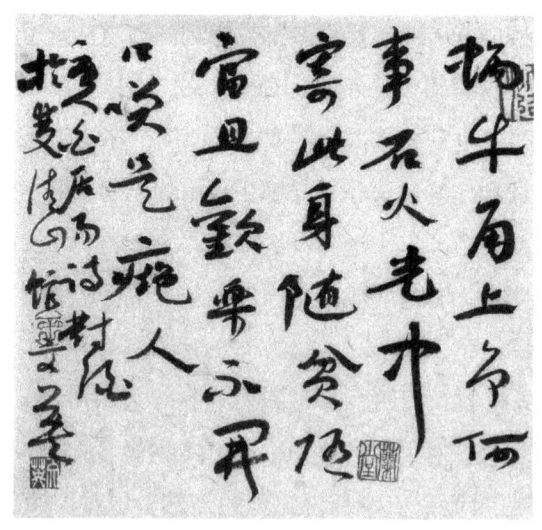

王文英《白居易〈对酒〉》

的种种，一直都是持批判态度的。

虽然一直秉持对事、对物、对人辩证客观的态度，但是人都会有局限，我也不例外。

书法史上有许多我们今天当成典范的书法家，当初也没少让人怼过、批评过。比如，说过"有功无天性，神采不生；有性无功，神采不实"这样至理艺术观的祝允明，明代著名书法家，以草书最为人称道，是明代草书的代表人物，然其活着的时候，没少让人抨击，最甚者，说他不无"野狐禅"。如邢侗，明代另一个著名的书法家，就说过这样的话。

艺术的争鸣始终都有，古代有，今天有，将来依然会有，没有争鸣就没有艺术的进步和发展。但争鸣的前提是要有求真、客观辩证的态度和精神。所以，希望有幸看到《拿书法和世界接轨，行吗？》这篇文章，又有兴趣读的读者，恕请认真逐字逐行，一目十行的天才可以飘过。

最后再啰唆一句，欢迎一切客观求真的学术探讨，而不是用诸如"丑书"这样概念不清的词简单地盖棺定论。

原刊于《艺术市场》2020 年 11 月

这样做，你确定是认真的？

传播在当下的肆意，好比河道决口，波及的不只是陆地，还有人们的生活。

现如今人人身陷传播之中，不是传播者，就是被传播。传播正在悄悄地改变着人们的生活方式，越来越多的人，不再依赖书本报刊，不再依赖学校老师，想知道什么，随时随地一个手机就可以搞定。

在这样一个信息随时可以"自给自足"的时代，公共文化的品质必须相当过硬，不然 out 的不只是自己，影响的是一国的国民，是一国的文化、审美的水准。

这样说，好像有点危言耸听，但实际情况是，这样说一点都不为过。现实生活里，越来越多的人喜欢快餐，喜欢娱乐，喜欢直接拿来主义。何况公共文化阵地，都有着靠谱的背景。

可就是这样有着靠谱背景的公共媒介，常常演绎着不靠谱的"故事"。

杭州 G20 会议厅墙上那幅花枝横斜、五颜六色的牡丹图，曾刷爆了朋友圈。不是因为它有多么好，而是匪夷所思。这样一个难以形容的画作，会被 G20 这么重要的国际盛会选中，堂而皇之地挂在领袖会见宾客的场所，在这样一个面向世界的窗口。谁都知道国家的颜面比画家的颜面重要，惹上这么多口水笔伐实属正常。

当然一幅画说明不了什么，也不会影响 G20 会议的成效。但总让人觉得缺了什么。那些喜欢拿来主义的看客，会不会就此认为这就是中国艺术的精华，而那些有幸看到这幅画的外国人中就没有懂中国文化艺术的明眼人？结局是，这事的演绎有如漫画，影响又如巨石入水，一波一波的。

不久前，中央电视台《人物》栏目曾经的一期节目又刷了圈。这节目，实话实说我没看过，何况过了好几年了，但能上央视《人物》的"人物"，定然不是一般二般的。

让书画家坐不住的央视这期"人物"都先生，介绍中说他是"书画大家"。

虽然我没看过央视《人物》，也没看过这期节目，但是看了这个帖子，杞人忧天的老毛病又犯了。

都先生我不认识，他的画我没见过，他的书法我却不陌生，2008年北京奥运会开幕式的入场引导牌就是都先生的手迹。这事在书法界还曾引起了堪比地震的哗然。我家不远公园的大门顶上，也是都先生的笔迹，进一次园子见一次。按说见得多了，应该见怪不怪，任凭什么也能熟视无睹，可那几个字总是能从大门上跳出来。如果说不拿它当书法，当实用招牌，支离扭曲的结构，随意涂抹的线条，也没看出好来。然都先生不是一般人，是名声在外的书画大家，那笔迹，当然要以书法论了。但若要当书法论，实在是没什么可论的，因为那超出了我认知的书法。

据说央视节目里以"中国精神""气势如虹""徐悲鸿再传弟子""书画大家"来介绍都先生，还有廖静文、赵本山、刘兰芳、崔永元、苏叔阳、宋雨桂一竿子各界大咖站脚助威。传说名震一方的"名嘴"崔永元也从都先生学书法。可见，都先生的影响力不一般。

回到"央视人物"的这个帖子，显然是个"声讨"帖，针对的不只是都先生，矛头直指的是作为媒体大鳄的央视。帖后的留言要拉着看，风向多是帖主一边的，想来能这样认真留言的，应该是真诚对待艺术的人。

留言里，唯书法、篆刻家蔡大礼先生的留言让我印象深刻，不是因为我认识他，也不是因为他和我一样，都是为了书法好较真的人，而是因为他几句话，就把这让许多人翻肠子的事说了个明明白白，为了避免传话的错漏，我把原话抄录下来：

> 这节目相当于请了个广场舞大妈来大谈舞蹈艺术，几个蹓早的负责地起哄叫好，掌握话语权的央视又一次贻笑天下、贻笑大方。

说到书法，我总有话想说，不是我多么懂书法，而是书法让我肃然起敬。

书法热持续升温，好事。但热有热的道道，背离道道，书法再热也不等于书法得到了应有的传承和发展。有多少人喜欢笔墨，把写字当书法，堂而皇之地称为书法家，还好为人师；又有多少文化人、文化教育机构、传媒做着伪书法的传播。

电影电视剧里那些称不上书法的毛笔字，把今人落着名款的书法挂在唐代、宋代、清代的殿堂或居室里。恶俗的伪书法公然出现在某地中考的试卷中，超级搞笑的是，还让考生选择是"笔画敦厚，沉着稳健""飘若浮云，矫若惊龙"，还是"丹青妙笔，入木三分""字字珠玑，酣畅淋漓"这样只有王羲之、张旭们配得上的评语。而答卷的是小学生，国家的未来。

毫不夸张地说，书法称得上国艺。放眼全球，书写的艺术唯有中国书法，换句话来说，书法是最中国的。

那么最中国的这份荣耀，作为传播者，这样做，你确定是认真的吗？

原刊于《艺术市场》2019年3月

脱离语境的谈艺名言

年初写的一篇文章《这样做，你确定是认真的？》，说的是公共传媒在传播文化艺术上的不负责任。三月里才变成铅字，不过几个月，又在某艺术报书法篆刻版里读到这样一句话："学书不学毛公鼎，犹儒生不读《尚书》也。"这话据说出自清末教育家、书法家清道人李瑞清。

儒生不读《尚书》称不上儒生，这话放之四海没有异议；然书法不学毛公鼎就成不了书法家，这话可真的是站不住脚。

学习书法的都知道，书法的五体之间的关系，笔法和规则，每一种书体都有自己的字法、笔法、章法、墨法和规矩，不可互相替代。历代的书法家里，不擅长篆书也引领风骚的大有人在。更何况篆书里的一族——金文，金文里的毛公鼎。

毛公鼎是西周晚期青铜器，上面的铭文是西周金文成熟期的代表作品，是学习金文的好范本，仅此而已。

篆书是中国文字中最古老的字体，从甲骨文、金文到秦朝通行文字小篆，再到汉篆，篆书作为文字的发展，画上了完美的句号。

到了汉代，通行文字成了隶书，这时候的篆书，印章之外，大多用于庄重的场合，比如碑的碑额，就像今天一篇文章的题目。唐代通行文字是楷书，楷书之外行书、草书发展达到新的高度，篆书、隶书这样古老书体已不是书法的主流，像李阳冰这样的篆书家，远不如楷书、行书、草书家多。

到了宋元明，篆书、隶书更像是被边缘化了，"宋四家"的苏东坡、黄庭坚、米芾、蔡襄都不是学习篆书而引领一代书法风尚的，更别提金文毛公鼎了。

直到时光转换几百年后的清朝，金石考据学的兴起，篆隶书才又开始复兴而大放异彩，碑学也是这个时候开始兴盛的。

这样说来,"学书不学毛公鼎,犹儒生不读《尚书》",这论断站不站得住脚,就不用多说了。宋元明几百年间的书法家和书法成就都是真实存在的。

"学书不学毛公鼎,犹儒生不读《尚书》",是不是李瑞清先生说的且不去论,单是这样没有根据,也没有道理的话,当成论据,放在文章里,不该出现在公共媒体,且还是专业的媒体上,贻笑大方事小,混淆视听事大。

不是我好事,也不是我较真,实在是看在眼里,不能不急在心上,有话想说,却不说,这样如鲠在喉,难受不说,也对不起半生所学。何况,书法乃国学中的精粹,容不得马虎。

李瑞清(1867—1920),字仲麟,号梅庵、梅痴、阿梅,晚号清道人,玉梅花庵主,戏号李百蟹。百度百科上介绍李先生教育家,美术家,书法家之外,说他是中国近现代教育的重要奠基人和改革者,中国现代美术教育的先驱,中国现代高等师范教育的开拓者。

以此说来,李先生是个资深且有成就的学者、艺术家,没有理由质疑他的学

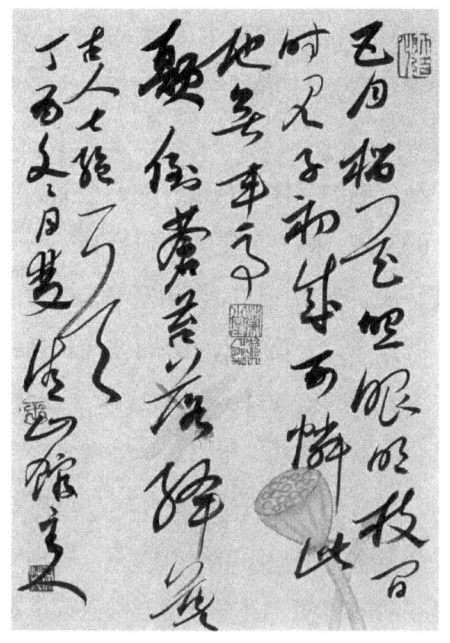

王文英《朱熹诗》

术水准。

我没有认真地研究过李氏书法,一般介绍文字中说他上追周秦,博宗汉魏,各体兼善,尤工篆隶,"秀者如妖娆美女,刚者如勇士挥槊"。若真是这样,亦刚亦柔,刚柔相济,也是难得。

李瑞清生活在篆隶书复兴、碑学兴盛的清末,他以自己的书法创作践行着碑学理论,又以篆隶书为最。

处在书法变革时期,又身体力行的李先生,说过这样的话,也不是没有可能,但一定有他说这话的语境和理由。就像"五四"新文化运动热潮中的激进者,提出废弃发展传承了几千年的汉字,改用拼音文字。站在今天的立场,看到这样的倡议,直觉不可思议,甚至怀疑脑子是不是有问题。但是,回到上个世纪初新旧文化的冲撞中,鼎新革故之际,这样的论断虽然有矫枉过正之嫌,但有它的历史背景。

还有"五四"时,西学东渐,西洋画的逼真,让写意的中国画沦陷,成了众矢之的,又有多少人认为中国画穷途末路了,美术要全盘西化。

再比如,明末清初的傅山傅青主,提出的"四宁四毋":宁拙毋巧,宁丑毋媚,宁支离毋轻滑,宁真率毋安排。是因为当时的"乌、方、光"的馆阁体盛行,赵孟頫、董其昌秀美的书法一统书坛,千人一面如同死水,才会这样振臂高呼的。如果抛开这样的时代背景,而用"四宁四毋"去衡量当下的书法创作,一样是有失偏颇的。

此一时,彼一时。万不可不分青红皂白地把这样历史阶段性的话当成金科玉律去奉行。

回到报纸的那篇文章引用的李瑞清的话"学书不学毛公鼎,犹儒生不读《尚书》也",显然是不合时宜的,况且说这话时的语境如何?是不是像坊间流传的吴冠中先生那句名言"笔墨等于零"一样,常让人忘了当时的语境,忘了吴先生这句话的前面还有一句"脱离了具体画面孤立的笔墨",后面还有一句"品评孤立的笔墨同样是没有意义",也未为可知。

所以说,"学书不学毛公鼎,犹儒生不读《尚书》也",是不是李先生说的不重要,重要的是这样一句脱离语境,脱离当下书法现实,又违背书法史史实的话,被当作论据,放在论书法的文章里,刊登出来,实属不应该。艺术虽非科学,但认真的态度,治学的严谨是必须要遵循的。

原刊于《艺术市场》2020年1月

书者，散也

书法在古代，是文人的标配。读书人不会书法，或者写不好，不用别人说，自己就会觉得矮人一截，被人看轻是免不了的。

可以这样说，看似简单的书法，让古时的文人纠结一生，到老也未必自信得其三昧。简单的线条，抽象的结体，是书法自由表达且意韵丰富的所在，全看书写者赋予它什么，而这赋予的便是一生的追索。

今天在朋友圈看到林语堂的一段话：

> 在我看来，书法代表了韵律和构造最为抽象的原则，它与绘画的关系，恰如纯数学与工程学、天文学的关系。欣赏中国书法，是全然不顾其字面含义的，人们仅仅欣赏它的线条和构造。于是，在研习和欣赏这种线条的魅力和构造的优美之时，中国人就获得了一种完全的自由，全神贯注于具体的形式，内容则撇开不管。（绘画总有一个客体要传达，但一个写得很好的字却只传达其本身线条和结构的美。）在这绝对自由的天地里，各种各样的韵律都得到了尝试，各种各样的结构都得到了探索。

林先生的这段话对书法和绘画的关系，对书法的理解不谓不透。但是，我在想，林先生这段话或许是用英文写作的，是写给老外看的；或者这只是文中的一段，不然，他不会忽略另一面，那就是汉字之于书法的关系，简单地说就是汉字与书法的关系，没有汉字何来书法？

以汉字为表现对象的书法，欣赏者或许可以不顾内容，但创作者完全不顾书写的内容，书写时很难有感觉。这道理很简单，不说王羲之的《兰亭序》、颜真卿的《祭侄文稿》、苏东坡的《黄州寒食诗帖》这样以情著文、以情挥写的性灵之作，就说抄书，一句、一段或一首契合创作者审美情趣的诗文，会带给创作者美好的享受和审美共鸣，从而激发创作的灵感，于是，那些简单的抽象的线条，也被赋予了某种生命的体验。如果只是抄写没有意义或者引发不了创作者审美共鸣的内容，势必也难有再创作的感觉，那些线条和结体势必也难有生命体验。

一件没有生命体验的作品，打动不了创作者，我想也难打动读者，即使人为地制造了一定的韵律和节奏，也是乏味的。相传王羲之欲重书《兰亭序》以弥补草稿中涂抹的遗憾，却最终作罢。所以黄庭坚会在《黄州寒食诗跋》中说："试使东坡复为之，未必及此。"情移的王羲之、苏东坡都如此，更何况书写那些毫无感觉的文字呢。

书法离不了汉字，有汉字才有意义在，这意义会调动书者、看者的某种生命体验，以达到共鸣。所以，蔡邕的《笔论》开篇会说，"书者，散也"就是这个

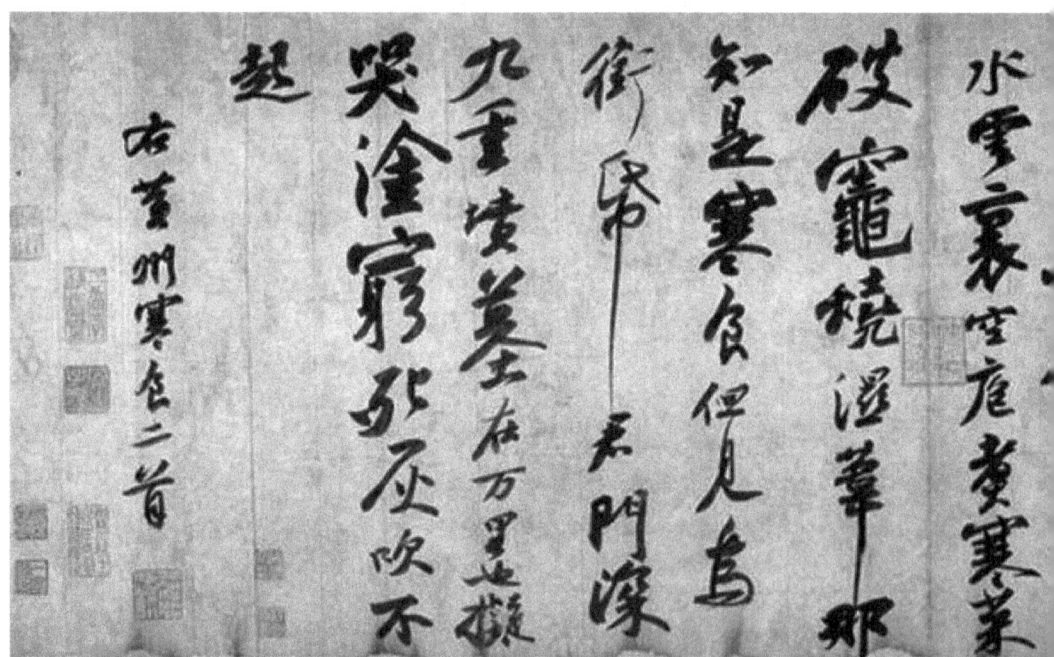

苏东坡《黄州寒食诗帖》

道理。所以,蔡邕才又说:"欲书,先散怀抱,任情恣性,然后书之。若迫于事,虽中山兔毫,不能佳也。"

从蔡邕以下一千多年来,朝代更替,书法风格竞变,书者人才迭出,然蔡邕的这段话没有人质疑过,也就是说这是经过无数的书法家亲身实证过的。

完全撇开内容,或者忽略汉字的线条和结构,即使是各种韵律和节奏的尝试,或许很动人,或许会成为很美妙的艺术品,但我很负责地说,这是由书法衍生出来的姊妹艺术,但不是中国书法。

在艺术的领域里,人们都知道越简单越难以驾驭,越难以表现。就如林语堂所说的绘画有客体在,就是中国的大写意画,也是有个对象可宗。书法不然,除了线条,就是简单的结构,全凭创作者赋予其意义。因为此,可供创作者发挥的空间大,自由度高;也因此,对创作者的要求也高,技法的、审美的、文学的、哲学的……先人们给书法在文化、在艺术中的定位很高,所以说,许多人追求一

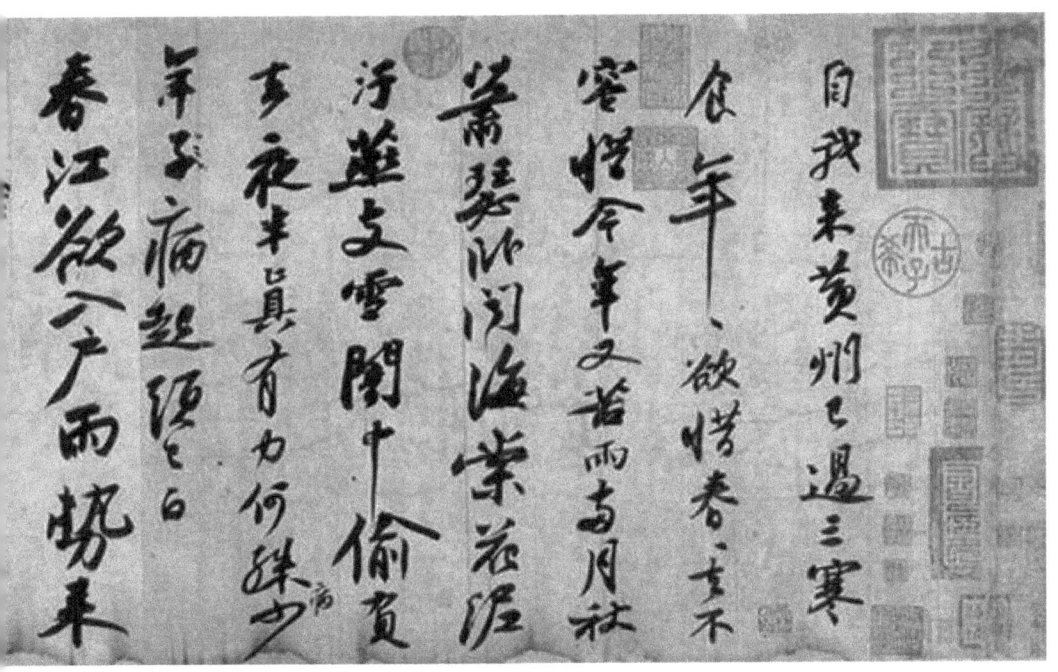

生未必得其三昧。

然今日，有人把书法公式化，机械化，强化训练三五载，甚至更短，能入展，能得奖，能称书法家。全是将书法由艺拉低为技，徒形式耳，已经不是蔡邕说的"书者，散也"的书法，不是需要赋予和寄情的书法。

今日书法传承发展之难，不是参与人数多少能解决的，而是它所依赖的文化氛围，是参与者对书法的认知段位，以及求真的态度，是书法的生态环境。

原刊于《艺术市场》2020 年 6 月

乾隆"三希堂"中的一希——王献之《中秋帖》

说到王献之,可能有人不知道;但说到"书圣"王羲之,知道的人就很多了。王献之是王羲之的儿子,王氏是东晋的望族,一门盛产书法家,在这些王姓的书法家里,王献之和他的爸爸是最著名的,也是中国书法史上最为亮丽的风景线,所以《宣和书谱》中说"风流蕴藉为一时之冠"。书法史上他们被称为"二王""羲献"或"大小王",与前辈张芝、钟繇并列,成为书法中的"四贤"。

"二王"成为书法里最重要的传统,至今不衰。

王献之(344—386),字子敬,小字官奴。官至中书令,世称大令,他的族弟王珉继为中书令,也以书法著名,世称"小令"。《晋书》有传。

据记载,王献之天资极高,从小秉承家学,是在翰墨的熏陶中长大的。他先随父亲学习书法,后来转师"草圣"张芝,继承了张芝的"一笔书"(今草),且形成了自己的风格,飘逸洒脱,"情驰神纵,超逸优游"(〔唐〕张怀瓘《书议》),英俊豪迈而饶有气势。

王献之的书名虽然与父亲并列,但人们还是习惯排个高低,究竟他们的书法艺术成就谁高谁低呢?有人认为小王超越了大王,也有人认为还是大王最棒。

"二王"父子的书法艺术成就,在他们活着的时候就得到了认可,但高下之分,当时也评价不一。

晋末至南朝梁的七八十年间,小王的影响超过了大王,书坛地位在宋、齐之间甚至曾一度被推为最高。所以梁医药家、文学家陶弘景的《与梁武帝论书启》中说:"比世皆尚子敬书","海内非惟不复知有元常(钟繇),于逸少(王羲之)亦然"。

然而,到了尚佛的梁武帝时代,书坛风向起了变化,因为梁武帝喜爱大王书法,小王书法开始受到冷落。时光流转到唐朝,太宗皇帝李世民更是竭力推崇大王的书法,到了尽善尽美的地步,还不忘贬抑小王书法。

无论梁武帝,还是唐太宗,极力推崇大王的书法,虽然都是基于个人的审美好恶,但因为他们统治者的身份,上行下效,由此奠定了大王不可动摇的"书圣"地位。

同样生活在唐朝的书学理论家张怀瓘,在风向一边倒的环境里,却能客观地从艺术评价的角度来看待问题。在他的眼中,小王与大王一样的成就卓然,他在《书议》中说:"逸少秉真行之要,子敬执行草之权,父之灵和,子之神俊,皆古今之独绝也。"所以在《书断》中将小王的隶书、行书、草书、飞白书都列为书法的最高审美等级神品。

正如张怀瓘说的那样,小王同他的父亲一样,在书法艺术上成就了一个时代的高度,只是他们的审美追求不同而已。

平心而论,相比较而言,小王更令人敬佩。他在父亲成熟书风的笼罩下,能够摆脱朝夕相处、潜移默化的影响而另辟蹊径、独树一帜,是非常难能可贵而值得推崇、学习和借鉴的。

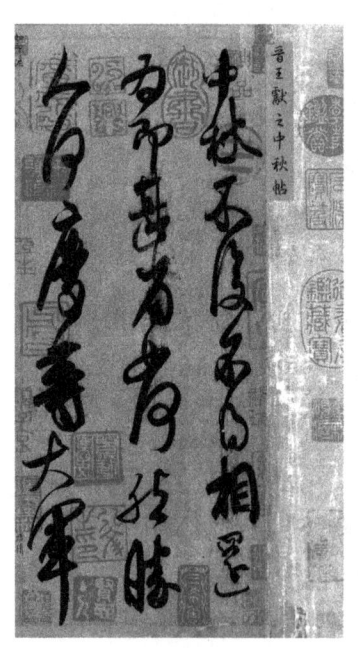

王献之《中秋帖》

令人叹息的是,小王正值盛年之时,生命之舟却戛然搁浅,终年四十三岁。这个年纪,对于普通人来说,如日中之光;但对于一个艺术家来说,却正是初升之阳。不然的话,东晋书法史,或者中国的书法史,说不定会别有景观。

遗憾的是,唐太宗不喜欢小王书法,所以唐内府小王的书迹"仅有存焉",遗墨留存数量远远没有大王那么丰富。宋朝初年,复又开始并举"二王",宋太宗赵光义时代的《淳化阁帖》,一半为"二王"作品,但这些墨迹本绝大多数没有保存下来。好在历代刻帖中还保留着

乾隆"三希堂"中的一希——王献之《中秋帖》

一些真迹刻本，可以供后人了解、学习小王的书法。

《中秋帖》，传为王献之书。行草书，纸本墨迹。三行，共二十二个字。没有署款。现藏北京故宫博物院。曾刻入《戏鸿堂帖》《三希堂法帖》。《石渠宝笈》《中国书法鉴赏大辞典》《中国书法大辞典》等收录，刊入《中国书法全集》。

《中秋帖》是王献之存世不多的书作中的墨迹本，因为篇首"中秋"二字而得名。但它是不是小王的亲书墨迹，前人多有疑问。

明代书画收藏、鉴赏家张丑《清河书画舫》认定它不是小王真迹，而是唐人的临本。清代的书画收藏、鉴赏家吴升也认为是临本，但他认为不是唐人所临，而是宋人临本，他在《大观录》中分析，"书法古厚，墨彩气韵鲜润。但大似肥婢，虽非钩填，恐是宋人临仿"。又因为《中秋帖》记载在"宋四家"之一的米芾著作《书史》中，而其用笔也有米芾的痕迹，所以，吴升由此推定"为米元章（米芾）所临无疑"，后人大多支持吴升的观点。

据米芾《书史》记载，他曾经收藏过王献之的《十二月帖》。

《十二月帖》收刻于南宋《宝晋斋法帖》。从文本的内容说，《十二月帖》与《中秋帖》，只相差十个字。《十二月帖》的内容为"十二月割至不？中秋，不复不得相，未复还，恸理为即甚，省如何。然胜人何庆等大军"，共三十二个字，比《中秋帖》多了十个字，即第一句"十二月割至不"六字，还有后面的"未复"和"恸理"四字。所以有人推论：米芾所藏的《十二月帖》墨迹本，就是《中秋帖》的底本。

无论现在留传的《中秋帖》是唐人所临，还是宋人所临，是否是王献之的真迹，其实都不重要。重要的是从中多少传达出了王献之行草书的风采神韵，也是我们所能见到的为数不多的王献之草书的墨迹本，弥足珍贵。

王献之的连绵草书，是他的书法中最为人称道，也最为感人的。从《中秋帖》我们可以体会他行草书的魅力和感人之处。虽然寥寥二十余字，或两字相连，或四字相连，但上下映带，潇洒淋漓，气韵流宕而一气呵成，姿态生动，风神毕现，无一点尘俗之气，无一分桎梏束缚。正如米芾所说："运笔如火箸画灰，连属无端末，如不经意，所谓一笔书。"（《书史》）

法国作家布封有"风格即人"之论,中国有"字如其人"之说。小王书法与人相映发,由《中秋帖》正可以想见他的潇洒之风神,高洁之姿容。有人认为,后世狂草滥觞于小王的一笔书,或许有几分道理。只是作为今人,我们已无缘全方位地领略和欣赏小王酣畅淋漓的"一笔书",好在还有前人的临摹和一些散落在书法典籍中的记录文字,让我们去想象它感人的风采。

《中秋帖》与王羲之的《快雪时晴帖》、王珣的《伯远帖》,为清乾隆皇帝挚爱的三件珍品,称为"三希",他的书斋也因此名曰"三希堂"。

原刊于《中国艺术报》2020年6月12日(原文题目《风格即人,字如其人——王献之〈中秋帖〉探析》)

陆机和他的"希代宝"《平复帖》

说到西晋的陆机,喜欢文学的人会想到大名鼎鼎的《文赋》,想到他那华美无双的词赋;而学书之人会想到声名显赫的《平复帖》。

按今天的话说,陆机就是一个货真价实的斜杠青年。

陆机擅长行书、章草,但他不仅书法了得,更是文章冠世。《晋书》中说他"文藻宏丽,独步当时;言论慷慨,冠乎终古",有"太康之英"的美誉,与弟弟陆云都以文章著称当世,并称"二陆"。因文名盛隆而掩书名,所以宋《宣和书谱》感叹:"陆机虽能章草,以才见长掩耳。"

陆机(261—303),字士衡,吴郡(今江苏苏州)人。曾任平原内史、祭酒、著作郎等职,人称"陆平原"。《晋书》有传。

陆机出身名门,是有名的官宦子弟。祖父陆逊是三国时期的名将,曾任东吴丞相,父亲陆抗曾任东吴大司马。陆机"少有奇才",从小就以文章著名。吴亡入晋,他与弟陆云隐居故里,笃志儒学,闭门苦读十年,后来北漂洛阳,得到当时任太常的著名学者张华的赏识,名声大振。陆机因为才识卓见被成都王司马颖推荐任平原内史。八王之乱,陆机随司马颖讨伐长沙王司马乂,不幸战败。因宦官进谗言而遭杀身之祸,并祸及族亲,时年四十三岁,可惜了一代旷世奇才。

像陆机这样才华横溢的魏晋名士有很多,无奈他们的命运被动荡的时代裹挟,虽然生命不永,却活在自己不朽的作品里,任时光流逝,依然熠熠生辉,大放异彩。

陆机的遗世美文很多,有《陆平原集》传世,并著有史书《晋纪》《洛阳记》等。其中《文赋》一篇最为著名,辞章华美,意象湍飞,为后人传颂,成为后世文章的典范,也成为后世书法家争相再创作的内容,如唐代书法家陆柬之的《书陆机文赋》。

《平复帖》，宋人鉴定为陆机书。章草，纸本墨迹，无款。共九行，约八十七字，现仅存八十四字，有数字辨认不清。现藏北京故宫博物院。《墨缘汇观》《平生壮观》《大观录》《故宫博物院历代法书选集》《中国书法大辞典》《中国书法鉴赏大辞典》等著录。刊于《中国美术全集》《中国书法全集》，日本《书道全集》等。

《平复帖》是迄今为止我们所能见到的古代书法墨迹中最古老的，出自名家的作品。所以明朝书画大家董其昌感叹王羲之之前，钟繇之后的百余年间，只有《平复帖》可以称得上是稀世之宝。他在帖后的跋中说："右军之前，元常之后，唯此卷数行为希代宝。"

《平复帖》宋代曾入宣和内府收藏，明万历年间流落民间，清初入乾隆内府收藏，后又流入民间，民国时期的大收藏家张伯驹斥巨资收入囊中。1956年张氏夫妇将《平复帖》捐献给了国家。

《平复帖》虽属章草范畴，但它与我们通常所说的章草，诸如皇象、索靖所书章草还有些许差别，而与汉晋简牍书相近，是由章草向今草发展过渡中的草

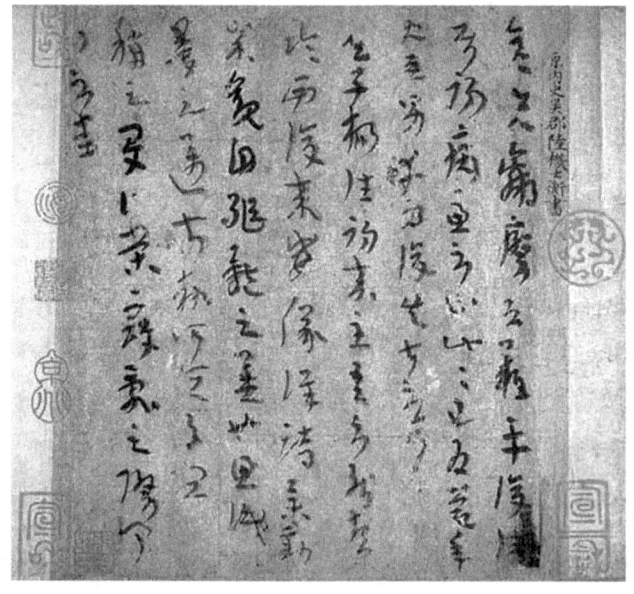

陆机《平复帖》

书，在中国书法发展史上有着特殊的地位，是研究文字和书法发展嬗变的重要的参考资料。

《平复帖》是陆机问候朋友疾病的书信，因篇中有"恐难平复"句而得名。

因为是朋友间的问候书信，书写者的心思全在表达问候之情，而无刻意的营造，所以点画自然松动，比西晋的另一个章草名家索靖的《月仪帖》更富有轻灵之气。结体简洁，随意洒脱。虽然字字独立，但因其自由的书写性而线条自然流畅、婉转多变，上下呼应而气脉贯通。又因为是以秃笔写于麻纸之上，秃笔笔毫的劲健使线条婉转如屈铁；笔毫时有分叉，加之麻纸的不易着墨，带来的枯涩的笔画，使线条老辣质朴。古朴圆浑的篆隶笔意，更令高古拙朴之气盈篇。

《平复帖》通篇纵逸简约，轻松自然，拙朴率真而富有天趣，令人捧读而不忍释卷。所以明代收藏鉴赏家张丑曾感叹："《平复帖》最奇古，与索幼安（索靖）《出师颂》齐名"，"笔法圆浑，正如太羹元酒，断非中古人所能下手"（《清河书画舫》）。当代著名书法家启功先生更是视其为"墨皇"，曾赋诗赞曰：

十年遍校流沙简，
《平复》无惭署墨皇。

《平复帖》虽然深得后世书家的喜爱和推崇，但令人惋惜的是陆机却因文采盛名而遮蔽了他的书名，他的《文赋》比《平复帖》更广为人知，所以传世书迹不多，除《平复帖》外，只有行书《望想帖》等。

其实，《平复帖》的作者是不是陆机，至今还是一个悬案。只因当初宋徽宗在《平复帖》前的题签为"晋平原内史陆机《平复帖》"，所以宋人认定它就是陆机所书。无论《平复帖》是不是陆机所书，它带给欣赏者的美感享受却是真实的，这对于热爱书法的人来说，就已经足够了。

原刊于《中国文化报》2019年12月15日

唐代最后一个古典主义的书法家——褚遂良和他的《大字阴符经》

在初唐书法的四大家里,褚遂良是个神奇的存在,除了学他的薛稷,他曾师法过四家里的欧阳询、虞世南,然最终他的书法里,找不到一点儿他们的影子,脱胎换骨了一般,他的楷书有评论者甚至认为超过了欧、虞。褚遂良的学书经验和艺术实践对今天的书法人来说,有绝对的示范作用。

褚遂良(596—658,一说659),字登善,钱塘(今浙江杭州)人。官至吏部尚书,监修《国史》,尚书右仆射。封河南县公,进郡公。后因反对唐高宗立武则天为后,屡遭贬谪,最后做了爱州(今越南清化)刺史。后世称"褚河南"或"褚中令"。《旧唐书》《新唐书》有传。

据记载,褚遂良博学通识,有辅佐帝王创业治国的才能,又以书法著名。他的书法俊美华丽,清新流畅,变化多姿,在唐代众多的书法家里是走上塔尖群英谱中的一个。

褚遂良深通王羲之书法,在唐太宗的书学老师虞世南去世之后,曾侍书太宗皇帝,与其讨论书法。书法之外,褚遂良还精鉴赏,尤其能辨王羲之书法的真伪。太宗皇帝喜欢王羲之书法,曾经大量收购王书,于是,天下争相进献王书,鱼龙混杂真赝难辨,只有褚遂良有一辨真假的能力。据说真品、赝品在褚遂良的眼中就像黑与白,毫无疑惑。

褚遂良擅长楷书、行书,以楷书成就最高。他的书法初学史游、欧阳询,继学虞世南,最终取法王羲之、王献之,并融合汉隶,自成一家。结字宽博疏朗,端正有韵致;行笔流畅自然,飘逸而劲健;点画瘦劲而饱满,圆润而峻爽;用笔方圆兼备,变化多端。尤其是他的楷书,继承"二王"的遒媚之趣,清雅流美。

壹·书画闲谈
唐代最后一个古典主义的书法家——褚遂良和他的《大字阴符经》

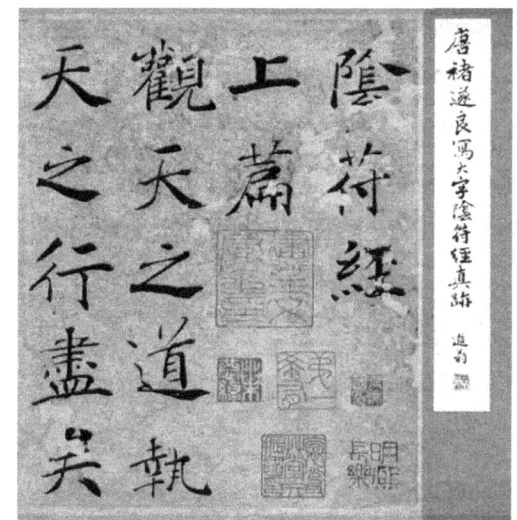
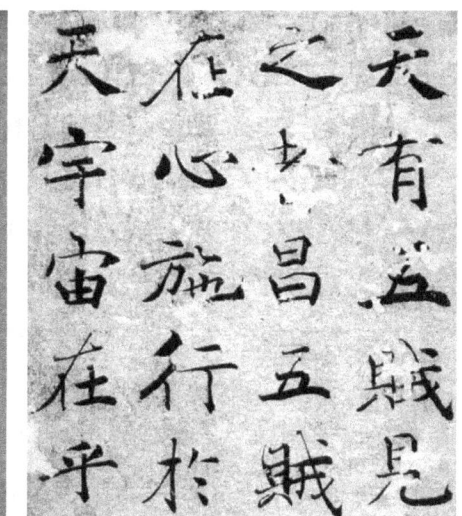

褚遂良《大字阴符经》（局部）

唐人评其书法"字里生金，行间玉润，法则温雅，美丽大方"，如"瑶台青璅，窅映春林，美人婵娟，似不任乎罗绮，增华绰约"。

有评论者认为褚遂良对"晋韵"的理解是最为深刻的，可以说是唐代最后一个古典主义的大师，在他之后书坛出现了盛唐雄强的时代之风。所以论者普遍认为褚遂良推进了唐代楷书的发展，是欧阳询、虞世南至颜真卿、柳公权之间关键性的书家。

褚书历来受人重视，影响也深远，在唐朝追随者众多，其中著名的就有薛稷、钟绍京、魏栖梧、吕向等，而以薛稷学习最为形神兼备，达到几可乱真的地步，所以当时有"买褚得薛，不失其节"的说法。不过，薛稷书学褚遂良，只得褚书绮丽的一面，而失了清秀大方。可惜薛稷书迹传世极少，仅有《升仙太子碑》的数十字题名、《信行禅师碑》拓本等，不然学习者可以两相比较而学习了。

世界上任何一件事物，有人喜欢，就有人不喜欢。褚遂良的书法亦然。

唐张怀瓘在书学理论著作《书断》中将褚遂良的行书、隶书列为二等"妙品"。宋朱长文《续书断》称赞褚遂良："其书多法，或师钟公（钟繇）之体，而古雅绝俗；或师逸少（王羲之）之法，而瘦硬有余；至章草之间，婉美富丽，皆妙品尤者也。"清朝精于鉴赏的书画收藏家孙承泽《庚子销夏记》中说:"河南书法刚正类其人。"更多的评论认为褚遂良书法瘦硬通神。

而明金石学家、藏书家赵崡《石墨镌华》则认为褚遂良:"书法遒健,然用笔轻细。"明收藏家项元汴之子项穆也认为:"遒劲温婉,丰美富艳,第乏天然,过于雕刻。"(《书法雅言·正奇》)清书法家梁巘称赞褚书瘦硬清挺的同时,也批评他轻浮少沉着。(《评书帖》)元书法家郑杓《衍极·古学篇》则认为:"少开阖之势。"

美学意象就像世间万物,多种多样,而集美于一身者,恐怕只存在于人的意念和理想之中。喜爱褚书的人称赞他"瘦硬通神",而批评者则认为他用笔轻细或少自然,其中不乏抵牾之处,或许这些批评都有其道理,但显然都是基于评论者个人的审美经验和审美判断。这些评论有助于欣赏者理解、欣赏和学习褚书,但重要的是欣赏者要有自己的审美判断。

《大字阴符经》,传为褚遂良书。楷书,墨迹本,九十六行,四百六十一字。《中国书法大辞典》《中国书法鉴赏大辞典》著录,刊入《中国书法全集》。

《大字阴符经》虽然是楷书,但有着行书用笔的轻松灵活和书写的快意,宋代书画家杨无咎就从中读出了草书的意味,在跋中说:"草书之法千变万化,妙理无穷,今于褚中令楷书见之。"

《大字阴符经》线条时而纤巧,时而厚重,波折起伏,轻重与虚实相合;笔势撇捺开张,纵横有度,充盈着自然之趣;结构多横向取势,方扁相间,宽绰疏朗而有虚灵之气。章法欹正相生,寓拙于巧,变化多端而不落蹊径。行笔中偶尔的重捺笔画,不经意间露出隶书的意味,生趣盎然。

《大字阴符经》有着晋人萧散的韵致,以及北碑的意趣和隶书的拙雅之趣,为后人推崇,但其作者的身份至今是个谜。虽然卷尾题有"起居郎臣遂良奉敕书"的字样,但褚遂良任起居郎时,年纪尚轻,而《大字阴符经》分明是褚遂良晚年的书风。所以后世书家多认定《大字阴符经》为伪作,但它的确又与褚遂良的书法风格一致,不失为杰作,故后人常以此作为学习褚书的范本。

原刊于《中国文艺报》2019年12月20日

我不想洗被辣的眼睛

怀素上人的《自叙帖》一直是心头好，至今立在案头。喜欢了这么久，从来没有怀疑过它不是上人一笔一画的墨迹，尽管一直有学者质疑着。

怀素，出家人，他的狂草占据了唐代狂草的半壁江山，同唐代的另一个草书大家张旭扛起了唐代狂草的大旗，人送雅号"颠张醉素"。

心中的怀素上人，参禅之外，最热爱的莫过于书法，比佛典的研读或许更走心。

知道怀素的，就会知道《自叙帖》。因为它一直被当作上人的代表作。《自叙帖》故名词义，就是自说自话自己，就像今天说的自传。所以，每天心追手摹的，不仅是上人春蚓秋蛇、神采飞扬的草书，更像是在听上人讲着自己的故事。

上人家长沙，从小事佛，闲暇喜欢笔墨，却恨自己没有机会观览前人的书迹，眼界有限。于是，他决定北漂，担笈杖锡远走首都长安。事实证明了这个决定的正确性，它改变了上人的命运。

上人在长安遍访当代名公，平台见识努力加机会，上人终以书法名动长安的名人圈，赢得众公的喝彩："开士怀素，僧中之英，气概通疏，性灵豁畅。精心草圣，积有岁时，江岭之间，其名大着"，"奔蛇走虺势入座，骤雨旋风声满堂"。

李白有首《草书歌行》，写的就是下笔如奔蛇走虺的怀素上人：

少年上人号怀素，草书天下称独步。
墨池飞出北溟鱼，笔锋杀尽中山兔。
八月九月天气凉，酒徒词客满高堂。
笺麻素绢排数箱，宣州石砚墨色光。

> 吾师醉后倚绳床，须臾扫尽数千张。
> 飘风骤雨惊飒飒，落花飞雪何茫茫！
> 起来向壁不停手，一行数字大如斗。
> 恍恍如闻神鬼惊，时时只见龙蛇走。
> 左盘右蹙如惊电，状同楚汉相攻战。
> ……………

和上人一样天性姿逸狂放的李白，为了夸赞上人的草书，不惜把唐太宗奉为至善至美的书家楷模王羲之，整理创制今草的"草圣"张芝，一生无人非议的草书大家张旭通通扁过。足见上人在时人眼中的书法地位：

> 王逸少，张伯英，古来几许浪得名。张颠老死不足数，我师此义不师古。

《自叙帖》现存台北故宫博物院。和许多珍贵的墨迹一样，帖后题跋很多，记录了它在进入清朝内府之前，辗转民间的大体轨迹。

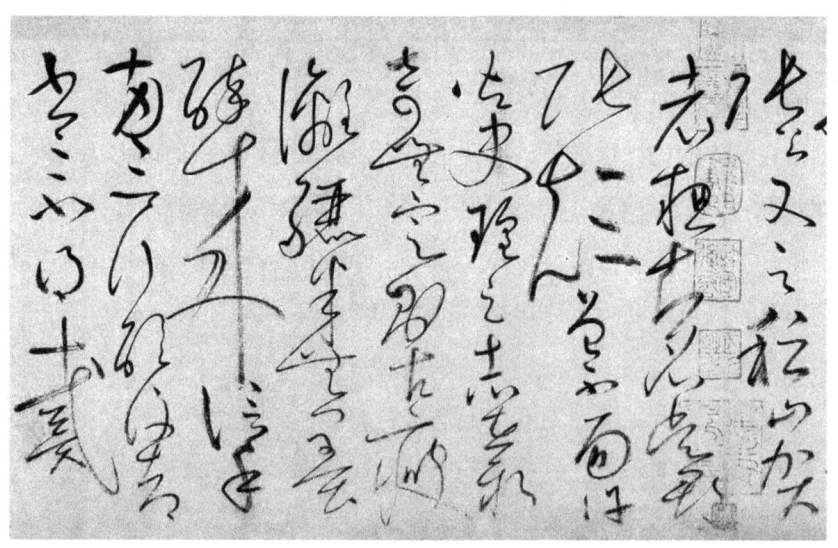

怀素《自叙帖》（局部）

可惜中间有一段空白，就像一个人的简历，丢了一段。

没有人知道丢了的那段时光，《自叙帖》经历了什么。

当明朝中期《自叙帖》重现江湖，人们的好奇心来了，四百多年失踪案的主角，再次现身是不是真身？

明朝的书画篆刻家文嘉、一生爱好书画的詹景凤等都有质疑声。今世鉴定家启功认为是摹本，另一个鉴定家人送雅号"徐半尺"的徐邦达认为是对临。后来海峡两岸的学者、专家还开过不止一次的研讨会，结果也都莫衷一是，有说是临、是摹、是仿写的，也有说是真迹的。可以说，从《自叙帖》重现江湖遭人质疑开始，几百年来，没有定论。

以鉴定著称的台湾鉴定家、学者傅申最新的研究观点，认为《自叙帖》是一件写本而非摹本，但这写本出自怀素之手的可能性——几乎为零，又说有可能是数件怀素"复制品"之一。

写本与复制品相差的可不是一条街，根本就是两回事。是写本就不可能是复制品，是复制品就不是写本，可见研究的不易。真相只有一个，或许就没有真相，又或许忙来忙去都是枉然。

读一读《自叙帖》，再读读李白的诗，《自叙帖》里的那个怀素就是李白眼里的那个号怀素的少年上人；而《自叙帖》的书法更是印证了历史文字记载的那个草法精极，春蚓秋蛇，激情狂放，神采飞扬的怀素体，而且是公认的上人传世作品里的上乘之作。

传说李敖的前助手王裕民认为《自叙帖》是"假国宝"，还有传说有学者称《自叙帖》为"伪好物"。退一万步说，《自叙帖》是临本也好，摹本也罢，和传世的王羲之的临摹本《兰亭序》、张芝身后那些临摹的传世书迹相仿佛，也没见着谁称他们是"伪好物""假国宝"，独上人的《自叙帖》为何就成了"伪好物""假国宝"了呢。

作为怀素上人的铁粉，粉了《自叙帖》几十年，就算不是上人的笔迹，也是真迹神形附体，是不是上人亲书，又有多大的关系。

当然，对于研究鉴定的专家来说，一就是一，二就是二，容不得半点含糊。

笔名为黑择明的写手写了篇《洗洗被辣的眼睛，跟傅申一起探案真书法》，我就不想洗被辣的眼睛，被辣这么多年的《自叙帖》怎么就不是真书法了。不管怎样，都要道一声感谢，如果没有传说中的那个临者、摹者或写者，或许今天我们就无缘《自叙帖》了。当然，如果质疑成立的话。

原刊于《中国文化报》2018年12月16日

文艺大咖宋徽宗与《瘦金书千字文》

"瘦金书"在民间的名声，不比"书圣"王羲之的《兰亭序》小多少。因为它的主人身份特别，又因为它的长相也特别，所以记忆和印象自然长于其他的书法家和书法作品。据说，今人熟悉的宋体字，也来源于"瘦金书"。

"瘦金书"的主人宋徽宗（1082—1135），名佶，宋神宗的第十一子，初封端王，在位二十五年。《宋史》有传。

宋徽宗身为皇帝却疏于政事，一生酷爱艺术，人生际遇就像是南唐后主李煜的翻版：同为一国之君，却不思朝政；同样沉溺于艺术，又都具有极高的艺术造诣，终成一代艺术名家；同样落得丧国受辱而成阶下囚。令人不由得叹惜是否造化弄人而错投了帝王家。

宋徽宗不仅自己喜爱书画艺术并身体力行，而且在位之年还设立了翰林书画院，也就是宫廷画院，培养宫廷画家。画家在中国历史上地位最高的时代恐怕就是徽宗时代了。那个时候，绘画可以像经史子集一样成为科考举仕的内容。每到科举考试，画家们就可以依据所出题目的内容和意境，发挥自己的想象力而一展自己的才华。据说每次都会有许多的逸闻趣事。

不仅如此，宋徽宗还下令广收古物和书画，召集文臣编辑《宣和书谱》《宣和画谱》《宣和博古图》等书，收集、整理、保存、刊行书画名迹。可以说因为宋徽宗的喜爱和倡导，客观上推进了书画艺术的创作、繁荣与发展。虽然他是一个中国历史上为人诟病的统治者，但于文化艺术的兴盛与发展，贡献也还是实实在在的。而且他本人的绘画技艺之高，在中国绘画史上也占有一席之地。他重视写生，擅长花鸟画，尤其强调细节，在绘画史上以精工逼真著称。

于书法，徽宗皇帝的成就也可圈可点，"瘦金书"就是他的专利。徽宗的书法，初习宋人黄庭坚，后又学习唐人褚遂良和他的继承者薛稷、薛曜兄弟，并杂糅各家，融会贯通，变化二薛，形成自己的风格。

他的书法以行草、楷书为佳，尤以楷书"瘦金体"最为著名，对后世影响颇大。明史学家、文学家陶宗仪《书史会要》记载："徽宗行草正书，笔势劲逸，初学薛稷，变其法度，自号'瘦金书'，意度天成，非可以形迹求也。"

"瘦金书"本应为"瘦筋体"，以"金"易"筋"，是因为出于对皇帝"御书"的尊重。有评论者认为"瘦金书"并非宋徽宗的原创，是从唐代薛曜《夏日游石淙诗并序》而来。因为学它的人极少，而赵佶身为帝王，所以后人李代桃僵。客观地说，宋徽宗所书"瘦金书"与薛曜书法确有渊源关系，但是经过他的学习和提炼变化之后，才形成"瘦金书"现在的面貌。

宋徽宗"瘦金书"风格鲜明，特点突出。用笔来源于褚遂良、薛稷、薛曜书法，但比他们更纤细劲挺。笔画瘦劲，横画收笔带钩，竖划收笔重顿，撇如匕首，捺如切刀，竖钩细长。结体舒展而略带有行书的笔意。

《瘦金书千字文》，也称《真书千字文》。宋徽宗书。楷书，纸本墨迹。原为清宫旧藏，现藏于上海博物馆。《石渠宝笈》《中国书法鉴赏大辞典》等著录，刊于日本《书道全集》。

《瘦金书千字文》是宋徽宗二十三岁时书。通篇匀整峭拔，清爽朗润，飘逸灵动，如前人的评价"铁画银钩"，"天骨遒美，逸趣霭然"，"如屈铁断金"。用笔瘦劲挺拔，貌似匀整却内含细微的粗细变化，筋骨挺劲。点画舒展开张，略带有行书笔意，流畅飘逸。特别是他的横画收笔带钩，竖画收笔重顿，在流畅中有顿挫的力感。

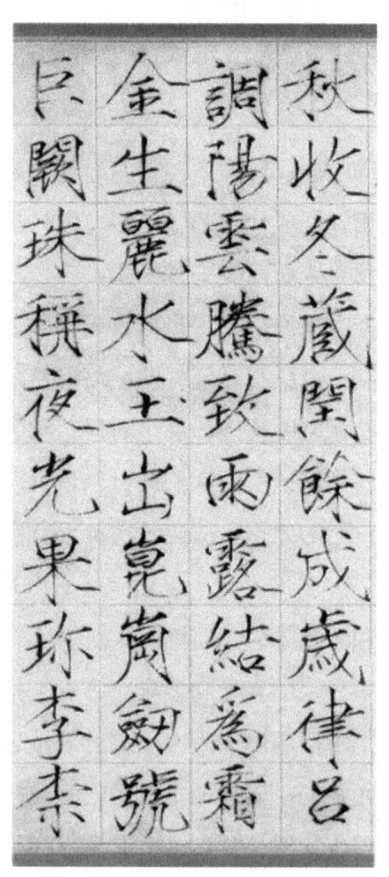

宋徽宗《瘦金书千字文》（局部）

《瘦金书千字文》是宋徽宗早期的作品，与他后来的《瑞鹤图》等题咏相比较，还是稍显纤弱，用笔欠纯熟、凝重。

原刊于《中国文化报》2020年6月28日（原文题目《铁画银钩》）

落花诗里看唐寅

提起唐寅，可能有人不知道，但说是唐伯虎怕是不知道的人很少。民间流传的"唐伯虎点秋香"的故事，加上影视剧的推波助澜，唐伯虎的名气绝对高过今日当红的书画家几个档次，就是历史里那些才高八斗，风华绝代的书画家，知名度也很少能与之匹敌。

唐伯虎是民间流传故事最多的风流才子，他也曾自署"江南第一风流才子"。常人心目中的唐伯虎风流倜傥，他的趣闻轶事远胜过他的丹青笔墨，令人津津乐道。殊不知这个才华出众，有些愤世嫉俗、狂傲不驯的才子，其实，生前并不得意，可以说是潦倒终生，"点秋香"这么吸睛的故事，也就是个传说。

唐寅（1470—1524），字伯虎，更字子畏，号六如居士、桃花庵主、逃禅仙吏等。南京吴县（今属江苏苏州）人。《明史》有传。

唐寅书画诗文俱为人称道，是江南有名的才子，与祝允明、文徵明、徐祯卿并称"吴中四才子"，绘画与仇英、沈周、文徵明并称"明四家"，也称"吴门四家"。

唐寅的书法学习元人赵孟頫，流丽俊美，丰润灵活，俊逸秀拔，与画相得益彰，然其书名几为画名所掩。

自幼天资聪敏，熟读"四书五经"又博览史籍的唐寅，家中连遭不幸，亲人离世，家道中落，为排解心中的悲苦，他整日沉湎酒中。后来，在好友祝允明的规劝下才又潜心读书，考得秀才第一，在南京参加乡试，又中第一名解元。然世事难料，谁知在赴京会试时，遇科场舞弊案，受其牵连而被削除了仕籍，发配充当县衙小吏使用。

生性倨傲的唐寅自然不可能安心去就县衙小吏，他绝意仕途，却不免情绪低落，纵酒浇愁。为排解心中的郁愤，唐寅出门云游四方，从湖南的岳阳楼、洞庭湖,到福建的武夷山、仙游的九鲤湖,再到浙江的雁荡山、天台山、普陀山,而达安徽黄山、九华山……历时半年多。二百多日的游历,唐寅心绪渐渐平复,而且此番经历也为他日后的绘画搜集了不少的素材。

云游归来的唐寅以鬻书画为生,筑室"桃花坞"。他一生酷爱桃花,又以"桃花庵"名之居室,自号"桃花庵主",还为此作《桃花庵歌》。春日里,园内桃花似锦,他常常邀集沈周、祝允明、文徵明这样的好友,在桃花丛里饮酒赋诗,挥毫泼墨,每每兴尽而散。

翰墨相伴的唐寅因南昌宁王之请而使他平静的生活再起波澜。唐寅应请来到南昌,却发现身陷宁王的政治阴谋之中,他不得不佯装疯癫才得以脱身。宁王起兵反叛被平定,唐寅虽然幸而逃脱杀身之祸,却也多少受此牵连,更加消沉,潜心向佛,自号"六如居士"。最终贫病交加而逝,终年五十四岁。

"闲来写幅青山卖,不使人间造孽钱"的唐寅身后竟无钱下葬,靠亲友们凑钱才得以安息。

《落花诗册》,唐寅书,行书,纸本墨迹。现藏中国美术馆。《中国古代书画图目》著录。

唐寅的书法以行书居多,也以行书最有代表性,中国美术馆藏《落花诗册》可以说是他行书的代表作品。

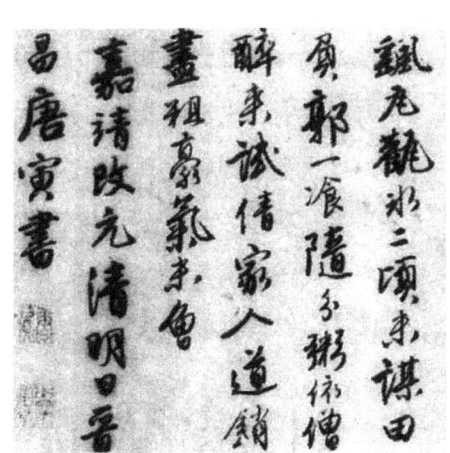

唐寅《落花诗册》(局部)

唐寅的落花诗，是和好友沈周因丧子而撰写的落花诗。据说他一生曾多次书写过这些所和的落花诗，而每次所录诗作的数量不同，内容也不尽相同，而且有些诗句还有所改动，书法风格也有差别。目前传世的《落花诗册》有四本，除中国美术馆的藏本外，还有苏州市博物馆藏本、普林斯顿大学附属美术馆藏本和辽宁省博物馆藏本。见著录的唐寅书落花诗有《蔬香馆法帖》《海山仙馆藏真三刻》《珊瑚网》等多种。就目前所见的唐寅落花诗的四本真迹，评论界普遍认为，书于逝世前一年的中国美术馆藏本是其艺术成熟期的作品，代表了他行书的高度。

中国美术馆藏《落花诗册》共收入七律十七首，除七首为补遗落花诗，其余十首为其所作的漫兴诗。卷末标明写于嘉靖元年（1522）清明日，也就是唐寅病故的前一年。

清明时节，风卷花残，落英满地，穷愁潦倒的唐寅触景生情，怅然不已，磨墨舔笔书写着落花诗，以抒发心中郁结的情思。

《落花诗册》书法一如他的绘画，率性洒脱中透着温文尔雅。用笔圆转而流利俊美，墨色温润而玉骨丰肌，结字欹侧而顾盼生姿。章法上虽字字独立，偶有映带，然上下呼应，气脉贯通。明代学者王世贞《弇州山人稿》认为："伯虎书入吴兴（赵孟𫖯）堂庑，差薄弱耳。"而此《落花诗册》却没有薄弱之病，比其以往的行书更多自由浪漫，也更抒情。或许画家的书法比书法家的书法更多自然率性的活泼因子，更多浪漫品质而不拘形制。

书画之外，唐寅一生创作了不少的诗文，但不幸的是他仕途坎坷，晚境凄凉，身后诗文几近散轶。明万历年间，唐寅的铁杆粉丝、书商何君立仰慕他的诗文和为人，不惜重金，搜集整理唐寅的诗赋辞章付梓。这是唐寅第一个比较完整的诗文集。后来，江南著名的藏书家、书商毛晋不仅解囊重修了颓败的唐寅墓，而且在编录《明诗纪事》和《海虞古今文苑》时，又特地详细收录了唐寅生前的诗文和轶事。唐寅的诗文借此才得以传世，后人也才得以全方位地了解和领略了一代才子卓然不群的才华。

作于 2006 年 7 月，修改于 2020 年 5 月

字林侠客徐文长

在众人的心目中，大艺术家都是癫狂的。比如凡·高，比如海明威，这些都是海外的。中国传统的文人受礼教的濡染，内敛而克己，他们曾经人生的终极理想是金榜题名，但有许多人努力大半生，仕途灰暗，转身却在文化艺术上大放异彩，这样的人越是有才，越是有个性，其中也不乏癫狂者。比如徐渭徐文长，他的才华自不必说，仕途坎坷，最终成了中国艺术史上为数不多，让后人顶礼膜拜的大咖，还上过今天的影视剧。

徐渭（1521—1593），初字文清，更字文长，号天池山人、青藤道人、青藤老人、青藤居士、天池渔隐、山阴布衣、白鹇山人等，山阴（今浙江绍兴）人。《明史》有传。

徐渭与解缙、杨慎被人称为"明代三大才子"。长于诗文，能戏曲，工书法，擅长泼墨写意花卉，又有军事才能，是一位富有传奇色彩的文人，和唐伯虎一样，在民间流传有很多故事，据说至今在浙江一带依然流传着，在他的故乡绍兴现在还有青藤书屋。

然而，这样一位才艺纵横的才子，一生不得志，甚至可以说是穷愁潦倒。

徐渭自幼以才学著称乡里，对功名事业充满了向往，却在科举之路上屡屡碰壁，八次应试八次不中，不惑之年才中举人。这对颇有些自负的徐渭来说可谓打击沉重。

后来，徐渭入浙闽总督胡宗宪府做幕僚，传说曾出奇计大破倭寇，一展他的军事才能。可以说这是他人生中比较顺畅的一段时日，但好景不长，胡氏因严嵩案被捕死于狱中，徐渭的生活再起波澜。他对胡宗宪被陷害而死深感痛心，也担忧自己会受株连遭迫害，对人生彻底失望。他为自己写了《自为墓志铭》，文辞激愤，精神也几近崩溃，几次自杀未果。疯癫的徐渭，又怀疑妻子不贞，结果失手杀死了她。这一次，他真的将自己送入了牢狱。

过了七年牢狱生活的徐渭，重获自由已年过半百，生活潦倒，他痛恨达官贵人而浪迹四方。晚年以卖书画甚至卖书卖衣度日，最终贫病而死，终年七十三岁。

"几间东倒西歪屋，一个南腔北调人"，这是徐渭诗中的句子，却是他一生的真实写照。他恃才傲物，放任不羁又生性偏激，但对艺术的追求却独到而有胆识。他曾说过："……画病，不病在墨轻与重，在生动与不生动耳。"（《书谢时臣渊明卷为葛公旦》）他的书法、绘画皆重气韵，生动而豪迈洒脱，一如他桀骜不驯的个性。徐渭的诗，在同朝的文学家袁宏道的眼中被视为明代第一；他的戏剧，受到戏剧家汤显祖的极力推崇。而于书画，更是令人仰慕，相传"扬州八怪"之一的郑板桥曾有一印，谓"青藤门下走狗"；齐白石也写过这样的诗："青藤雪个（八大山人）远凡胎，老缶（吴昌硕）衰年别有才；我欲九泉为走狗，三家门下转轮来。"近代艺术家吴昌硕也曾由衷地称赞："青藤画中圣，书法逾鲁公（颜真卿）。"

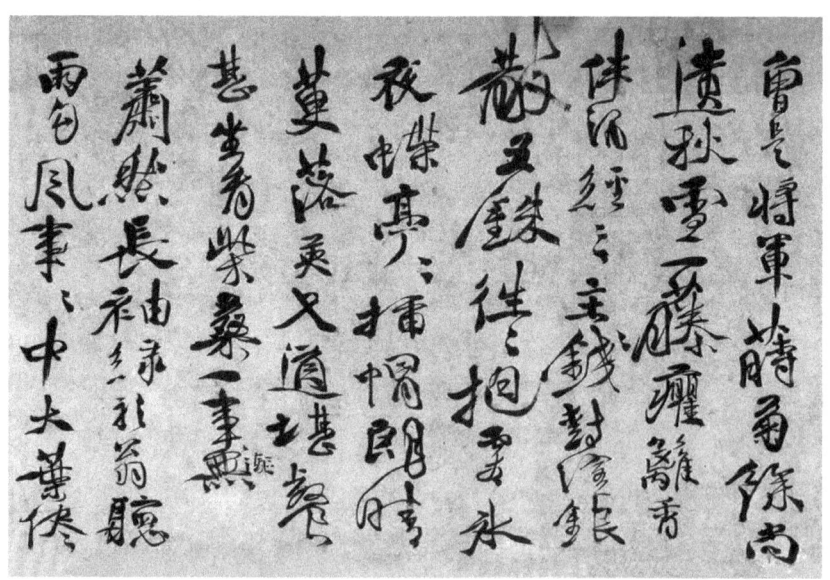

徐渭《女芙馆十咏》（局部）

徐渭的书画诗文大为艺术家们推崇，但究竟哪一个更出色呢。在徐渭自己看来，书第一，诗次之，文次之，画又次之。但论者普遍认为他的绘画成就最高。徐渭的写意花卉，用笔放纵，水墨淋漓，恣情写意，诗意盎然，不愧为中国大写意画的宗师，在中国美术史上影响深远，后来的八大山人、石涛、扬州八怪直至吴昌硕、齐白石无不受其影响。

徐渭的书法虽然不及他的绘画那样影响深远，但在明代书坛以标新立异，气韵格调不俗而为人乐道，特别是他的行草书，抒情写意，豪迈奔放，不计点画，行间茂密而满纸云烟。虽然看似乱头粗服，实则意趣盎然，极富感染力。明文学家陶望龄《歇菴集》认为："渭行草书精伟奇杰。"袁宏道极力推崇徐渭的书法，认为在王宠和文徵明之上，更是以一个文学家的眼光打量徐渭，视其为书林中的侠客。他说："文长喜作书，笔意奔放如其诗，苍劲中姿媚跃出，在王雅宜（王宠）、文征仲（文徵明）之上，不论书法而论书神，诚八法之散圣，字林之侠客也。"（《中郎集》）

《女芙馆十咏》，徐渭书，行书，纸本墨迹。现藏上海博物馆。《中国书法大辞典》著录，刊于《上海博物馆藏历代法书选集》、日本《中国书道全集》。

《女芙馆十咏》内容为徐渭吟咏芙蓉、芭蕉等花木的诗，共十首。虽然与他的肆意挥洒的行草作品相比较，是属于比较温情平和的一类，但其行笔的老辣凝重，沉着有力，依然神采焕然，可以说是徐渭晚年的得意之作。

通篇挥洒自如，笔意奔放，极见性情。爽利的侧锋用笔，欹侧倾斜的结体，都有宋书法大家米芾书法的遗韵，但比米芾更加的随心所欲。虽然他们二人都是自负才华而狂怪之人，但徐渭的狂怪更加的随性，如其人，所以他的作品抒情浪漫或许更胜一筹，然细腻和耐人品味之处却不及米芾。

写于 2006 年 8 月，修改于 2020 年 5 月

至人黄道周

收到《中国书画家》杂志，里面刊有我的一篇随笔《隆兴寺的香火》，是两年前随北京文联河北采风，过正定隆兴寺的随感。

这一期是2018年第6期。若不是朋友林仲文提点，竟没有发现，杂志里一半是有关明末著名书法家黄道周的，像是专刊了。

黄道周是我心仪的先贤，曾经有许多年的光景，迷恋他的书法，即使书坛大佬的老师一再告诫"不要学黄道周，要学二王"，还是依旧地痴迷。只是我不明白以老师的道德文章、书法造诣，为何会视黄氏书法为"野狐禅"呢？

黄道周（1585—1646，一说1645），字幼平或作幼玄，又字螭若，螭平，号石斋。福建漳浦人。明末东林党人。崇祯时任右中丞，福王时官至礼部尚书。率师抗清，战败被俘，不屈而死。

黄道周博学多能，擅长书法绘画，又精天文、历数、皇极诸书，是明末有影响的学者和书画家，人品、学问俱为人推崇，世人尊称他为"黄圣人""石斋先生"。

石斋先生四处讲学，培养了大批人才。《明史》记载："道周学贯古今，所至学者云集。"在同时代的徐霞客眼里"至人惟石斋，其字画为馆阁第一，文章为国朝第一，人品为海内第一，其学问直接周孔，为古今第一"。清乾隆帝也曾由衷地称赞黄道周："不愧一代完人。"

虽然我对"完人""至人"这种称谓一向持怀疑态度，但在明末混乱的政治舞台上，能这样不顾个人性命、散尽家财而舍生取义，让敌人都不得不竖大拇指的人，我没有理由怀疑他的人，怀疑他的学问、书法不入堂奥。

黄道周在明末的政治舞台上，不是最成功的政治家，但却是最让人敬佩的忠

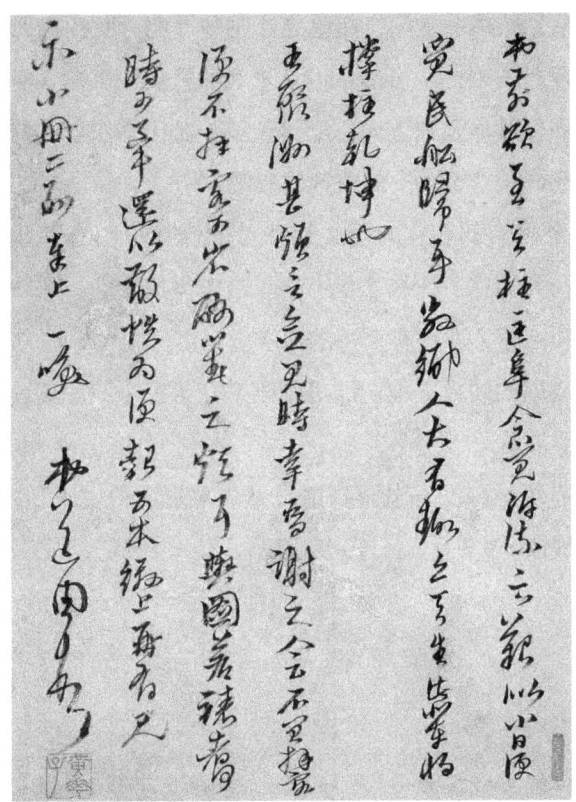

黄道周《手札》（局部）

义之臣；在明末的书画界不是最为声名显赫的书画家，但却是个性鲜明，风格独具的书法家。他的书法古朴奇绝，风骨沉雄，可惜他的忠义光环太盛，常让人忘记他还是一位难得的艺术家。

黄道周的书法以行草、小楷最有特点，也最为人推崇。他的行草书有章草的遗韵，古雅拙朴，行笔转折刚健有力，浑厚遒劲，以韵胜。小楷则结体方整近扁，笔法劲健，古拙质朴，有曹魏钟繇小楷的遗风。黄道周在当时书坛因循赵孟頫、董其昌柔媚时风的大环境下，冲破世俗的羁绊，取法汉魏六朝，书法古朴典雅，饶有韵致而为后人称赞。现代学者张宗祥《书学源流论》中认为明末书坛异军突起者有二人，黄道周就是其中之一。他说："明之季世，异军特起者，得二人焉：一为黄石斋，肆力章草，腕底盖无晋唐，何论宋元；一为张二水（瑞图），解散北碑以为行草，结体非六朝，用笔之法则师六朝。此皆得天独厚之人。"

当然，依我今日的眼光，虽然依旧喜欢和欣赏黄氏书法，但不会再痴迷，不是因为老师说的那样，而是我更倾心颓然天放，黄氏书法好则好矣，但有那么一点点儿的拘谨，或许是"至人"的秉性作祟吧。

人生的每一个段落都有它的中心意思，很感恩曾经的岁月里，遇到了黄道周，是他的书法让我知道了什么才是书法里最值得追求的，那就是格调，若没有曾经积年的学习和滋养，就没有今日的追求。

林仲文，黄道周的同乡，他们那里刚刚举办了一个纪念黄氏的书法展，我也荣幸地应邀参加了展览。

这期杂志里有篇林仲文写黄道周的文章《黄道周的生平和书画艺术》，杂志用心收藏了，慢慢读。

原刊于《青少年书法报》2018 年 7 月 22 日

老梅著花的金农

金农是清朝中期文化图谱里,名声响亮的"扬州八怪"中的一员。许多人认为,他是"八怪"里最具文人气的一个。金农一生布衣,擅长诗文书画,好收藏,有金石癖,并精于鉴赏。晚年客居扬州,以卖书画为生,可以说是扬州书画家群中的代表人物。

金农(1687—1764),字寿门,又字吉金;号冬心,别号稽留山民、曲江外史、龙梭仙客、百二砚田富翁、昔耶居士、心出家庵粥饭僧、金二十六郎等。因为生活在康、雍、乾三朝,所以又号"三朝老民"。浙江仁和(今属杭州)人。《清史稿》有传。

金农的绘画取法自然,表现自己的性灵和感受,写意而生动。所绘花卉小品,特别是梅花,枝多花繁,生机勃发,古雅而趣味横生。金农绘画造诣之高,或许让许多人想不到,他涉猎绘画时已年过半百,他以自己的艺术实践挑战了人生三十不学艺的旧说,创造了奇迹。而奇迹的背后是他丰厚的学养,所以才能涉笔即古。

金农的书法是"扬州八怪"中最有造诣的。他生活的年代,正是赵孟𫖯、董其昌秀美书风风靡书坛、科场、官场之时,而他却不随波逐流,在时风之外取法汉魏碑版。所以,现代学者马宗霍曾夸赞金农在帖学盛行的时代,能独辟蹊径,可谓豪杰之士。金农的书法古拙而有奇趣,他自创"漆书",隶书、楷隶以及行草书都有着独特的审美价值。

金农天资聪颖,从小受到良好的教育,曾向大学者、书法家何焯学习,也曾被举荐博学鸿词科,却不幸落选。这对昔时的文人来说,无疑是不小的打击。中年以后,金农开始四方游历,足迹遍布大半个中国,最后落脚江左名城扬州。扬州这个地方地理位置优越,经济繁荣,又有着它处所没有的人文环境,所以商贾云集,名流竞逐,游士聚会。金农落脚扬州后,就再也没有离开。

天性散淡的金农,虽然有时"岁得千金",却常随手散去,自己不得不时常依靠贩卖古董、抄写佛经、刻砚来维持生计,以致老来寄居寺庙,甚至死后无钱入殓。金农虽然时常困苦相扰,也曾有怀才不遇之憾,却始终不失文人的浪漫情怀。可以说,他无拘无束地度过了一生。

金农之所以位列"扬州八怪",除了他的性情、行为方式的不同寻常之外,主要的还是因为他在艺术追求上的不同凡响。金农的书法取法汉魏碑版、佛家写经、汉飞白书,以及《禅国山碑》《天发神谶碑》等,以自创的"漆书",也称"寿门书",最具特色,个性张扬,完全另立于书法的道统之外;他的行草书,兼以碑版的笔意,奇趣盎然,在"二王"、颜真卿之外独树一帜。可以说,金农的

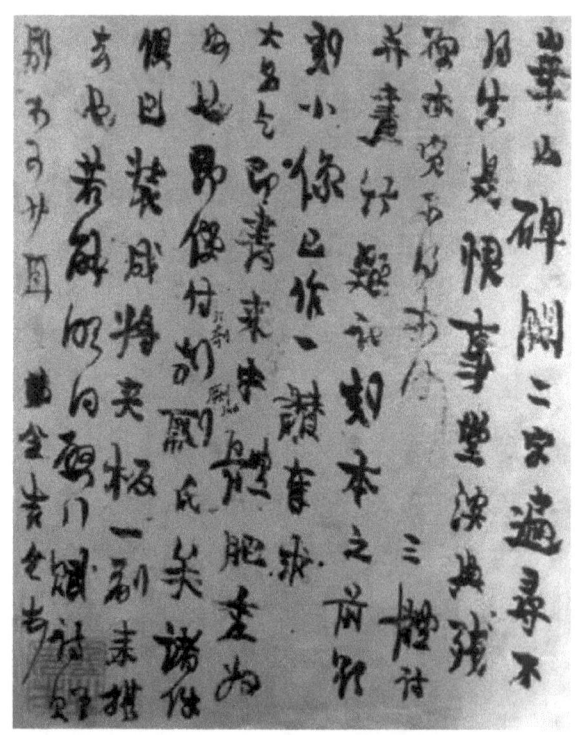

金农《华山碑札》

书法颠覆了书法传统典雅的美学追求，而赋予了新的审美内涵。

金农的"漆书"来源于汉八分书，用笔方扁如刷，墨色浓黑如漆，笔画横粗竖细，结体方整。他的隶书中杂入自家"漆书"的笔意，墨色浓重，古拙生姿。他的行草书融入汉魏碑版与"漆书"的笔意，用笔率真，结体紧密，体势欹斜，有着苍逸拙朴之趣。

金农的书法中最为精彩和动人的，也最为人称道和推崇的，不是他的漆书，而是他的行草书。

但金农似乎没有意识到这一点，我们从他流传下来的遗墨看，他的行草书多为手稿，大多是一些日常的诗稿及书信，而在其他形式的书法作品中很难见到以行草面目示人的。或许正是这种自由的，不经意的创作状态，赋予了金农行草书天真烂漫，自然天成的韵味。由此，也再一次证明了苏东坡"书初无意于佳乃佳尔"的论断，也体现了金农所说的"书法以心为师"。

在书法史上，有"集众家之长"一说。金农的行草书，虽然不能说融冶众家之长，但说融冶汉魏碑版与帖学还是不为过的。有人评价金农，认为他是中国书法史上在行草书中成功运用碑帖结合方法的第一人，还是颇为中肯的。的确，金农的行草书除了它的美学意义之外，也给后人学习书法开创了新的范式。

金农的行草书中有隶书的笔势、篆书的笔意，以及佛家写经的笔触；似隶似楷的点画，又兼有魏碑笔法，既苍古奇逸，又灵动洒脱。特别是他那些信手写就的信札，朴茂生姿，更有一种率意天成的意味，令人爱不释手。所以清代诗人、书法家江湜由衷地称赞："冬心先生书，淳古方整，从汉分隶得来，溢而为行草，如老梅著花，姿媚横出。"(《跋冬心随笔》)

《华山碑札》，金农书。行书，纸本墨迹。现藏日本东京国立博物馆。

《华山碑札》是金农写给友人的一封书信，是他行草类诗稿信札中最具代表性的作品。这篇金农晚年的作品笔墨老到，苍逸古拙，正如江湜所赞：老梅著花，姿媚横出。

《华山碑札》用笔率意而挥洒自如。墨色的浓淡枯湿，变化自然。行书中间杂着楷书，以及连绵的草书，还有隶书、篆书的笔意，亦行亦草，似楷似隶，极尽变化，却又浑然一体，令全篇充满了灵动之气，自然生动。偶然的隶书笔意，既增添了醇厚古朴，又使活泼俏皮之气顿生。章法的错落有致，字势的左高右低，笔画的左让右揖，又带来变化丰富，内敛而拙朴的意蕴。

《华山碑札》看似乱头粗服，信手涂来，其实它的美全在凝眸细品之间。可以说，《华山碑札》是金农长期以来书法研习的积淀，也是他的书法审美追求的集中体现。它的拙朴异趣在今天似乎更能引起崇尚写意和表现精神的当下人的审美共鸣，追逐者众多。遗憾的是，许多人看到或学到的只是皮毛，而不是它内含的那种雍容的文人气。

原刊于《中国文化报》2019 年 12 月 24 日

有些话我还是要说

前些日子整理书报，看到《中国文化报》美术周刊记者采访胡抗美先生的文章。胡先生说，他曾说过"书法是有门槛的"，遭遇了质疑和反对，心下不禁释然了许多。

曾经写过一篇《书法怎么了》的文章，引得网友吐槽。甚至有人怀疑我不是真枪真刀操练的家伙，而是个只会读死书的博士。真是要谢谢这些可爱的网友，说句不虚的话，博士还真的是我曾经的理想，只是今生怕是只能错过了。

想想当初写这篇文章的时候，我有满肚子的话要说，思量再三，还是太极式的委婉，循序渐进的比较好，于是话也只说得点到为止。以至有同道直呼：不过瘾！

人生走了大半，磨掉的不只是棱角，厚重的也不只是时光，但眼观这些吐槽，还是让我有些心塞。

胡抗美先生是书法圈子里的大咖，论身份、论影响、论学识、论书艺都高过我，他也只是说了句"书法是有门槛的"，这是书法行当里再简单不过的道理。要说，我说得比他多多了，有人吐槽实属正常。

胡先生说，尽管有人反对他的观点，但他还是坚持自己的观点：书法是有门槛的。我为胡先生手工点赞！

转念想想，有人吐槽，总好过没人搭理，这说明还是有许多人亲近书法。

忽然觉得有些话我也还是要说。

在今天的中国，我敢说，喜欢书法的人很多，每日写来写去的人也不在少数，很多人都认为书法离自己很近。我很负责地说：错！其实书法离你很远。

近是因为书法不像绘画那样动笔要有基本的技法训练，只要识汉字，有足够

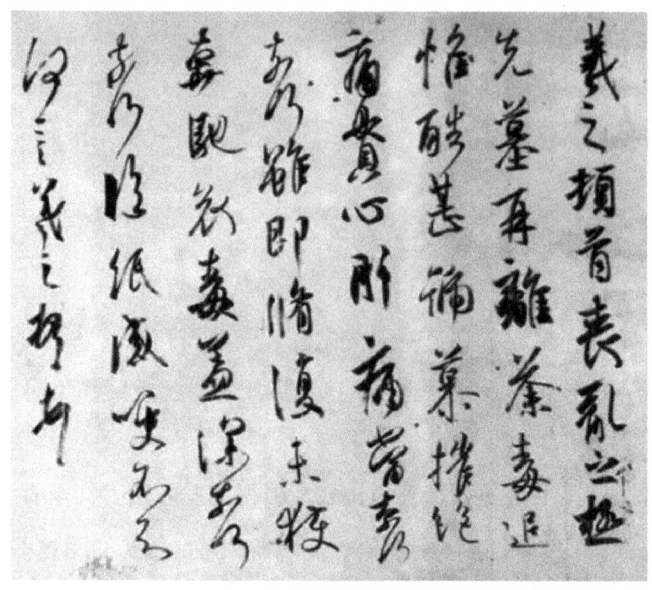
王羲之《丧乱帖》

的胆儿，拿起毛笔就可以下手。关键是这时候的你只是单纯地在写字，在用毛笔抄着你日常喜欢的词和句子，而不是书法，就像你用钢笔书写一样，只不过换了工具和材料。

　　书法，套用一句很流行的话来说，是中国优秀的传统文化中一个活着的瑰宝。我想，这话不会有人反对。问题是，瑰宝之所以成为瑰宝，定是有它的道理，不是什么都可以这样定义的。书法不是视觉中简单的墨迹，她不是抄书、抄诗，而是有法度的艺术书写，是与书者心灵相契的一种精神、审美的物化。书法有她自己的技法、语言、内涵和要求，有她的审美的价值判断。从有书法那天起，她就是精英追捧的文化。我这样说，不是说普通人就不可以与书法相亲相伴，而是说，如果你亲近书法，一定要学着用书法的知识和语言来观照书法，哪怕你只是想当个票友，或者只是想亲近欣赏。

　　虽然，书法开始与实用不可分，也曾是读书人士大夫考取功名的工具，在一些人眼里也只是"英杰之余事，文章之急务"（〔宋〕朱长文《续书断》）。

　　但古时候的那些读书人士大夫，却没有一个不视书法为终生追求，将书法看作身份的另一个重要的名片。今天我们看到的富有表现力，几近抽象符号，天马行空，游行自在的草书，在一千多年前的东汉时期就已经成熟，有了洒脱淋漓，纵横奔放的"一笔书"，有了被冠以"草圣"的书法家张芝；那些沉淀在历史深处的与书法有关的动人故事，要讲，也能讲上一千零一夜。那些被一代又一代书法家继承、发展、积淀的传统有多深厚，只有深入其中的人才能领会。是故，有艺术评论家感叹：十年一个画家，二十年一个书法家。此话虽不可绝对等量齐观，但书法不好驾驭却是共识。

遗憾的是，在今天，那些曾经与书法有关的人，有关的故事，还有传统，就像走远了的背影，在经历了多次的运动、变革的文化断裂之后，那背影远得只剩下一个点画。改革开放，书法回归，但这一次，书法已不再是文化人的专属和痴迷的情结，也失去了曾经滋养她的土壤；书法与实用彻底分野，成了独立的艺术门类，职业的划分里有了书法家这个行当。

微信里流传着林语堂的话：书法是中国美学的基础。

先不去讨论这话是不是林先生说的，有没有道理，但有一点是明确的，书法与中国的本土文化血肉相连，且这种文字的艺术在地球上独此一家，令许多西方人着迷。我们该不该为这个自豪一把，该不该为能继续地自豪下去添把柴呢？只有书法家、创作者的脚步是不能实现这个"中国梦"的，还要众多的喜欢的人、欣赏的人跟上才行。

隔行如隔山，这话没有人不熟悉。书法的确是需要门槛的。今天的我们在向历史深处的那些书法家，还有经典致敬的时候，要静下心来，去书法的世界里认真地走走看看，而不是凭着朴素的认知，以爱的名义绑架书法。

原刊于《中国文化报》2017 年 1 月 22 日

如何办个良心展

中秋的天气转凉，天也亮的不那么早了，以往的等天大亮才起床的我，今儿却一反常态的早。天还黑着，脑子里就开始有了句子，想着天亮了再起来把它转化成文字。明知道自己的记忆不是那么值得信赖，却还是那么想，那么做了。

果然，坐在电脑前，脑子一片混沌，那一连串如流水的句子不知去哪躲猫猫儿了，只剩下两个字：良知。

之所以能记住这两个字，是因为前不久的一个展览。这个展览的特别，让我觉得有话想说，就为了自己的那点儿想法，刻意的没去读、也没去听那些大咖们的议论。

王镛先生自撰自刻的砚铭展，确切地说，是砚和砚铭展。别小看这多加的一个字：砚，却是撑起了展览的大半个天。正是因为实物的砚让这个展览更立体，更形象，更有趣，也更丰满好看；让砚和砚铭后面的作者不再是冷冰冰的概念，而是有温度，可以想见的劳动者。

套用现在的流行语，王镛先生的这个展览是个"良心展"。在庸常的展览铺天盖地的眼下，能看到这个展览的人，应该说眼福不浅。

我这个人兴趣不那么广泛，生活内容中最主要的项目不是低头躬耕，就是抬头观看。低头久了，就希望能抬抬头，换个思维，或者受点儿启发。但是抬头久了，再低头也不那么容易进入状态，或许还会干扰颇多、思维多头，且心绪不定。所以，对抬头看什么，会格外的当心。

在我的世界里，最多的是写字、画画、刻印的，当然也有敲文字的。每天一早醒来，打开微信，扑面而来的讯息，自然是各路书画展的讯息，占据了大半个朋友圈。由南到北，由西向东，各种的展览消息令人眼花缭乱，常常地叹息自己的脑子怎么这么的不给力，不能一下子吸收这么多的营养，于是生出许多的怪念头。

眼花缭乱的展览明明和自己没有半毛钱的关系，却总觉得和自己有那么点儿关系。就算是一些展览的主角我认识，或者是朋友，那展览的作品不是我的劳动成果，又怎么能说和自己有关系呢？

问题是，怪就怪在这儿，或许因为同类相惜吧。我会假定那个展览主角是自己，我又会不由自主地去想怎么去经营和设计这个展览，好能让观众不白跑一趟，或者能让观众自己心甘情愿地来看这个展览，而这个展览不只是考验朋友友情的汇报展。这样想的结果是，对亲力亲为办个展的兴趣越来越寡淡。

在没有微信的日子里，我还有兴趣和动力想着去办个展览。因为那个时候，我大多时日活在自己的世界里，守着自己的一亩三分地，就可以快乐着自己，还能想着有余力去快乐别人。按今天的思维，那时候的我眼窝子浅，可这眼窝浅的日子着实的让人有种幸福感。

这些都是题外话，我最想要说的是艺术家办展览的目的何在？是营销手段，还是为了给别人提供美育的机会和平台？也就是说展览的价值点在哪儿？

现在流行策展人，还有金牌策展人与普通策展人的区别，就像汽车的基础版和高配版，钱花到了自然不一样。策展人的作用就像是产品包装和广告的设计师，要让产品吸引人眼球，就必要花心思，研究使用者的爱好和兴趣点，当然，称职的策展人必要有前瞻的眼光和思维，不只满足吸引人的眼球，还要能引导观者的审美。

策展人就是那个号观众脉的人，号得准，展览就成功了一半，另一半自然是主角作品的质量保证。惯常来看，展览作品过硬似乎更为重要，不然，策展人又如何的锦上添花，推波助澜？

王镛先生的这个展览，据说出自名策展人，这样的不同凡响印证了金牌策展人的作用不可低估。然其作品的过硬让这不同凡响才有了有的放矢，掷地有声。

不知道为什么，说到这儿，我又想到了"良知"二字。说起来，艺术家的展览与良知好像不搭界，却不知道为什么我还是觉得他们之间能扯上关系。

关于良知，亚圣孟子如是说："人之所不学而能者，其良能也；所不虑而知者，其良知也。"（《孟子·尽心上》）哲学家王守仁又说："若鄙人所谓致知格物者，致吾心之良知于事事物物也。吾心之良知，即所谓天理也。致吾心良知之天理于事事物物，则事事物物皆得其理矣。"（《传习录》）

如是说"良知"，是不待思虑而自然知者，如赤子之心。我心良知之天理于事事物物，而事事物物皆得其理，那么有良知的艺术家就是一个不虑其他，只从自然之理用心于事事物物，而所为事事物物皆得其理的艺术家。他若举办展览，必是一个"良心展"。比如王镛先生。他这样在书坛响当当且创作过硬的人物，为了这个砚铭展还要努力躬耕好几百天，为的是把那个最好的自己，最好的作品呈现给观众，而那些如我一般一直在路上的书法家、画家，又如何有资格不认认真真地对待艺术，对待展览之事。

天下熙熙，皆为利来；天下攘攘，皆为利往。活成以良知于事事物物的人不容易，活成以良知于事事物物的艺术家便更加的不容易。然我却始终期待，始终相信，这样的人，这样的艺术家，虽然稀少，但不个别，王镛先生的砚铭展证明我的期待是有温度的，是可期的。

原刊于《艺术市场》2017年11月

有一种绘画叫作文人画

在很久、很久以前的中国，有这样一些人，他们是文人，也可能是官员，却喜欢舞文弄墨，公办之余，读书之暇，写字画画，全凭个人性情、爱好和追求，画什么，画成什么样子，全在自己喜欢。他们没有功利的念头，不需要入展得奖，也不需要得到什么人的认可和肯定，只为心头的那份想表达的愿望。

因为他们，在中国有了一种绘画叫作文人画。

文人们画画，画的是自己，所以有"画如其人"之说。画是客观世界的主观再现，虽然描摹的对象素材都来源于大千世界，那些寻常见的花草树木、山川河流、鱼虫飞鸟……经过文人们的渲染，就变成了心期望的样子，有了诗意，有了情调，有了寄托，有了一种说不清、道不明的情绪。文人们说，这是"写意的精神""天人合一"的宇宙观，于是，文人画又有了"写意"这种别称，评判的标准也都是气韵、格调、神妙……这样诗意的字眼。

那时候的文人，也称士，他们有着自己人生的最高理想：学而优则仕，进入主流社会。以儒教为本，独善其身兼济天下，为仕途，为天下苍生，但文人的雅兴、意趣不会因为身份的变化而失去一分一毫。当然，现实中也有不屑官位仕途的文人高士，隐匿在山林、在村野、在闹市。比如拒绝朝廷征官，只钟情于书法和学问，"临池学书，池水尽墨"的"草圣"张芝，再比如"梅妻鹤子"隐居西湖的和靖先生。

那时候的文人，大都学富五车，满腹经纶，出口铄金，他们作文作赋，写诗填词，书法画画，担当之外，无不表达骨子里的那份清高、那份孤傲，寄托人与自然和谐共处的理想。

他们表面上看似拘谨，内心却诗意浪漫，好做梦，这梦就在他们的诗歌里，在画里、在书法里。他们在绘画里，加持了诗，还有书法，至此，中国画便有了新的境界。诗言志，书法是生命的一种独特表现，所以有人总结：中国画以诗为魂，以书为骨，以哲为思。

文采有多高、修养有多深、情趣有多雅，书法绘画便有多高。文人画里，笔墨技法不是最重要的，因为它们不过是赖以表达的手段，在文人眼里，想要表达的情感、意趣和追求才是最最要紧的。所以，延续了中国文人精神的书画艺术，它的审美有着独有的特征：内容高于形式。

虽然说，文人画不能涵盖中国画的全部，却是统领中国画的精神内核。

在当今的世界，据说只有中华文明从古传到今。这份荣耀今天的传人真的担不起，看看当下生活在九百六十万平方公里土地上的中华儿女，除了如假包换的 DNA 之外，时尚潮流、审美追求，城市、街道……怎么看，都像是西方文明的影子。

近百年来的中国风起云涌，西学东渐、社会变革，中华文明内部裂变，传统的经史之学早已失去合法性。所以有人说，"今日全球化风潮，不同文化和思想日趋融合，中华文明裂变的结果，是我们逐渐地丧失了自我，渐渐纳入西方文明之中"。正如英国历史学家汤因比对历史的总结：文明死于自杀，而非他杀。

处在这样尴尬的社会文化氛围中的中国画家，遭遇了前所未有的挑战。余秋雨在《笔墨祭》中说："我们今天失去的不是书法艺术，而是烘托书法艺术的社会气氛和人文趋向。"中国画又何尝

八大山人《杂画册（之一）》

不是这样？

当今的中国画家中也有称"文人画"的，还匠心独运地在文人画前加了一个字："新"，似乎是在说，此"文人画"非彼"文人画"，但又与彼"文人画"有着某种联系。

徒见成功之美，不悟所致之由。这些画家知道，古今阻隔，已很难揣摩旧时文人的心思、意趣、追求，还有价值取向，对于他们的遗墨文稿再喜欢，也难有那样的表达，因为腹中有的难与古人相续，却极容易紧跟所谓的"国际前沿"。

当然，今天的画家比旧时的文人画家有着更开阔的视野看待美术，有着更多创新求变的可能，这也是旧时那些文人画家即使诗心烂漫，做梦也梦不到的。

如果说数字技术的出现，银河系里的地球变成了一个村落，如果在这个村里，人们沟通无障碍，消弭了地域间的文化差异，世界大一统了，我们也不必追求什么中国画精神了。

然而事实上，我们在数字化的世界里生活了很久了，日趋发达的数字技术改变着人类的生活习惯，但西方还是西方，东方还是东方。我们可以享用人类的科技成果带来的便利，却难以改变与生俱来的基因传承。其实，每个人都知晓独特的价值，外出旅游，都会想着寻找最有特色的地方，想着搜罗最有民族风、地域性的物件儿。

曾听说有人反对以地域划分画种，先不论这种理念是否合理或者正确，首要的是弄清楚划分的标准。一方水土养一方人，一个民族有一个民族的文化特征、价值取向、审美习惯、生活方式，绘画无疑是这种本土文化的延伸和反映。我想不好能用一种什么样的划分标准，让不同地域或民族的绘画在大一统的盘子里再怎么归堆儿。

现在的画家不是古代文人，画画也成了一种职业，这个社会强加给绘画艺术太多的想法和功用，画家们太想成功，使命感的展览太多，为历史画画的人也不在少数。置身的社会太热闹，太拥挤，也太匆忙。就算有人向往旧时文人画家"天人合一"的理念，"物我两忘"的境界，也难有那样的纯粹本真，那样的清淡孤高。

那些吟唱着"志于道，据于德，依于仁，游于艺"，无为的文人画家们，越来越远的背影，令人心中升腾着惆怅，像是雨中深山里的云雾，越聚越多。

如果我们对自己的文化有自信，对我们的过去了然于心，对世界充满好奇；如果艺术不为立门户拉山头，不为名利，不为那些所谓的风潮、运动困宥，画家们会找回自己。

不久前，刚刚结束的故宫武英殿"四僧"书画展，展期延了几十天，暑天的溽热里，前来观展的人络绎不绝。想想当年梅兰芳把京剧带到美国，齐白石的画会让毕加索动心，我们是不是有理由相信自己，相信穿越岁月烟尘的文人画精神从来就不曾远去。

原刊于《艺术市场》2017年9月

艺术直见的是性命

结束了湖南通道侗寨写生，取道桂林回京。

到达机场，离飞机起飞还有很长的几个小时。清明时节人来人往的声浪，近二十天的起早贪黑、紧张奔波，突然陷落在如暑天般的热浪里，坐不得坐，站不得站，看又看不得什么，聊赖无着。忽然想起二十天前坐在飞往意大利的飞机上，十多个小时的漫漫长途，也是这样无着，想睡睡不着，好在看了部心里一直有的电影《刺客聂隐娘》，侯孝贤的。

侯导为了这部电影，磨了很多很多年，这在今天这个讲究速度、价值的社会，显得不合时宜。许多昨天还在潮头的时尚，今天就有可能 out 了。一部电影精工细磨得黄口小女都长成亭亭玉立的大姑娘了，时尚也不知翻了多少轮。由衷地感佩侯导的笃定、耐力、执着，还有自信。

《聂隐娘》也真对得起侯导的精心打磨，一出闺阁，便在戛纳斩获了大奖。

这消息曾被我写进文章，只是没有印象它上映的情形，想想这么文艺范儿十足的电影，不温不火，正常。

这是一部很唐代的电影，人物就像是从唐代大画家吴道子、阎立本的画里走出来的，举手投足之间，"唐范儿"十足。

雍容华贵的妆容配上唯美的画面，这电影值得看。文言的对白，直让人觉得不小心一脚跌进了历史。缓慢的节奏，语言的简省，考验演员的功力。演员也的确给力，如果不是舒淇那张现代脸偶令人跳脱，这电影，其实很有带入感。

有意思的是固定机位的拍摄，就像你站在那，看着眼前的人慢慢走过，走远，走出视线……这样朴素平实的叙述方式，也不合今天处处炫技的风尚。

或许过惯了急火火生活的当下人，受不了《聂隐娘》这样缺少冲突、缓慢的

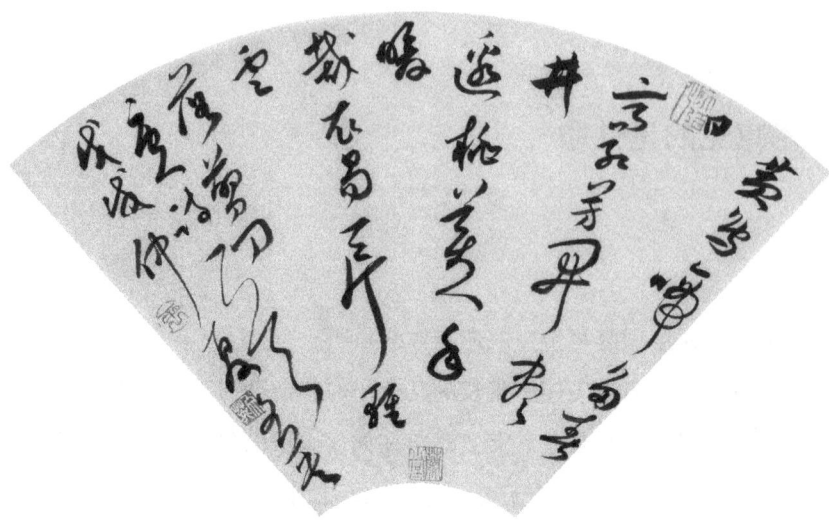

王文英《施肩吾〈春词〉》

叙事方式,又或许这正是侯导最匠心的地方。谁又能说朴实不是大美,就像最高级的色彩不是炫彩,而是黑白灰。

大音希声,大象无形。想起艺术圈常常吵吵的先哲老子的这两句话。说的人多,按这个行事的人却不多。毕竟能够达到大音、大象者寥寥无几。

不知道是谁说的艺术作品直见的是性命。这话乍一听有点吓人,细想还是有些道理的。

书法的时间性、空间构成、笔法的讲究、水墨的运用,哪一个不是用生命去体验的。

在笔墨纸砚里厮混久了,慢慢地也有了一些心得,忽然觉得书法这门古老的艺术,代代相传,除了技法规矩,更多的是心得体会。然而,令人沮丧的是心得体会是没有办法 ctrl + c(复制)的,只有实践。比如有篇论书法的文章《论书》,里面有这样一句话,五个字:凡书通即变。说这五个字的是唐代的僧人释亚栖,想来他的书法一定是通了,才会有这点睛的五个字。

在笔墨里用心久了的人,才会自然而然地放下技法的约束,颓然天放,无为而为,比如苏东坡,比如八大山人。当然,这样的人,一定是生命足够"厚重"

的人，就像导演了《聂隐娘》的侯孝贤。

以技法为能事的，会越来越被技法所摆布，下笔便是套路，便是"不得不如此"；觉悟了的，刻意地放弃熟练的技法，或者反技法，也是一种突破。

然，这都不是书法的最高境界。

只有"走心"地写久了，生命"厚重"了，才会发现自己正在由技而道的路上，就像古人说的技进乎道。技在不知不觉中慢慢地被忽略，这时的执笔者与技"无缝对接"了，呈现的是生命自然的状态，就像释亚栖说的"书通即变"。这时候的书写者或许会体会到什么是"大音希声""大象无形"。

这是书法艺术最深刻的地方。不是每一个有书写时间积累的人都可以达到"通"，说到"变"。有许多人写了一辈子，只是在写字，从来没有"走心"。还有一些人，一开始就很"走心"，满纸的"花架子"，是以很中国的方式，写着很不中国的"书法"。

没有一种文化不是传承的，就像人类的繁衍，即使医学科学发达，出现了克隆人，但还是离不开人类的细胞组织。

书法亦然。

总想着继承，或者总想着创新，其实都是想多了。一代代的书法家这样走过，也没见学习"二王"的，成了"二王"第二。清代颜体复兴，同是学颜真卿的刘墉、何绍基、钱沣同学，哪个也没成老师第二，还各有各的模样。

所以说，作为一个生活在现实里的人，你再怎么努力都不可能脱离时代的影响，也就是说，你再怎么模仿，都规避不了时代烙印和自身限制。

值得点赞的，都是那些"走心"且生命厚重的人。

原刊于《书法报》2018 年 7 月 17 日

闲堂的"闲"

闲堂，大号宫双华。

旧时的人在名字之外，有字有号，现在只有舞文弄墨的人还保留着这样的"风俗"和雅好。所以，一直写写画画的宫双华，名字之外，便有了"闲堂"之号。不过，他可不是一开始就号"闲堂"的。早年，也就是说，他还相对年轻的时候，号四无斋主人、默斋、双清山馆主人、梅花屋主人。

至于什么时候开始用的闲堂之号，记不大清楚了。印象里自打有了"闲堂"之号，他便有了"宅"的毛病。再后来，遇到相识的朋友总会不经意地问一句：双华在干些什么？

这话还真是问倒我了。细想一下，还真不知道他在家都干些什么，只知道，他不会像我一样闲着的时候喝茶、读闲书、看大片，但会起早贪黑地看欧冠、NBA（美国男子职业篮球联赛）什么的。

太阳在天上的时候，我都不在家，太阳下山了，我才回家。吃过晚饭，各干各的事，还真没留意过他都在干些什么。只知道他案头枕边书很多，诗文书画、古文字……很杂，也常见他进我的领地，站在书橱那儿，翻看工具书。顺便说明一下，重要的、大部头的工具书大多放在我身后的书橱里。家里二十来个书橱，分别立在五个地方，但至于怎么码放，我没尽过一点心，但这不妨碍满足我的需求。

闲堂闲"宅"家里，却让本来还算宽敞的栖息地，空间变得越来越小，越来越让人堵心。乍来的人会以为这家人不是刚搬来，就是正准备搬走。随地的书堆着，写过画过的宣纸像招贴画，贴满墙面还不够，柜子上、沙发上，连睡人的床上也不放过。

想想我自己也读书，也写写画画，也有随便乱贴乱放的可能，只好随他，因

闲堂《惜寸阴》

为有人抢先有了这些毛病，作为同一个集体的人，只能收敛自己，谁让人家闲"宅"在家里呢。

　　坐在电脑前，往前捯捯日子，在闲堂还号默斋的时候，他的确不是一个"宅人"。每天风风火火地过活，那节奏快得让人喘不过气来，展览、比赛、会朋友，就像走马灯。一会儿草书、一会儿隶书、一会儿魏碑、一会儿篆书、一会儿又行书，对联、斗方、条幅、小品……简牍、碑版，豪放的、内敛的、雄壮的、典雅的……换着样来，让人眼花缭乱，常有跟不上趟儿的担心，但也只能心下怨怨自己的父母，怎么就没把女儿的身子骨生得硬朗些，更是奇怪他怎么就不知道个累呢。

　　那个时候，在他的眼里，除了他那点儿写写画画的事，就是满世界地淘换书，同一个内容，只要不是同一家出版社，都不耽误他把它们请回家，有点钱，全用在这儿了。曾经沮丧地以为，他这辈子，无药可救，就这样了。

　　他却突然有一天号"闲堂"了，外面是风是雨，突然也和他没有多大关系了。闲堂"宅"的时候越来越多，笔下的风景越来越波澜不惊。

　　开始有人说，从闲堂的作品中体味到了一种清凉，一份出世的宁静。我的老领导，研究美学的金开诚先生也曾看走眼，误以为闲堂的作品是出自红尘外的佛家弟子。

　　"宅"在家写写画画的闲堂，能拨动神经的，怕是只有他的学生了。上课下课，对他而言，没什么区别，只要有人问，他就不吝赐教。不管是黑天还是白天，也不管这时候是在干啥，他指定会停下手里的活计，去回复学生的问题。更让人不懂的是，他弃方便的语音留言不用，非要一个字一个字敲在手机上，好像

闲堂《我与梅花是故人》

只有这样他才踏实,也一定要写好范字,拍照发过去。手机在他来说,只有这功能最重要,因为出门时,他很少怀揣手机,就是"宅"着,也常静音。

"宅"着的闲堂,也有出门的时候。淘换书和文玩的痴癖还在,也常会"寻花问柳",看看山、看看水,应景写写诗、填填词:

　　寻到残荷横卧处,
　　　数枝折取入梅瓶。

明明活在烟尘里,却像跳出三界外,不在五行中,这人怕也是只能这样了。都说江山易改、本性难移,只好随他去吧。

原刊于《中国文化报》2017 年 6 月 11 日

渴望自由的心灵——走过清莱黑屋博物馆

每隔一段时间都会有刷爆微信朋友圈的事发生，每一件都像是小石子投入平静的湖面，每个人不站出来说句话，就好像自己没了是非观，没了存在感。

邵岩的一段用针管射墨的视频，就这样突然刷爆朋友圈。其实，邵岩这么干有些年了，而这段视频也是陈年的。

突然成了网红的邵岩，一下子成了众矢之的。呼啦啦，几乎一边倒的斥责之声，就连清华大学美术学院也坐不住了，赶紧撇清关系。据说，不淡定的还有管理书法家的机构的领导。

邵岩被归了队，和那些有手不用，用脚、用"人体器官"写字的；有宣纸不用，在女子身体上写字的；还有任笔为体、胡涂乱抹的……归在了一起。

且不说，邵岩的射墨实践是不是书法，但看客们把它归到了书法。或许因为邵岩身上最著名的标签是书法家，或许他用了书法用的材料和工具，又或许书法真的广布民间。

最为悲剧的是，其实，邵岩是个严肃的艺术家，而批判他的，除了喜爱书法的爱好者，更有以书法为己任的书法家。

本来如鲠在喉，也想说点什么的，但好像说什么都像是多余，你说还是不说，书法就在那里，艺术也没跑到天边。

作为一个艺术家，都知道保鲜的方法莫过于保有一颗自由的心灵。然自由的心灵却不是凭谁想保有就能坚持的。

话说到这儿，不由得想起曾经走过的泰国清莱的"黑屋"，还有站在"黑屋"院落里的那份感慨。

"黑屋"是泰国清莱的一景，在当地非常有名。如果到了清莱，不要错过的地方，就有"黑屋"。

所谓"黑屋"，不是黑色的房子，而是一座院落，准确地说，是有着一组建筑群的院落，且占地面积不小。这些建筑不是惯常那些有历史年代可资、可炫耀的所在。

"黑屋"是当代的建筑群落，一个艺术家的家。在他离世不久，还带有生命余温的家，就成了公众随意进出游览休闲的地方。

这个艺术家名叫Thawan Duchanee，在泰国的艺术界享有盛誉。

艺术家的"家"不同于普通人遮风避雨休憩意义上的居所，而是一件最能体现其心性的作品。

Thawan Duchanee 的"家"称得上杰作。

在他生命的七十多年里，有三十多年的光阴都用在了设计创作这个庞大的艺术品上。因为建筑的铺排陈设，黑色居多，所以被人称作了"黑屋"。

徜徉在"黑屋"，感受艺术的世界，感受艺术家的世界，远比想象的丰盈，那份惊叹是刚走进"黑屋"时，断然不会有的。

"黑屋"的建筑大多用柚木，黑檀色，屋宇高大阔，华美的雕刻，在柚木黑

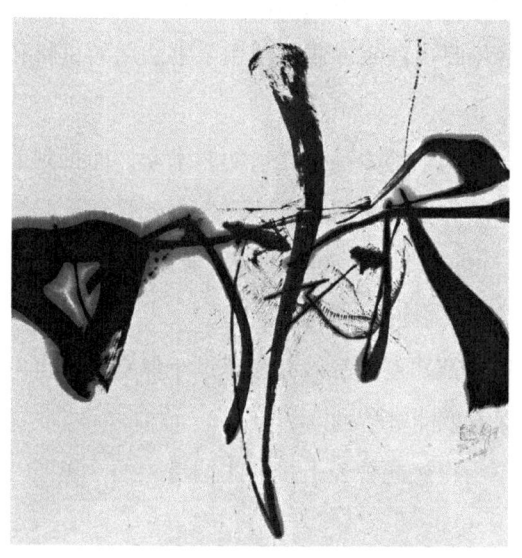

邵岩《四时花开》

檀的衬托下，气度不凡，质朴大气。

院落的树荫里散落着十几栋大大小小的建筑，个个设计匠心独运，里面铺排陈设着 Thawan Duchanee 的作品，远古时代的兽骨，原始人类捕猎耕种的工具，古董，还有动物标本，以及含有这些元素，设计感极强的桌椅家什。

生命、死亡，过去、现在，在这里交融，就像是一条生命的河流。它们按照作者的意图排列组合，看上去那么和谐、妥切、舒服，好像天生就是这样，有着唐朝楷书的品质，"严丝合缝"得一个笔画都挪动不得。

建筑、建筑里面的布局，每一个陈设，都是一件艺术品。每一件都浸透着作者的心思。见到它们的欣赏者，包括我，会各有各的解读。

所以，"黑屋"又被称作黑屋博物馆。

在这个世界上，科技文明重要，经济发达重要，艺术家也不是可有可无的装点。今天的清莱，有两大可资清莱人骄傲，供人参观游览的地方，"黑屋"之外，还有正在继续设计建造着的"白庙"，都是艺术家的作品，几乎成了清莱的代名词，几让人忽略了清莱曾经是一个有历史的泰国古都。

我不知道 Thawan Duchanee 的经历，甚至都不知道他长什么样子，是胖是瘦。其实，对一个艺术家来说，作品就是最好的名片。

从 Thawan Duchanee 这个称得上博物馆的"家"，我知道他有一颗自由的心灵，有一个尊贵的灵魂，他的才华才可以这样的蓬勃，这样的受到尊重。所以，今天才能有那么多的人，借黑屋走进他的艺术，走进他的生命。

敬佩、羡慕 Thawan Duchanee 的同时，也有那么一点点的自豪。因为我也是一个和艺术有关系的人。

渴望自由的心灵，是我站在黑屋院落里树荫下那一刻，最真实的愿望，也是此刻我最想表达的。或许邵岩也有这样的愿望。

原刊于《中国文化报》2018 年 9 月 2 日

那个叫书法的艺术

午后翻着闲书,看到沈鹏先生的文章《宗师:通会与独创》,文章由韩国书法家金正喜说到书法的前世今生。

金氏书法在韩国享有最高的尊崇,有"书圣"的美誉,就像中国的"书圣"王羲之。虽然他们都为一国"书圣",却没有可比性。王羲之是书法史上标志性的人物,经典的代言人,且比金氏年长一千多岁,十多个世纪。作为后学晚辈的金正喜书法或多或少受过王"书圣"的影响。

金正喜生活的年代,是中国最后一个封建王朝清朝的中晚期。他二十四岁来到中国,正赶上中国书坛金石考据和碑学的兴起,有幸拜见过碑学的倡导者阮元,还有以书法金石著名的翁方纲。书法之外,金正喜还是金石学家、经学家。

"书法"一词的起源,大概可以追溯到东汉。当"书法"成了一个专用名词,一个以汉字为载体的文化艺术门类逐渐成熟,有了它自身的美学理论、文化内涵,还有书写的"法则"和"方法"。

后来,中国书法漂洋过海传到近邻的日本和朝鲜半岛。虽然当时的日本和朝鲜半岛都属于汉文化圈,但外来文化势必会逐渐与本土文化相融合,书法在日本变成了"书道",在朝鲜半岛变成了"书艺"。日本"书道"形成在德川时代;韩国的书艺,则是在1945年,才把日本统治时代通用的"书道"更名为"书艺",融入自己的文化。

中国书法,日本书道,韩国书艺,虽然叫法不同,但本质上是一致的,都要求技、艺、道的统一。

也就是说,汉文化圈对书法与书法家的要求没有两样,都是以儒教为本:评论书法家,由人品下观书艺,再从书艺优劣求人品;学识深浅看书艺,再从书艺精粗测学识。

　　书法的功力，可以说直接对应的是书法家的全部素质。

　　常常地想，这样一个悠久且传承有序、影响深远的民族艺术，现如今却面临一个旧文化被打破，新文化尚没有建立的尴尬时代，又不幸地赶上全球化、泛娱乐化的时代潮流，正如余秋雨在《笔墨祭》中说的，"我们今天失去的不是书法艺术，而是烘托书法艺术的社会气氛和人文趋向"。作为当下的书法人如何作为，才能从前人那里很好地继承这门古老的艺术，又能很好的传承给后人？

　　沈先生说："书法的革新，历史上常处在字体变异的时代。我们当前时代不可能出现新的字体，一时难以出现新的有巨大影响力的流派，但是各种字体、各种流派的消化、吸收、互补、融合，肯定对书法的创新有极大的推进作用。书法的创造，有赖观念更新。我们不仅要承继古人留下的那一份现成的财富，而且还要学习古人的创造精神。

　　"我们面临着世界日趋一体的新时代。传统艺术几乎不可能简单地将外来的一切拒之门外，要在世界潮流中独树一帜，就要敢于吸收世界各国文化中有益的成分，时刻守卫着传统中相对稳定的本质的因素。由此，传统的民族艺术才能获得新的生机。"

　　这段话很有现实的指导意义，但多少还是有些遗憾它只是说给书法人听的。其实，真正的书法人都不懒惰，相比较而言，书法面临的社会文化氛围、人文趋向才更让人焦虑，一个不被大众真正普遍懂得的艺术，能走多远？

原刊于《书法报》2019年12月17日

失落的传统

不记得是在什么时候,在什么地方读到过一篇文章,大意是说中国书画艺术传统的失落。其实,有这样忧患意识的大有人在。一个有着悠久历史,有着深厚传统和文明的国度,传承与发扬自己的文化,何以会让人忧虑?

这样的忧虑不是杞人忧天。中国的传统文化在20世纪的屡次运动变革中,一次次地遭到破坏和革除,不仅是从日常的现实里,而且还从人的头脑中。积淀了几千年的文明曾经一度几乎成了古董,被尘封在线装书和一些人的记忆深处。

伴随着一场场运动成长起来的人,在很长的一段时间里,不知道什么是传统文化,只知道旧文化被称作封建文化,是新文化的对立面,是要旗帜鲜明地划清界限,批倒批臭的。

比如"批孔"这事,我经历过,那时年纪尚小,也跟在大人们后面,在小学校里学写了不少的儿歌,画过不少的漫画。其实,孔老二是个什么人,做过什么事,为什么遭批判,我哪里分得清。只知道他生活在很遥远、很遥远的古代,是个四体不勤,五谷不分,到处游说,人人喊打的过街老鼠。

当运动结束的时候,我已过了开蒙的年纪,才知道自己生长的这个国家有着五千年的灿烂文明,而那个曾经被批得体无完肤,叫作孔老二的老头儿,其实是个曾经被众人景仰的"圣人",是儒家学派的创始人,被称为伟大的思想家、政治家、教育家。在两千多年前活着的时候,就已经被人奉为"天纵之圣""天之木铎""千古圣人",是当时社会上最博学的人之一,后来又被尊为至圣万世师表,是读书人的祖师爷。

过去的读书人想要金榜题名,博得好出路,都要去庙里给他老人家上香,祈求保佑。现在,他的声名漂洋过海,成为世界文化名人,中国在海外花钱建了很多传播中华文明的学校,叫孔子学院。虽然我不觉得孔子学说等同于中华文明,但他的确是中国历史上最尊贵的文化人。

生活在诸子百家争鸣的先秦,孔子或许想到过自己的学说会影响后代,会成为一门众多人追随的显学;但成为独尊的至圣先师,成了天下读书人的祖师爷,这事或许超出了他的想象,当然,横遭天下人群起围殴也应该是他老人家没有想到的。

热热闹闹的运动尘埃落定,封闭很久的国门终于再次打开。然而这一开,便是洞开,西洋文明如潮水汹涌而来。

虽然尘封很久的传统文化,重又被提起,还要振兴。拂去尘埃,想要新一代人消除对它的陌生感、疏离感,却非想象的那样容易。而这些被尘封在线装书和典籍中的本土文化,又如何抗衡那些漂洋过海汹涌而至,看得见、摸得着的五光十色的外来文化。

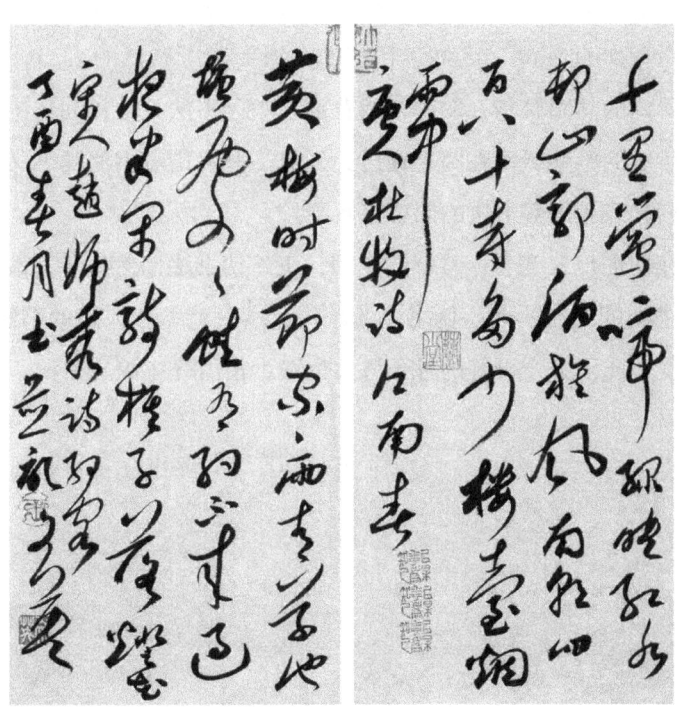

王文英《古人诗二首》

二三十年的时光，很长，对一个人；而对于历史，却不过一瞬。而这一瞬，却让一代或两代人如同生活在一个全新的世界里，不知道自己从哪儿来，脑子里曾经装满了口号，和这口号里虚幻的人生。我们今天说的传统文化，是不是那个传承了五千年的文化，很难说，因为这些对于运动中长大的一代人来说，也像是全新的。曾经的传统就像断裂的链条，虽然修复了，但终不是原来那个。

想起多年前的一个画展研讨会，有人说"年轻的艺术家整体素质在发生变化，他们的文化素质，对传统的认识和理解，使一些应当保持发扬的东西没有得到有效的传承。也是因为这种状况，使我们确实有理由感到担忧"。

这话很有代表性，可以说代表了许多老一代艺术家的忧虑。比如说书法这个承载着中华文明精神的艺术，在复兴的几十年里红红火火，越来越热，临池习字的人也越来越多，越来越多的大学都有了书法课或书法专业，民间的培训机构比比皆是，新兴的硕士、博士，"名家""大师"像雨后春笋。但书法真的如一些人夸口的那样，繁荣了、发展了，甚至超越古人了，还真不好说。

能看到的是如此深厚、高妙、私密的书法变成了聚众的表演，遣兴怡情的游戏活动。看似的热闹繁华，却越来越背离了中国书法的精神和传统，大多数的人不过是以传统的笔墨纸砚在写字而已；还有一些人借着书法的名义，刷着存在感，博取名利；或者借着书法的旧瓶装新酒。

书法正在悄悄地改变着，看似的热闹，正让伪书法悄然流行；最为让人担忧的还不是伪书法的流行，而是伪书法的流行让本来就差强人意的书法文化环境，更加盐碱化。如此下去，再好的种子恐怕也很难长出好庄稼。

原刊于《青少年书法报》2009年9月1日

《习书札记》的札记

有的人学习书法一辈子，愉悦、涵养了自己；有的人愉悦、涵养自己的同时，还让欣赏的人得到了愉悦和涵养。还有一些人学习书法，愉悦、涵养自己和他人的同时，还不忘将自己一辈子潜心研究的心得与他人分享。

周振华兄就是这样的一个人。他习书五十载，也与文学耳鬓厮磨了五十载，艺文双修，这在当下书法圈子里不多见。常听说某人因为一方面的才能、名声而使另一方面的才能被忽视，即使这个才能一样了得。周兄在散文上的成就常令人忘了他还是一个书法家。

周兄的《习书札记》让许多人知道，其实他也是一个地地道道的书法人。作为书法人的他，身上的文学基因却难被忽略。他的《习书札记》不是就书法论书法，而是站在一个文化的高度来观照书法，事事处处体现着一个文化人的担当。这一点，是许多圈内的书法人力不能及的。

周兄《习书札记》虽然传承了中国文论感悟式的特点，却在历史、当下的纵坐标里，考量书法、文化的发展，及其现象，有着积极的现实意义。用看似朴素的语言说着大道理，其中精彩的段落很多。

学好书法的九挂马车论，作家与书法、书法家名望成就与"舍"的关系论等等都新颖独到，对当下书法现象的研判也鞭辟入里，令读者在历史、现实的经纬线里，感受到了一个文化人的情怀、担当，还有深度。

写于 2016 年 11 月 23 日

贰·行走光阴

屯　堡

屯堡在贵州，是个环山的古村落，却不同于传统意义上的村子。它的前身只是一个屯兵的庄子，据说那些兵都是吴三桂的部下，来自南京。

在没到贵州之前，只在报纸上见到过屯堡的消息，没有想到第一次到贵州，就有机会亲临屯堡。虽然时间匆促，只能在屯中穿过，印象却是极深的。

赶到屯堡的时候，斜阳天边，炊烟四起，夕阳给屯堡染上了几许神秘。石砌的老屋，排兵布阵似的街巷，都笼在岁月的烟尘里。

走在这样的街巷里，仿佛能感受到久远的心跳，闻得到岁月深处的炊烟。

最让人温暖的是那些忙碌的妇人们，她们大多满脸风霜，服饰却很特别。身着玄色的绲边青蓝布裳，腰裹玄色布围裙，头上缠着或白或黑的布头饰。

当地人告诉我，只有屯堡的女人，才这样装扮。她们忙碌的身影像是屯堡的呼吸，让这个来自岁月深处的古村落鲜活有温度；她们才是屯堡最美的景致，有了她们，屯堡这幅画才有生气，才生动感人。

屯堡的先人们明末战乱中落草此地，几百年来，任岁月流逝，沧海桑田，屯堡人始终坚守着先人的传统，就连穿着打扮都一丝不苟地传承着先人。令人没有想到的是，时光指针转到21世纪，久闭的屯堡大门打开，就再也关不上了，外面的风吹来，年轻一代的屯堡人从此不安静了。

走在屯堡的街巷里，还能看到守着传统的屯堡人，但大多是上了年纪的老人，那些年轻人虽然也有旧时装扮的，但一看就不是为了自己，而是为了应对像我这样外来的游人。不知道再下一代，屯堡会变成什么样子。

屯兵起家的屯堡以八卦图铺排街巷，建筑材料就地取材，所有的建筑，就连一道道的街巷，穿过堡子的水渠都是石头砌成的，可以相见当初这个工程的难易程度，还有坚固度。

　　石头城堡就像一个经历了岁月风霜的老人，没有了火气，唯有厚重沧桑和淡定从容，落日余晖里浮动着淡淡的诗意。

　　穿行在石头城堡，让人惊叹的不只有兵阵似的石头城堡、屯堡人的传统，还有穿过屯子的水渠。这水渠有上下两层，上层看得见的清澈见底的是饮用水，下面一层看不见的是排污用的污水渠。这样的理念和巧妙设计，不输几百年后的城市规划设计，让人不能不竖起拇指。

　　有意思的是，女子头上缠绕的黑白布饰是区分身份的标志。只有嫁了人的女子才能这样装扮。然圈饰的颜色又是区别嫁了人的女子身份，媳妇辈的女子着白色圈饰，而黑色的圈饰是家中最长辈的女性才有资格佩戴的。

　　这样的等级分明又有秩序，显然遗留着军队的风气。在游人还没有到来之前，屯堡一直守着先人留下的传统过活，日出而耕，日落而息。虽然自然条件有限，但却过得安然自在。

　　现在的屯堡人已很少耕种，几乎家家开着小铺子，卖着山货，卖着旅游小商品，靠着旅游过活了。屯堡也渐渐地不再是那个延续着历史的古堡，虽然街还是那个街，屋还是那个屋。

原刊于《青少年书法报》2017年12月4日

流水画桥春梦里

到达扬州的时候，斜阳已爬上树颠，因为只有这一晚的停留，而我又是第一次到扬州，于是听从当地朋友的建议，放下行装直奔了扬州的名片瘦西湖。

瘦西湖，没想到她是真的瘦，瘦得像古画里仕女的披帛被甩了出去，婉转迤逦而去，怎么看都更像是一条河。

原来，瘦西湖是由几个私家园林，还有旧时的护城河连缀而成，蜿蜒迂回好几公里，自然就瘦成了这样，但却比西湖多了份阴柔飘逸的妩媚。

伫立湖边，不像西湖那样，可以尽收眼底。瘦西湖的美，还在她的婉转，她的韵致，她的少女般的欲说还羞。只有耐下性子，才可以一点一点儿，慢慢地感受和品味她的美。

沿湖堤曲曲的岸边，依次有长堤春柳、四桥烟雨、徐园、小金山、吹台、五亭桥、白塔、二十四桥、玲珑花界、熙春台、望春楼、吟月茶楼、湖滨长廊、石壁流淙、静香书屋……一路走过，俨然一幅风景长卷徐徐展开，人也变身画中的人物，随景转换。三公里的画卷处处匠心，既自成景致，又浑然一体，好像短了哪处都会不完整。

逛着这样的园林，才知道古人为什么好在宣纸上渲染风景长卷了。

"烟花三月下扬州"，不知道诗仙李白是否真的到过扬州，暮春三月的扬州是否烟花还盛？此时的扬州仲春二月，却早已是柳绿莺飞，姹紫嫣红，如茵如烟，是"花月正春风"的好季节。

蜿蜒的长堤，数百米，杨柳与桃相间。一眼望不到边的新绿，点染得湖水也似怡人的绿锦，微波荡漾。轻柔的柳丝，迎风飘举，像是一群长发妩媚的女子挥着长袖舞蹈，曼妙的舞姿轻盈地滑过心田，柔情似水。据说"长堤春柳"是扬州

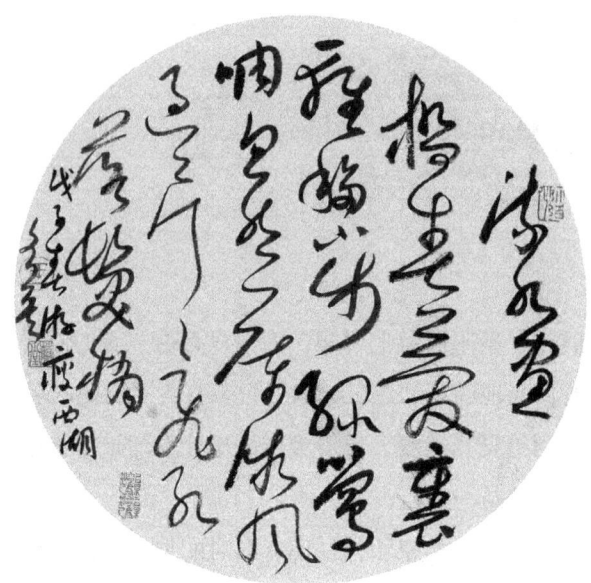

王文英自作诗《春游瘦西湖》

二十四景之一,果然名不虚传。

路边的迎春、桃花虽近迟暮,但散落在盛开的郁金香、玉兰和不知名的花丛中,生机不减。人在花间走,人看花,花诱人,色彩斑斓,芳香迷离,花不醉人人自醉。

微风过处,落英缤纷,洋洋洒洒,恰似漫天飞雪。柔情像湖水漫溢周身,在这个温润的午后,偶拾心香一瓣:

流水画桥春梦里,
轻移小步绿莺啁。
忽然一阵微风过,
片片飞红落发梢。

"二十四桥明月夜,玉人何处教吹箫。"行至二十四桥,但见身姿迥异的小桥,左一个右一个,前一个后一个,桥桥相连相通,走过一座又一座,好像一不小心误入了桥林深处，何处才是归路？

这是否就是杜牧当年流连过的地方，是否真的有二十四桥，他是否也面对过斜阳影里的小桥流水，绿树鸣禽，也像我这样突然有了无限怀想？

"天下三分明月夜，二分明月在扬州"，是否这二分明月都在此处呢？

可惜游过瘦西湖，也于晚饭后行船古运河。虽然是明月夜，却不像想象中的明亮，扬州城也不似想象中的那样韵致婉转。花哨的霓虹灯，闪烁之间，彰显着现代都市的性格，就连天上、水中的月，也因了这五颜六色的星星般的灯海而暗淡了许多。而此时，诗情便也沉沦在这灯海里了。

夜晚的扬州，隐在了灯火里。

原刊于《青少年书法报》2018 年 6 月 25 日

散人万里江湖天——何园记游

扬州的何园，一共去过两次。一次是薄暮时分，一次是午后；一次是仲春，一次是初夏。值得回味的是仲春时节黄昏里的那一次。

薄暮时分的何园，褪去了白日的喧闹，亭台楼阁，花草树木，山石池鱼都沐浴在落日余晖里，光影柔和，温润可人。慢慢地走过庭院、水榭，回廊、楼台，别有一番情意漫上心头。城市里住久了的人，特别珍惜这一刻的闲适、安宁，还有那份难得的视觉享受和人文情怀。

何园，又称寄啸山庄，是清同治年间的道台何芷舠在双槐园的旧址上改建的。据说，名字来自陶渊明的诗句"登东皋以舒啸，临清流而赋诗"。寄啸山庄被辟为何宅的后花园，所以又称"何园"。

何园被公认为晚清第一名园，听说当今的物理学家、中科院何祚庥院士，就是何园的后人。

江南的园林以紧凑，步步为景见长。而何园，是此中算得上秀气的一类：一榭、一山、一池、两楼，因回廊相连。

园中的水榭，不得不提，单它的模样就一眼忘不掉，远看像一条靠岸停泊休整的船，它的名字还真的叫作船厅。船厅单檐歇山式，也带回廊，有些西式建筑的味道，给何园的园林设计增分不少。据说建成这个样子，是和主人的一段经历有关。

转过楼角，楼前梁柱上的楹联，是我喜欢的清人何绍基的手迹：

  退士一生藜苋食，
  散人万里江湖天。

贰 · 行走光阴
散人万里江湖天——何园记游

内容好，书法也好。内容或许是主人一生的缩记。行书字迹宽博，遒丽端庄，恣肆中透着逸气。

何绍基，别号东州居士，道州（今湖南道县）人，人称"何道州"。何氏是晚清书坛最具代表性和影响力的书家中的一个，也是清朝"颜体复兴"阵营里的代表。真草隶篆行五体兼善，以行书成就最高。此联是我见过的何氏行书作品中的精品，不知道是不是他中年的作品？因为何氏晚年的作品多为篆隶书。据说，何氏也喜欢自己中年的作品，尽量收买，自赏自叹，不知道这件作品他可曾惦念过？书法之外，何氏是名副其实的学术大家，晚清名臣曾国藩就非常推崇何氏的学问艺术。

继续前行，远远地又见山墙上镌刻着"片石山房"四字。正疑惑间，同行的当地朋友告诉我：片石山房现在只有遗迹，一般游人是难寻到的。那近旁的叠石，该不会是大画家石涛的手笔吧？问了度娘，还真的是石涛的作品，有人说这是他叠石的人间"孤本"。

石涛也是我喜欢的书画家。他是个出家人，俗姓朱，名若极，小字阿长，广西桂林人。明朝靖江王朱守谦的后裔，他的父亲朱亨嘉是第十三代靖江王。石涛出身皇族，却不幸赶上了改朝换代，与另一个大画家朱耷同姓同宗同命运，都落得削发为僧。世间因此少了两个贵族官吏，却成就了中国艺术史上的一代宗师，由此看来，也不失为一件幸事。

出家后的石涛法名原济，一作元济。字石涛，号大涤子、清湘老人、瞎尊者、苦瓜和尚等。长于山水，擅花卉、蔬果、兰竹，兼工人物，也擅书法，难得的书画全才。"搜尽奇峰打草稿"的石涛，一反当时的仿古之风，他的画重写意，抒发性灵，构图新奇，笔墨雄健恣肆，酣畅淋漓，于豪放中寓静穆之气。与弘仁、髡残、朱耷并称清初画坛四僧。"扬州八怪"就是沿着"四僧"开创的以生活为本，以性灵为上的风气，崛起的又一群不偕流俗的艺术家。

石涛六十岁以后，结束漂泊，定居扬州，他的大写意画或许在这里才有了市场。潘天寿认为，石涛开"扬州画派"之先，或许是有道理的。

何园的假山叠石之妙，在于山峰耸立，秀映清池，有奇峻之美。最为奇妙的是，峰峦起伏的山石中，竟藏着一个洞孔，透着天光，映入山脚下的池水中，宛如满月。不知这是苦瓜和尚的匠心独运，还是机缘巧合？无论哪样，都是我见过的人造景中最贴近自然的。

扬州自古繁华，商贾云集，不仅园林之盛，甲于天下，而且人文荟萃，特别是晚清时期不知道有多少像石涛、扬州八怪这样以书画为生的艺术家落脚扬州，使得扬州这个销金窟，也变得风雅起来，多了人文气质。至今，在扬州城随便转一转，就会感受到他们曾经生活过的印迹。

何园的主人归隐扬州后，光绪年间又购得片石山房旧址，扩入自家园林。

何园在抗日战争时期曾一度落入日本人手中，抗战胜利后收为国有，一直至今，像我这样的小民才能有幸来园中一游。

园中树木扶苏，花开年年。梁间的燕子依旧的飞来飞去，却不知早已是斯人已去，物是人非。感慨系之，遂成绝句：

  小楼寂寂日迟迟，
  穿石天光月映池。
  燕子何知故人去，
  飞来还立旧时枝。

原刊于《中国书法报》2020年8月4日

赶春——丁酉早春二月安康写生记忆

和春天有个约会。

是画家尤其是山水画家每个春天都落不下的相约。只要自己走得动，当草色遥看刚刚有点意思，就纷纷背上画板进山赶春了。

在我成为自由人的这两个春天，哪一个，我都不敢怠慢，毕竟生命中那么多春天毫无觉察就溜走了。所以，当春风刚刚露脸儿，我就开始跃跃欲试了。

去年山西吕梁，今年陕西安康，都是我不曾到过的地方。但吕梁的黄土高坡对我来说并不陌生，黄土高原不用涉足脑中就有储存，何况我还曾到过写生地吕梁碛口黄河对岸的陕西榆林。

安康我没到过，脑中也没有储存，哪怕是一张影像，对我的吸引可想而知。所以，当这个春天在望的时候，北京水墨行动组委会主任薛晓喜打来电话，问我陕南安康写生去不去，我忙不迭地回答：去，一定去。

我是关中人，很小就到了北京。在家乡的足迹多在关中平原一带，说到陕西，脑中闪回的不是八百里秦川，就是《兰花花》的黄土高坡。虽然小的时候跳的绳子上串满了小竹节，妈妈也经常做醪糟给我们吃，生活中这些与邻居四川有些相似的细节，没有让我对它隔壁的家乡南部有什么特别的认识。

说来也怪，四川这些年我没少跑路，却一直没有到过离它不远的陕南。

写到这儿，想起一件旧事。多年前曾经出差四川广元，也曾在刘备当年入蜀的蜀道上溜达过，蜀道的另一头就是陕南最大的城市汉中，也知道汉中有两大宝贝是我想要见的：褒斜栈道里的《开通褒斜道摩崖刻石》，还有《石门颂》。这两件宝贝是汉代摩崖石刻的代表，是书法人膜拜的对象，早年学习书法我没少用心过。

却不知道为什么，公务结束，随着大部队原路返回比汉中远很多的成都再回北京。路上遇修路，绕了很远，天黑透了才进了成都城，不得不再留宿一宿。一路的颠簸，一路的后悔。

随性，不愿给人添麻烦，让我人生里多了好多的擦肩而过，当然也少不了后悔。

没有到过也没有概念的安康，说起来我又不陌生，因为有熟悉的人曾在那里工作，知道富硒的自然条件让安康名气在外。当然，仅此而已。

在西安下了火车，坐上大巴车出市区，两边巍峨绿盖的山峰就像王安石诗中写的"两山排闼送青来"，这就是秦岭的腹地了。我生活的北方这个时候，山还没有完全从睡梦中醒过来，而秦岭早就一派生机盎然了。

曾经从北京坐火车去四川德阳，在秦岭里穿行过。火车行进在谷底，对秦岭的感受只有八个字：山势高峻，山峰密集。同是坐车，但坐在大巴车上不像坐在火车上，只能看到一侧的景，多维的空间里，至少能看到三维的景物，感受自然不一样。

穿过长长的终南山隧道，秦岭就在身后了，迎面而来的山都称大巴山了，山势明显平缓了很多。没有想到这个十八公里世界第一的公路隧道两边，形同两个世界，也彻底明白了为啥秦岭淮河一线是中国的地理分界线了。

隧道南边的安康人风俗语言有点"川化"。写生的第一站安康的紫阳县，距离西安二百多公里，距离四川达州也二百多公里，气候风俗语言生活习性与关中大不相同，却与四川的相似度有八分。外来的人初次到紫阳会以为一不小心走过了入川了。

百里不同风，千里不同俗。二百多公里的空间变化，风、俗都不相同，这点儿小发现，只能说明平时走的路、过的桥还是太少了。

行万里路，对很多人来说，也许就够了，但对画家尤其是山水画家来说，行万里路还只是个开始。

发源于秦岭的汉江穿过安康，让安康有了江南秀美的味道，但逶迤的大巴山又让安康多了蜀国麻辣的风情。

贰·行走光阴
赶春——丁酉早春二月安康写生记忆

紫阳的毛坝镇是安康与四川的边镇,风俗更近四川,然山中比四川山里开阔,风景也更妩媚,尤其是早春二月。满目鲜活的影像,色彩的斑斓,色阶的丰富,自然的丰盈,又一次令研究色彩和形象的我相形见绌。

山上的植被由鹅黄到老绿不知过度了多少色阶,梯田里山坡上叫得上叫不上名的各色庄稼蔬果花花草草,而黄灿灿的油菜花、红赭的坡地最是耀眼醒目,好像一不小心掉在了颜料堆里。梯田也因了这不同的色彩,宛然画家笔下看似漫不经心又匠心独运的图画铺排在山坡、林角、溪边。黄、白色的墙,灰顶的民居似画中的点睛,恰到好处地散落着。小桥流水人家,路转溪桥忽见,山静得真个似太古。踏着山果落英行走在山道上,就像行走在王维的那些辋川诗里,寂静里只有"雨中山果落,灯下草虫鸣"。

醉在美景里的画家们,刚刚支上画架,一场不期而遇的倒春寒来了,驱走了阳光,带来了一天接一天没完没了的雨雪、湿冷,还有惆怅。

恰是这场可遇不可求的春寒,让我和伙伴儿们感受了春与冬的博弈较量,欣赏了春与冬相撞的奇异美景,领略了自然的神奇。虽然不能对景写生,但雪里行走看景更是一场视觉盛宴。

银装素裹里的多彩世界,就像戴了一副多棱镜,景色重重叠叠;山路深处的

王文英《紫阳印象》

王文英《紫阳印象》

溪水木屋、布满青苔的溪石树木,感觉又像进入了林海雪原。此刻的遇见怕是今生很难再有第二回了,早一步晚一步,都会擦肩而过,不能不生起很深的珍惜,好在现在的数字影印技术,除了心中的影,还可以留下现实的影。

一日行走近两万步,惊喜、富氧离子让人感觉不到疲倦,只有意犹未尽。

行走在山里,少不了要麻烦当地的山民。他们会热情地招呼陌生的你喝杯热茶,喊陌生的你进屋暖和暖和,邀陌生的你和他们一起用餐。坐着人家的小板凳,享受着热茶,却想不出什么回报,暖暖的心里飘进两个久已想不起的字眼:淳朴。

淳朴在当下就像清洁的空气,稀缺。

这里虽然是贫困地区,却没有颓败的气息,房屋无论新旧,院落都整洁干净。山路尽头的一户人家,背靠青山,溪水门前过,客厅墙上挂着电视,厨房里

贰·行走光阴
赶春——丁酉早春二月安康写生记忆

北京水墨行动·国画家走进安康

有整体厨柜灶具，山岩流水边的卫生间里放着洗衣机，门外小桥边立着几块长满青苔的大石头。可惜家只有老人守着，年轻人都进城打工了。

只是遗憾山里传统民居不多，多的是与城市接轨的外贴瓷砖方正的水泥小楼。听安康本土画家，也是我们采风的总接待李天海说，他上次陪西安的画家来的时候，老房子还很多。

这些不起眼的老房子，承载着地域的文化和传统。我们生活的这块土地，开发建设蒸蒸日上，给人的感觉就像一片片刚刚开发的处女地，什么都是新的。

忽然想起在报纸上读过的一则故事。一个美国小伙子，办了一个网站，这个网站的内容，和他的生活没有关系，与他生长的国家也没有关系，却和万里之外的中国有关。当他知道中国丰富生动的方言正在消逝，于是，有了这个网站，专门收集中国的方言。

开始担心，下次我来的时候还能不能见到老房子，有一点是可以肯定的，我还会再来，用画笔、用镜头收集记忆这些老房子。

常听人说，画家足迹的后面跟上的是旅游大军，不知道陕南安康紫阳的山里会不会因为画家的到来也热闹起来。祈祷山民们不用出山打工就可以生活得很好，但不是以牺牲环境资源为代价，更祈祷民风能够淳朴依旧。

原刊于《中国文化报》2017年4月30日，
荣宝斋《艺术品》2017年第6期

在路上——丙申春日吕梁采风手记

乡情

在我把画画当成一种营生后，总有些日子在路上。在路上的日子，虽然吃不好、睡不稳，却总有收获，一些经历，一些人，一些事让你觉得值。所以，在路上的日子会很长。

我生在关中平原，长在北京，既没有土生又土长的关中人恋乡的情结，也没有土生的北京人拔份儿的自豪。但内心深处对自己来的那个地方，还是有着几分期盼的，每每遇到有老家能时不时回去过一段时光的两地人，总掩饰不住羡慕。

丙申早春去山西吕梁采风写生，落脚在碛口镇。这个镇子，在黄河边边上，沿着河岸的缓坡铺排着明清的老房子，老房子外面是黄河卵石的街道。置身这样满是老房子、老物件的老街，若不是偶尔错身而过的汽车，真的以为自己不小心，穿越了。

虽然我住的窑洞式的房子，门直接对着外边，上着传统的挂锁，两扇门怎么也关不拢，透着冷风。但我喜欢这里，喜欢时光凝固的样子。

河的对岸，是黄土高原常见的起伏的黄土高坡，绵延着，看不到炊烟，同行的山西画家告诉我，那是榆林，陕西的榆林。心中止不住的欢喜，还有了点点的渴望。其实，那里，我也只去过一次，还是来去匆匆。

接下来的日子，无论早出还是晚归，走过鹅卵石的街道，都会不自觉地向河对岸望望，好像有什么人在那儿等着。河对岸的榆林离关中有好几百公里的路，且风情也大异于关中，但乡情就是这么一个怪异不由人的东西。

作者在李家山写生

碛口镇

话说写生的一号大本营碛口镇，是个有历史的地方，从明清到民国的几百年，不仅是连接秦晋间的要地，且是北方的商贸重镇，号称"九曲黄河第一镇"。

碛口的繁华，是因为它生的地方好，恰在黄河与湫河的交汇点上。每逢雨季，来势凶猛的湫河水，就像一个魔术高手，把它从黄土地上舶来的战利品泥沙一并带入黄河，把黄河东岸变成了"麒麟滩"，又把原本四五百米宽的黄河，压柿饼一样狂挤成百米左右，河水变得湍急，加上林立的礁石，来往的船只不得不在碛口停泊。

遥想盛年的碛口，林立的船桅、穿梭的商旅，各种店、各种招幌……不知道有没有张择端那样的丹青妙手，给碛口留下像《清明上河图》那样的纪实画卷？

今天的碛口，像一个老态龙钟的没齿老人，坐在夕阳下的旧门墩上，眯着眼，打着盹，沉浸在旧时光里。无数车马行人打磨包浆的鹅卵石街道，斑驳老旧的屋宇楼舍，砖雕、青石、大瓮、马槽……都落上了岁月的烟尘。

现在空中铁路公路网格式便捷的交通，早就终结了漕运的黄金岁月，也终结

王文英《黄土地印象》

了碛口的好日子，古镇落寞在夕阳里。虽然今天的碛口人很有眼光，新建的房屋传承着老样子，虽然在我们的版图里像这样有传承的地方很稀有，但若想要在保持传统的同时谋发展，光靠着老祖宗留下的老街、老房子，力道远远不够。要盘活古镇，就要开动脑筋，而不是简单粗暴地消费祖宗的遗产。

老街若是没有与人争道的汽车，那味道会更好。

李家山

李家山是到吕梁写生的画家们首选的地方，也是我们采风写生的第一站，离下榻的碛口镇五公里。虽然来之前见过李家山的照片，没有想到初上李家山，还是被它惊艳了。

李家山和碛口镇一样，顽强地保持着自己的风貌。

李家山沟壑纵横，满眼的黄土高坡，浑厚苍凉，唯有漫山的枣树挺立者，倔强的干，倔强的枝，就像这里世代生活的山民，质朴中透着顽强。

这里的人家与山为邻，左右、上下相居，层层叠叠窑洞式的民居，布满山坳边上的缓坡，浓郁的黄河风情，许多还是有了岁月的老房子、老窑洞。

听说吴冠中到过李家山，也曾被李家山的样子感动：

> 这样的村子，这样的房子，走遍全世界都难找到。李家山从外部看像一座荒凉的汉墓，一进去是很古老讲究的窑洞，古村相对封闭，像与世隔绝的桃花源。

我没有探究这个故事是真是假，也不想探究这话是不是吴冠中说的。因为的确像李家山这样的村子，这样的房子，可着世界也难寻觅。只是李家山是有些荒凉，但看上去不至于像汉墓，更像是有温度、有生命的民居博物馆。

今天的李家山，青壮年大多离开这山坡上的家，外出讨生活了，家中只剩下老人，还有孩子。许多窑洞的门都是锁着的，人去屋空，人带走了屋的生气，还有生命，屋只寂寞地败落着。

王文英《黄土地印象》

满山的枣树，却少有人收果子，大多落在了地上，化作春泥。开春了，枝上还残留着星点干透的红枣，在风中摇曳。山西大枣全国闻名，而这里的枣子据说是极品中的极品，却留不住年轻人求变的脚步。

这里的山民渴望现代文明的侵入，但或许正是贫穷才使他们保留着传承了一辈又一辈的传统。

走出李家山的年轻人，不会再回到这个贫瘠的山村，那些错落的老屋，会一直这样落寞着，十年、二十年……我不知道李家山作为被国家有关部门认定的中国历史文化名村，会不会像京西的爨底下村，彻底地变身为民居博物馆式的旅游村，或者像山西平遥古城，旅游与生活相间。

无论哪一种发展模式，都祈祷未来的李家山、碛口镇能够在传承中求发展，而不是盲目地砸了旧的建新的，或者荒唐地新旧嫁接，单纯地求经济指标而只重旅游。

北京水墨行动采风写生团的画家们，散落在李家山的沟壑里，就像一道风景，让寂静的李家山有了些许生气，也让好客的李家山人兴奋，就连这里家养的狗狗们也开心，走到哪儿都跟着，就像是自己家的。

原刊于《中国文化报》2017 年 9 月 24 日，
《映像》2018 年第 3、4 期

那些你走过看过的地方——丁酉初夏燕山采风速记

浅夏五月的京郊满山葱翠，气温飙升。画家们这个季节大多收起行囊，躲在画室里，整理着春天里拾到的梦。

北京水墨行动和北京燕山国画院却不寻常地在初夏的葱翠里，组织画家们京郊燕山采风写生。短短的一周时光，赶了路、办了展，遇到了古村落，见到了太行，感受和收获多得一样可以捋上大半天。

时光里的诗——古村落

对于有着一把年纪的老建筑，我情有独钟。它们积淀了光阴，也积淀了生命，带着出生时的美学标签，享受了一拨又一拨主人的爱护和照顾，也收藏了他们的爱恨情仇、酸甜苦辣，经历了岁月的包浆，俨然一首首深邃冷峻又温情脉脉的诗。画了很多这样的老建筑，我给它们起了一个很好听的名字——时光里的诗。

房山区是京城的西南门户，虽然离京城的中心紫禁城很远，但也曾有过辉煌，曾经是一国的中心，西周时的燕国都城就建在房山的琉璃河畔。至今这里还保存有不少穿越时光的老村落，这次采风写生的水峪村就是这样一个依山傍水的有着明清建筑的古村落。

村子依山缓坡而建，村口有保存完好的瓮门，一条有沟渠相伴的青石板路，从瓮门向里蜿蜒穿过村子，相隔不远便会有座小石桥连着树荫里的人家。村子中央有棵和村子一样古老壮硕的大槐树，槐树的周围相对开阔，是村子里最大的广场，也是最大的公共场所。

贰·行走光阴
那些你走过看过的地方——丁酉初夏燕山采风速记

王文英《燕山里的人家》

北方的老房子不像江南的老房子那样的通透灵秀，虽然简单但却朴厚大气，我喜欢。老话说一方水土养一方人，水峪人就地取材，除了街道、院落用山上的青石板铺就，老房子的屋顶也大多是这些土生的青石板盖顶。巧的是，春天刚刚到过的陕南安康紫阳，老房子也一样的石板盖顶。

杨家大院是村子里最有名的建筑，就在槐树广场上方的不远处。院落有些破败，岁月的沧桑从砖瓦门窗间，从磨得发亮的青石板上一点一点渗透出来，让人顿觉时光的久远。

据说，这个院子从清乾隆年间开建，以石材为主，四进四出的院落。现在只剩下两进院子，门楼上蟠龙门岭，檐下石雕花卉簇拥，大门两旁矗立着石鼓，依然可以想见当年的盛景。

村子里除了杨家大院，还有许多的老房子，虽然不能和杨家大院相比，但也自有风致，有许多老屋人去屋空，残瓦颓墙，杂草丛生，但不影响我对它们的喜爱。或许这样的老房子更有历史感和沧桑感，收到画里一样感动自己，也一定会感动欣赏到它的人。坐在角落里，细心地打量着它们，感受着那种经历岁月粹洗的朴素厚重，那种久远的人文气息，混着野草的香气，还有来自岁月深处的温暖和传承。那份踏实、亲切和熟悉，是你走在车水马龙现代化的混凝土森林里，感受不到的。我害怕它们会像许多地方的老房子一样，孤独着破败下去，没有人照顾，有一天，不见了。

来去匆匆，在水峪村只盘桓了两日，遗憾里期待下次来的时候能够从容。

2017 年 6 月 8 日

永恒的诗——太行山水

匆促的采风之旅与十渡只有一天之约。虽然匆忙，虽然来过很多次，但太行终究是太行，它巍峨的气度，自然的造化，看一回有一回的感受。

多年前的河南新乡郭亮写生，用"惊艳"怕是都不足以表达初入太行深处的感受。

在这个世界上能够称得上永恒的东西，除了山和水，还能有什么呢？在中

王文英《京西太行印象》

国这个古老的东方国度里,旧时的文人爱山乐水是出了名的。孔子就曾说过:知者乐水,仁者乐山。中国的山水画就是文人寄托理想最好的方式,他们还发明了"卧游",以弥补不能常常亲临山水的遗憾。

我虽称不上文人,又生活在信息化的今天,但对山水的爱好,私心以为一点儿不比旧日的文人少。

十渡是太行山的最东端,清清的拒马河穿峡而过,两岸山峰峭立,画壁如屏,早年峡口里外的人相往来,靠的就是这十个渡口。现在宽宽的大马路让渡口了无用处,就是拒马河的水量也早就没有摆渡的能力,建筑、旅游项目多得像是闹市。但山还是那山,水还是那水,只是人力遮蔽了山水诗意的呈现。

夏日里的十渡,是十渡最红火的日子,平常的日子游人多得像是假日,假日里的游人多得就像是剧院刚刚散场。背着画板的画家走在这个时候的十渡街头有点抢镜,围观看景的自然不少。

一天的光景,除去午饭,还有来去的路途,抬头看山,低头画山的时间虽然不多,但也还是收获不少,内心的感受也还是满满的。

2017 年 6 月 9 日

晋北行记

了却心愿

2017年"首都高校教师书画巡回展",这一次到了山西的怀仁。怀仁属朔州市,山西的北部,它的前后左右有不少的好去处。应县的木塔、大同的悬空寺、云冈石窟,就是最有名的近邻。

刚工作的那一年,有收入了,第一次逛书市,心情就像现在的"双十一",见什么都想买,三下五除二,就狂扫了一堆的书。里面有一本《中国旅游辞典》,收录的是中国的名胜古迹,山西一章里就有应县木塔、悬空寺、云冈石窟。从那时起,这些地方就收在了记忆里。

这几处的历史遗迹在全国都是数一数二的。木塔、悬空寺堪称建筑史上的绝笔,一个是中国现存最高最古的木构塔式建筑,一个是建在恒山悬崖峭壁上,悬挂半空的建筑,据说是中国仅存的佛道儒三教合一的寺庙。云冈石窟是中国四大石窟里的一个。

山西离北京不远,也曾到过几趟山西,走了一些地方,但这几个好去处一个也没到过,这一次的怀仁行算是借光弥补了遗憾。虽然撞上了"五一"小长假,这样的好去处人多得像电影院刚散场,悬空寺的山下排了两个多小时的队,才挪到山门,进得山门依旧继续排着长蛇阵挤挤挨挨走过悬空寺,货真价实的走马观花。

然终是了了多年的心愿,恒山下两个小时的等待,也体味了期待慢慢临近的感觉。

这样的经历不完美,但此生不会有第二次了,就像茶道里的"一生一会",

都值得珍惜。

明天的云冈石窟行，也一定会这样的不同寻常吧。

2017 年 4 月 30 日

体 验

第一次体验假日里的旅游。一路之上，汽车一辆挨着一辆，长蛇一样望不到头，车速呢，自然堪比龟速。

终于进了景区，一眼望去，除了人头还是人头，一不小心就会踩了别人的脚或被别人踩了脚。但这些，丝毫没有影响心情。

其实，我是最怕热闹的，这样假日里的出游，一直当它是灾难。与其与人争，不如坐在家里。如果让我选择，我肯定会选择好好地待在家里。但是，这样一个好去处，恰好是我想要去的，又恰好人在它的近旁，那我还是会毫不犹豫地选择去。

也因为，云冈石窟一直就排在欲望的清单里，几次的擦身而过，欲望的指数早就爆表，这点不爽自然算不得什么。

挤挤挨挨地进了石窟，除了窟顶，只能透过人缝的取景框，扫描到零星的画面，尽管这样，不大喜形于色的我也禁不住兴奋。

石窟里的雕像还有壁画气度恢宏，精美绝伦，一时也找不出什么字眼来形容见到她们时的那份惊喜，那份感叹。不知道这些出自什么人之手，是工匠、艺人，还是佛教徒？无论是技艺的精湛，还是为艺为技的工匠精神，都是今天人的短板，难以望其项背。

可惜只可看，不能拍照。当然网上现成的照片应有尽有，但那种现场的即视感从别人的镜头里是找不到的，只有自己随观随拍的照片才能记忆和重温当时的感受。

半天的工夫，满腹的遗憾，但转念一想这样的好去处，人少有人少的妙，人多也不见得一无是处，只是因为人多不爽掩盖了其他。石窟里若是一览无余，或许会忽略许多细节,也说不定,就是人缝切割画面的妙,也是难得的。再说眼前顶天立地的大佛吧,如果没有林子一样的人丛,我想自己定会像面对龙门石窟的奉天大佛,选择远远地拜观,不会这样一步一步移到近前,也就不会有这样的体验经历。

至此,四大石窟,我都亲临过了,每一个都有每一个的好,但云冈石窟留给我的印记最是特别,也最是遗憾,他日定要拣个人少的时候再来。

2017 年 5 月 1 日

原刊于《青少年书法报》2018 年 12 月 25 日

扶桑随笔

偶过的小镇

躲过北京的雨,却又赶上日本本州的雨,雨中的旅程别有一番情景,一番心境。

午饭后打着伞,踏着细雨,漫步在午休的小镇,绕开大路,转入小巷。静逸的街道在雨中格外地清寂,没有人影,身后偶尔驶过的汽车,才会让细雨显得不那么寂寞。

临街的人家被树木包围着,树干上满是北方少见的青苔,那树木也被精心修剪成可人的模样,仿佛一个大盆景,放在那儿却无比妥帖。房前屋后的空间再小,也会有花花草草,花草间还点缀着各色石头、白沙,弥漫着禅意。

只知道日本人对庭院的经营,很有中国江南园林的味道,像是微缩的园林景观,没有想到在途中偶过的小镇,就领略到了。

细雨、青苔、树木花草、清新的空气,自然、熨帖、润泽、静谧,都是喜欢的情和景,眼前一下子涌来,恍惚间像是在做梦。

2017 年 10 月 13 日

谁也没去改变谁

昨日的天公像被惹急的小孩子,阴沉着脸,一直在哭,午后四点天就暗了。一程一程的赶着路,赶到忍野八海,天像泼了墨,黑透了。

踏着雨,走在黝黑寂静的街道上,不由地想象着白天这街上人来人往的情景，还有此刻透着灯光的人家窗户里的日子，生活一直是热腾腾的。虽然这街上现在除了雨声，一切都隐在黑夜里。

转过一个街角又一个街角，忽然豁然开朗。

忍野八海的神泉到了。

从没见过这么清澈，又这么迷幻的涌泉，在黑夜、灯光的幻影里愈加的迷离神奇，深不见底的泉水中游过来、游过去的花斑锦鲤，就像一个个欢快的精灵，让人一下子坠入了童话。

坐在清冽冽玻璃样透明的泉水边，人也有些迷离沉醉，脑中只有两个字：惊艳。

夜的忍野八海很迷人，但我还是有点向往白日里的忍野八海。

或许贪心是人的本性，但往往贪心带来的会是失望。就像当年暮春时节雨雾迷蒙里上了神农架，越是看不清越是期望看清。结果被我忽悠得仲夏时节上了神农架的朋友，回来和我算账：什么都看到了，就是没有你说的那种什么都看不清，什么都可能有的神奇。

可我还是期待有机会看看白日里的忍野八海。

人就是这样，没有什么就想有什么，明明知道有比没有或许更失望。

忍野八海在日本山梨县忍野村。忍野村在山中湖和河口湖之间，有迷人的涌泉群。因为错落散布的八个清泉，于是有了"忍野八海"的名字。

住在这八海旁边的人家与自然与景，一直就这样和平地相处着，谁也没去改变谁。

2017 年 10 月 14 日

无法割舍的爱

一直对有传承，有历史感的地方和物件情有独钟，对朴厚苍拙的美痴迷。

日本的神社就是这样一个让我着迷的地方，不是因为它供奉的各路神灵，而是它的那种扑面而来的浑朴气息，庄重神情，有我心目中汉唐建筑的影子和气度。

　　名古屋的热田神宫没有东京明治神宫的规模，一样不减我看到它时的欢喜。

　　在这里，庄重之外更有一种贴近世俗的气息。或许是我刚好赶上了一个什么特别的日子，赶上一对新人举行仪式，见到女巫为人驱邪，还有排队问病取药的长队，身边自由自在走着行着穿和服的大人，还有孩子……

　　想来神社在日本人的生命里很重要，日本人的严谨有序，干净整洁，做事的有板有眼或许和这信仰不无关系。

　　热田神宫是很有历史的神社，历史可以推到一千多年前，在日本爱知县名古屋市的中心，是日本三大神社之一。

　　其实，今天对我来讲是个特别的日子，多年前的今日，有了人生最重要的角色——母亲，情感里又多了一份无法割舍的爱。

2017 年 10 月 15 日

原刊于《青少年书法报》2019 年 7 月 9 日

行走西西里

有句话叫耳听为虚,眼见为实,有的时候,眼见也未必为实。当然,还有句话叫孤陋寡闻。

去了趟西西里,切切实实地有了感受。没去前,脑子里的西西里,标签是黑手党,想想都荒蛮恐怖,后背发凉。去了之后,才知道西西里历史悠久辉煌,触目即是,比写在教科书里的悠久历史,真实,有温度;且山水自然田园。黑手党呢,听说风光不再,自然也没有电影里那些打杀血腥的场面。

一周的西西里行,惊喜、感叹、养眼还养心,心装得满满的。

一念之间

埃特纳火山上就像安了一座超级大风车,又像是一坐超级冰库。

风吹得人站立不稳,走路都歪歪斜斜的,目极之处,全是厚厚的白雪,寒气逼人,好像一下子把十年的冻全受了,没戴手套的手离不开衣兜。

一道道的阴云飘浮不定,雪山就像面对江州司马的琵琶女,犹抱琵琶半遮面。这么大老远来一趟不易,却看不到埃特纳火山的真容,多少有些遗憾。

其实,细看浓云迷雾,黑白灰的调子有龚半千笔下山水的味道,那看不到的地方又像是中国画里的留白,这样想着,便有了诗意。幸焉,不幸焉,全在一念之间。

埃特纳火山是意大利西西里岛东岸的一座活火山,海拔 3200 米以上,是欧洲海拔最高的活火山。

据说这个火山很活跃,不定期,时不常就会刷下存在感。

令人称奇的不是脚下火山的任性,而是山下道路两旁的人家,好淡定,危险不危险,好像也在一念之间。

2018 年 3 月 15 日

时光隧道

一路走过西西里的卡塔尼亚、阿格里真托,巴拉莫,兴奋着见到的那些依然屹立的古老建筑。

中国古老的历史遗迹大多在地下,而西西里不一样,地上有许多存世两千多年的建筑遗迹,昭示着它久远的辉煌。

西西里岛的阿格里真托,是个相当古老的城镇,据说始建于公元前 5 世纪,且达到极盛。

这里曾经被古希腊人、罗马人、拜占庭人和阿拉伯人先后统治过。距离阿格里真托市区两公里的古希腊神殿谷,是到了阿格里真托必须打卡的地方。

这些两千多岁的古希腊建筑,经历了多个王朝,今天依旧巍巍然屹立在山坡之上,不得不说是一个奇迹。阿格里真托神殿之谷,是希腊境外最重要的保存最完好的神庙群,被联合国教科文组织列入《世界遗产目录》。

神殿谷坐拥山丘之上,可以远眺阿格里真托市区,另一面山谷绿野开阔。赭石色的神殿建筑绵延山顶,远望像是开在绿

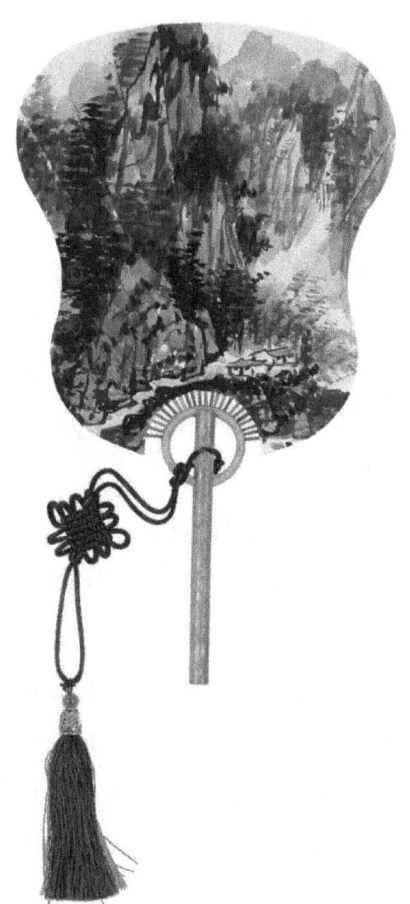

王文英《家山梦忆》

野里的花海，壮观气派，可以想见当年的盛景。

漫步神殿谷，恍惚间，像是站在了时光隧道里。

2018 年 3 月 16 日

桃花源

如果想寻找人间的桃花源，就去西西里的陶尔米纳小镇吧，一定不会让你失望。这个依山傍海的小山城，被诗人称为"人间天堂的尽头"，吸引过不少怀揣梦想的各类艺术家。

陶尔米纳一边临海，一边临悬崖，被人形容为上接天，下临海的绝色小镇。民居、教堂、店铺相连，小巷幽深，建筑风格不一，年龄大小不等，但都有了些年纪，有了岁月的包浆，朴厚温润；街上的行人，店铺的店家，都像是沉溺在时光里，不紧不慢；间植的绿树、鲜花让小镇散发着熟女一般迷人的韵味。

小镇山顶面对着亚得里亚海，矗立着一座寿高两千多岁的剧院——古希腊剧院。虽然建筑颓败，但那些屹立着的柱子、墙壁，还有像现在阶梯教室一样，依着山势向上一排排的弧形座席，不减盛年时的气度和精神，依旧的气势凛凛。两千多年的烟尘淬炼让它有了深不可测的厚重沧桑，就像一个满肚子故事，经历过江河湖海的老人。

夕阳里的古剧场，光线柔和，远处如黛的海水，像是画里的背景，刚刚好。这个时候，最想的是油画的调色板，真想坐下来，就这样看着、画着，直到什么都看不见。

陶尔米纳的确是一个孕育诗人和画家的地方，吕克·贝松的电影《碧海蓝天》里的外景就有陶尔米纳。相传法国作家莫泊桑曾说过，"如果有人只能在西西里待一天，问我该去参观哪里？我会毫不犹豫地回答他，陶尔米纳。这个小村庄只是一个小小的景观，但其中的一切都能够让你的视觉、精神和想象尽情沉溺，享受其中。"

在陶尔米纳的街上转一转，在沙滩上走一走、晒晒阳光，就知道诗人、作家们的感受真实不虚。

时光在这里就是一个错觉。

陶渊明的桃花源在想象里,而陶尔米纳的桃花源却是现实版的。不过,在这儿没有遇到到桃花,却有我们小心栽种在花盆里的仙人掌,像野草,散落在山坡上、角落里,个个硕大如树,开满了花。

2018 年 3 月 18 日

原刊于《青少年书法报》2019 年 7 月 19 日

丹青里的诗和远方——戊戌春日侗寨写生手记

不一样的旅途

又是一年春到,画家们开始背着画板赶春了。

北京水墨行动照例地在春天组织画家们去采风写生。这一次采风写生的地点是湖南怀化的通道县,一个以侗族为主的自治县。在湖南西部的边边上,离贵州、广西更近,距离它的省会长沙却有六百多公里。

早上七点多的飞机,从北京出发到长沙,再换火车,火车到怀化,再换汽车,掌灯时分,到达目的地。晚餐后拉着行李进房间,九点。从清早出门到现在十六个小时,飞机火车汽车,两千多公里,在今天算是辛苦的旅程了,但比起古人来幸福不知多少倍。

虽然如此,还是很向往哪怕只有一次古人那样的旅途,即使车马劳顿,会遇风遇雨遇意外,走走停停,这样两千公里的旅途要走个把月,或者更长的时间,但是一路的风光从头看到尾,个中的滋味能装厚厚的一本书了。不像现在这样的旅途,一早上飞机、上火车,短则个把小时,长则也不过一天的光景,还没找到旅行的感觉,就到目的地了。

如若古人知道,在他们后来的后来人,把旅途变得这样魔性,也会很向往吧。毕竟可以不用吃苦受累,担惊受怕,掰着指头数日子。

拿古人无尽的旅愁当收成,的确有些矫情,就像高谈钱有什么用的,一般都是不缺钱的主儿。

还记得小时候母亲带着我,在北京临潼之间来往,步行、人力车、渡船、火车,记得母亲脸上的焦虑和疲惫,还有漫漫的长途。即使这样,过去那样的慢日子，我还是很向往。

人就是这个样子，缺什么想什么。

2018 年 3 月 22 日

画家眼中的景

一直在旅途的人，特别地期待一个好觉，却恨恨地一夜无眠。从欧洲之旅到现在，好像就没有好好地睡过觉。好在第一天的采风不用带画板，走走看看，拍拍照。

到过离通道不远的凤凰，进侗寨却还是第一次，虽然建筑风格大同小异，但通道没有凤凰那样重的商业味，原生古朴得多，特别是那些深巷里的人家，瞬间把记忆拉回很远很远的从前，恬静里诗意弥漫。

皇都侗寨是个以旅游为生计的寨子，据说这个寨子是侗族村寨原生态保留最好的地方之一，吊脚楼、鼓楼、风雨桥，荷塘，依着山傍着水。

王文英《侗寨风情》

漫步在只能过人和人力车的街巷，光滑的石板路，街巷两侧上了年纪的吊脚楼，就像走在时光里。

寨子里有个不大不小的广场，有一片湖水，不知道是本来的样子，还是为了游人而建。湖里有水泥造的景，湖边植着人工假树，在这样一个与自然相偕的寨子里，这些蹩脚的点缀突兀、违和，就像一桌子天然美味让一点子人工调味剂给搅和得味道不伦不类。

常常感叹，这样一个画家泛滥的国度，日常的美盲却随处可见。

一天的光景在走街串巷中匆匆而过，眼睛、手机、相机忙活不停。然眼中的景与镜头里的景还是有差别的，眼中的景三百六十度，随意取舍，镜头里的景范围有限，实景再现。

所以说，镜头里的景比不过眼中的景，眼中的景又比不过画家笔下的景。用画笔记录远远比用眼睛记录更靠谱，这也是画家们不辞辛苦、四处奔波写生的动力。

2018 年 3 月 23 日

做个山水画家，"斗"山"斗"水，还要"斗"自己

济南有个千佛山，清道有个万佛山。不过，此万佛山不似彼千佛山，山上一座佛像也没有，而这个匪夷所思的名字，据说源于传说此地曾经有过几十座庙庵。

万佛山的主峰像极了麦积山，只是略小一些。虽然海拔只有六百多米，但一眼望不到头的盘山栈道，瞬间让我决定放弃登顶，和其他的伙伴一样，找个地方坐下老老实实画画。却经不起当地朋友的忽悠，于是一路向上，虽然半途卸下负重的画板，但日常习惯走平路的人，急火火地登梯上山，也不是件轻松的事。不一会儿的工夫，汗流浃背，腿脚也像灌了铅。

不过，山上的风景不负这趟辛苦，烟岚缥缈里数不清的山峰，大大小小石笋一样星罗棋布，像极了王希孟《千里江山图》里的远景。丹霞地貌的万佛山红赭的山峰，点染着深浅不一的绿树，有些植物干脆就像是石涛画里的苔点。谁说古

人不写生,师造化是中国画肇始就遵循的原则,而西方画家从画室走向自然,也才不过二百年的历史。

半天的光景全在看山看景,虽说看山也是在观察自然,但还是比不过坐下来认真地揣摩。下山的路上,终于找了个地方坐下来打开画板。幸运的是一路还有个伙伴儿,仇传澄,一个花鸟鱼虫、山水林木全能的画家。

平生第一次在狭窄陡峭的栈道上画画,阴凉的山风吹过,方才的一身热汗,顿觉透心凉。

周末的山上游客不少,路过的都不忘拿手机拍拍这不多见的景,聊上一两句,第一次有幸被当作了美术老师。或许在惯常人眼里,画家都是光鲜的,不是这样落魄着顶着山风画画的人。

错过了午饭,赶上早一步进了寨子的大部队,大家已四散在寨子田野。落伍的我们刚找好地方放下画板,雨来了,撑起的伞也挡不住雨点光临画板。回头望望,前后左右的伙伴儿已不见了踪影。只好收拾画具,找地方避雨……

头疼,或许是上午的汗,还有山风惹的祸。

做个山水画家还真不易,"斗"山"斗"水,还要"斗"自己。

2018 年 3 月 24 日

心中有美,寻常的景致也能变身美景

这两天的通道,雨说来就来,刚支上家伙什儿,细密的雨点就飘上了,坚持的打着伞,不行了的合上画了半拉子的画,提上行囊,满寨子找能下家伙不淋雨的地方。

半天过后,有些个经验了,找了个屋檐下,紧贴着墙放下画板,虽然能飘上几滴雨,但不妨碍画画。其实,只要心中有美,寻常的景致也能变身美景。

写生第三天,还是皇都侗寨。

2018 年 3 月 25 日

王文英《侗寨风情》

有山有水有灵性

早起,窗外的街道湿漉漉的,想来又下了一夜的雨。

今天转场芋头寨,是一个和皇都侗寨一样以旅游为生计的寨子,可能是开发得晚一些,民风更淳朴。沿街摆摊的村民聊着天,卖着当地的山货,还有旅游商品,有一搭、无一搭,好像卖不卖不吃紧。

清晨的寨子里,少有人走动,雨后的清寂,直让人觉得岁月静好。

爬上山梁,视野开阔,坡下的人家,吊脚楼背靠青山,楼边都有一汪水塘,连接着水渠,还有小溪,不远处的梯田,一道一道漫延到山边。

喜欢这样有山有水有灵性的地方。

没有雨,可以选择地方放下画板。

没想到雨后的水塘边,不是一般二般的寒凉,不一会儿工夫,知道腰在那了,接着腿也来了,知觉全在腰腿上,只好匆匆收场,好在画了七成,景收在心

王文英《侗寨风情》

里,回去收拾也还可以。

离午饭还有一段时间,绕着寨子走走看看也是一种享受,却让音乐声带到了山顶。

原来,这个寨子还有一支相当可以的村民演出队,唱的、演的都是侗家的日常,就像山里的土酒,不需要过多的提炼,所谓味道全在这原汁原味上。

这是当下城市最缺的属性。看来,这寨子里的乡民很懂得这些,演出就是为了吸引像我这样生活在柏油路、格子间的人,演出当然也不是免费的。

2018 年 3 月 26 日

眼前的幸福才是真的幸福

太阳终于出来了,坐在吊脚楼旁的山道上,继续昨天那张没画完的画。后背像烤着火,暖烘烘的。不一会儿,明晃晃的太阳晃得人快睁不开眼了,刚好墨盘也用得干干净净,离午饭还有半个小时,结束上午的写生,背上画板,走走看看

王文英《侗寨风情》

感受阳光里的侗寨。

虽然没有雨,但一样不能任性地选择地方,热辣辣的太阳下,实在没有办法淡定地画画,午饭后只好找了个工棚檐下,画完今天最后的一张画纸。

早上出门匆忙间少带了一张画纸,好像冥冥中特意的安排,在这个寨子最后的两个小时,一定要走走看看,还有什么没走到的地方,明天转场,不留一丝的遗憾。

通道虽然是个贫困县,侗寨里的吊脚楼有新有旧,但寨子却干干净净,整齐有序。让人感叹的是,每一处的厕所,都很洁净,大多用着城市公共卫生间常见的白瓷便器。想起有人说过,一个地方文明不文明要看卫生间,很有些道理。

每个寨子里都有鼓楼,还不止一座,是个公共场所,敞厅里有火塘,周围有座椅,上了年纪的老人家围着火塘,聊着家常。这场景温暖到心里,时光在这里好像只有日出日落的分别。

在这样的寨子里,你若掉了东西,回去找,一定找得到。像我这样丢三落四的人,随身画板、板凳、画具,总是会在转场的时候忘上一样,想起来回去找,还在原地。

作为食物链最高端的人类,追求一生就是为了眼前这样的祥和安宁,而许多人却是奋斗一生终老了,也未必能享有这样的祥和安宁。曾经看过一个美国商人和墨西哥渔夫的故事,也曾把这个故事写进了文章里,也曾感叹眼前的幸福才是真的幸福,但这些都不如鼓楼里、火塘边的画面来得真切。

2018 年 3 月 27 日

每个地方都有自己的模样

刚露了一天脸的太阳又不见了,雨又回来了,还一个劲地加码,从绒毛细雨迅速成长,路上一会儿就有了积水。躲在房檐下画画,不寂寞,除了北京水墨行动的画家,还有游客,寨子里的人更是悠闲地晃荡在画家周围,嘴里不停地说:

画得好看。

比寨子好看。

王文英《侗寨风情》

这个寨子叫文坡村，不大，依山边，有水从村外流过，少有游客。原生的房子老旧破，齐整的房屋要不嫁接了城镇房子的模样，或者干脆直接套装过来。

随着寨子里百姓生活的改善，村子的模样会变成从前，也许会变成下一个新城镇。

可我还是怀念从前的从前，每个地方都有着自己的模样，虽然我没有赶上过。

2018 年 3 月 28 日

现实版与丹青版的诗和远方

今天是写生的最后一天，好像刚刚有些感觉，就要结束了，让人多少有些遗憾。

这个村子叫水涌村，是个以汉人为主的寨子，吊脚楼依山铺排，错落有致。连日的雨，万物润泽，生机勃发，空气像刚洗过澡一样清新。

泽气沉沙白，山岚过野红。

打着伞，穿街走巷，踩着磨得光滑的青石板路，转过岁月沉淀的吊脚楼，就像在慢慢地穿越，不知道这样走下去，会走向哪里。

通道乡下的寨子都是这样纯木的吊脚楼，不分侗家还是汉家。寨子都有很好的排水系统，绿树环绕，很多人家，依着一方水塘。城里人想有的与自然相接的宅子元素，这里的人家都有。

第一次坐在吊脚楼上画画，对面依山铺排的屋宇，与高树相参差。没有雨淋，没有明晃晃的太阳，那份惬意让我想起去年初夏坐在京西古村水峪村画画儿的那个静寂的午后。

一手端着饭碗，一手玩着手机，靠着自家门框的少妇，那副慵懒的模样，与城市的少妇没有两样，却总感觉，她们还是多了一份自在。

村子里偶尔也会有外来的游人，但像我们这样背着画板，上高爬下画画儿的，村民们见识的可不多。吊脚楼的老人，一下子见到这么多的客人爬上他家木

贰·行走光阴

丹青里的诗和远方——戊戌春日侗寨写生手记

王文英《侗寨印象》

楼，兴奋，话也多起来。在他的意识里没有画家这个行当，更没有能领工资的画家，他以为我们都是些退了休没事干，想着法子消遣的人。

在吊脚楼上画的那张画，是我这几天最有感觉的一张，却不小心掉在村子里，捡到的村民觉得这张纸还有点用处，还能用来垫锅，还真的就用它去垫了锅。

当今画家越来越多，也越来越能找到自我价值，而天天对着美景比如这个寨子里的人，看到你的画却没有感觉。对他们来说，这画既当不了干粮，也抵不了衣裳。

城里的人向往自然，对着自然的人却向往城市。但是城里人不会抛弃城市的舒适生活驻扎乡村，但不妨碍他们向往这样的自然相伴的生活。画家们就把这样的自然山水搬到城里，搬到他们的床前桌旁。

这样，诗和远方就都有了。然画家的责任只是到此吗？

自然包围的皇都侗寨，加了人工调味剂，用水泥当石块、植假树、立假景。看看这些与自然相合，布局章法了得的老寨子，他们的后人未必珍视他们拥有的这些，但是他们知道城里人稀罕，为啥稀罕却也未必明白。于是有了假山假树。

有时候，我真的怀疑我们是那些建造了兵马俑、赵州桥，还有万里长城的先人们的后人吗？

2018 年 3 月 29 日

原刊于《中国文化报》2018 年 6 月 10 日、7 月 1 日

叁·夕阳晚坐

面朝大海　春暖花开

生活里，每天缺少不了笔墨纸砚，拿着笔，磨着墨，就像是在磨写着自己的人生。有着画案、书橱的那片空间，就是自己的天地，像极了菜园子。晨昏相对的，是这菜园子里的各色"菜蔬"。

每天细心地照料，希望那些"菜"和自己都能够安静地，按照自身的秩序，好好生长。

然而，世间的事纷芜繁杂，常让人气躁神不定。写写画画那点儿事，也常会遇到破坏秩序的事；写写画画的人也常会遇到不是内行的"权威"裁夺。几近让人觉得自己喜欢且日日努力的事，不是想象中的那样是个简单私密的事。

躲进小楼成一统，现如今怕是很难实现。别人家的菜园子人力之外，会施化肥，会打农药。那些虫、草、鸟们为了活命会弃之而去。让本来淡定的也不得不关心书斋画室外面的事，再清高也总还是要吃饭穿衣，养家糊口。

写字画画的事，本是个简单私密的事，却常会与权力幽会，与金钱拉呱。

与权力幽会，这事兴许不是件坏事，但如果权力不是助力艺术的发展，而是强行地我行我素，艺术就只有尴尬了。就像一个菜园子，忽然被狂风扫过，情形可想而知。

与金钱拉呱，这事是好是坏呢，很难判断。按常理去想，金钱可以催生笔墨艺术的发展，写写画画的人，可以有保障安心地去经营自己的菜园子。如果不是，而是寻机和权力或其他勾结，菜园子变成了官场，情形只能用颠覆来形容。

凡·高这样才高八斗的画家，如果可以生活，就不会贫病交加，落魄无着，也不会三十七岁正值盛年就匆忙地去见上帝。

不知道有没有闲人臆想过，如果凡·高再有十年的生命，他的创作会成什么样子？如果凡·高能活到王羲之那样知天命的年纪，又会有什么样的作品问世？再如果，凡·高能有齐白石那样直奔百岁的高寿，他会有齐白石那样皇皇五位数的作品传世？这么多的作品又会不会稀释他作品的"含金量"？当然，对于一个生活在不同世界，且已经故去的画家，猜测这些都是枉然。

很想知道齐白石一生到底有多少作品？他老人家仙逝几十年来，历经扫文化如扫垃圾的"文革"十年，还有着数以万计的作品流通在资本市场和收藏大鳄手里。这数以万计的作品也没见着影响他作品的价值，相反有再飙高的趋势。不久前，老人家还创造了中国拍卖界的神话，以花鸟画著称的他，山水十二条屏拍出了八点一亿元的天价，加上佣金九点三亿元人民币。

这事让多少本来安静地待在自己菜园子里的书画家不再淡定，又让多少拿大咖作品当资本玩的人受到鼓舞。我想，应该不在少数。

有句老话说，有钱能使鬼推磨，而今利益面前不只钱能驱使鬼，就像曾经流行过的一句话：人有多大胆，地就有多大产。

刚刚听说，中国警方破获了一个书画作品造假团伙，且"业绩"相当可观。

如果凡·高活在中国，纵然早逝，身后的作品数量和各种神故事也会不断被

王文英《清平乐·秋日记》

刷新吧。

当然，齐白石是公认的艺术大师，是神话级的人物。然现如今又有多少因钱因权力夹带着各种光环，身披五彩云锦，游走在笔墨艺术里的行外之人充当着"内行"大咖。真替那些喜欢书画艺术的"吃瓜群众"捏把汗。纵然是有一颗通透的心，心静气闲地关心艺术，欣赏艺术，但不练得火眼金睛，还真就难甄别优劣。而那些看热闹的，就只能热闹着来。当然，什么是好，什么是不好，也就是像我这样好较真的人才会这么想。毕竟存在才是硬道理。

但是，在这样纷乱的世界里，还是有不少的书画人，只静静地待在自己的菜园子里躬身耕耘着。

回身自己的菜园子，竟就想起了海子那首辨识度极高的诗：

  从明天起，做一个幸福的人
  喂马，劈柴，周游世界
  从明天起，关心粮食和蔬菜
  我有一所房子，面朝大海，春暖花开
  ……
  陌生人，我也为你祝福
  愿你有一个灿烂的前程
  愿你有情人终成眷属
  愿你在尘世获得幸福
  我只愿面朝大海，春暖花开。

非人磨墨墨磨人。墨在砚里，一圈一圈漾开，漾开的是岁月里的静好，而那些纷扰也不见得会改变向往美好的心灵。

我只愿面朝大海，春暖花开。

原刊于《书法报》2018年10月16日

生活的艺术

很多年以前,还没有微信,有人会在 QQ 上偶尔聊聊天,有人时不时会写封 E-mail 联络联络感情,手机也没今天这么普遍,人和人的距离比 20 世纪 80 年代近,比现在远一些,感觉刚刚好。

有一天,忙完杂务,照例打开邮箱,查看邮件,事务之外,还有朋友们发来的和今天微信朋友圈一样,来回转的养生和鸡汤。在这些 E-mail 里,有一封,很特别。特别是因为 E-mail 后面的那个人,科学家,年事高,德高望重,却很生活;还因为甫一打开,给我的那种感觉。

舒缓优美的乐曲,美得不可思议的风景,一张一张像幻灯片缓缓地展开,文字像精灵,一个一个调皮地跳上画面,排列组合成了一句温暖的话:爱的感觉。

喝酒的时候,六分醉的微醺感是最舒服的。肌肉可以得到松弛,眼中看到的一切都是可爱的,如果还继续喝,很可能隔天会头疼欲裂,全身不舒服,完全丧失了喝酒的乐趣。

吃饭的时候,七分饱的满足感是最舒服的。口中还留着食物的香味,再加上饭后甜点、水果,保持身材和身体健康绝对足够。如果还继续吃,很可能会肠胃不适、吃太饱想睡觉,完全丧失了吃饭的乐趣。

当爱一个人的时候,爱到八分绝对刚刚好。所有的期待和希望都只有七八分,剩下两三分用来爱自己。如果还继续爱得更多,很可能会给对方沉重的压力,让彼此喘不过气来,完全丧失了爱情的乐趣。

所以说,喝酒不要超过六分醉,吃饭不要超过七分饱,爱一个人不要超过八分。

有的时候,人不是因为什么才有了感应,而是在对的时空、对的心境,遇到了对的人、对的事。就像今天,乱糟糟的忙碌之后,一个人,坐下来,喝口茶,静下心,耳中回旋着优美的旋律,眼里满是欢喜的景致,口中默念着舒服的文字,便成了人间的好时光。若是换个心境,换个时间,音乐、风景或许会变得寻常,鸡汤或许会变得不那么合胃口。

而此时,就不一样了。气定神闲,因这心境、这音乐;因这风景、这文字,思绪飘荡着,忽近忽远。

忽儿想起了老子的无为而为;忽儿又想到了一句话,月满则亏,水满则溢;一会儿又想起了林语堂的书《生活的艺术》。

《生活的艺术》很早就收在了书橱里。还是新书的时候,读过,很是为先人的生活态度、生活方式惊讶,怎么能这样的随心随性地找乐子、找享受,而那种乐子和享受的诗意生活,的确妙不可言,就是离自己远了些,远得像有很多光

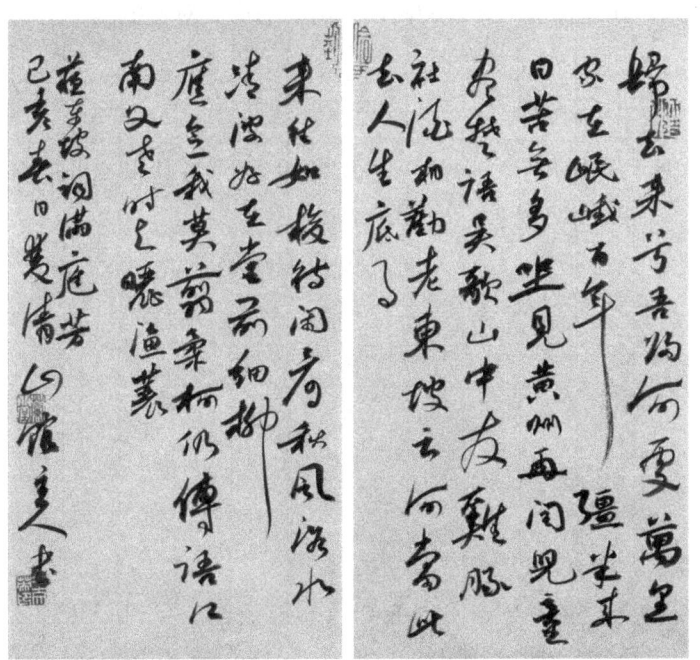

王文英《苏东坡〈满庭芳〉》

年。时间一久，竟就忘了，却在这样一个寻常的当口，又想了起来。

人不只是活着，还要活得有意思，有趣味。就像周作人在《雨天的书》里说的，在日常必需的东西以外，必须还有一点无用的游戏与享乐，生活才觉得有意思，看夕阳，看秋河，看花，听雨，闻香，喝不解渴的酒，吃不求饱的点心，都是生活上必要的。虽然是无用的装点，但却愈精炼愈好。

这样偶然的片刻的优游就像是做菜用的胡椒粉、葱姜，还有蒜，没有可以，但有了绝对的有滋有味，不可割舍。所以，林语堂向西方人炫耀中国文人以淡泊闲适为上的生活态度，品茗、观山、玩水、看云、鉴石、行酒令、养花蓄鸟、赏雪听雨、吟风弄月……这样怡情遣兴的生活方式，是把生活里的烦琐过成了诗意，这就是生活的艺术。

六分醉，七分饱，八分爱和先人诗意的生活异曲同工。凡事悠着点，不苛求圆满，生活里也就不那么的剑拔弩张，不那么的咬牙较量，即使转舵回旋，也有了余地。

奇怪的是，在这样一个无月的深夜，窝在书房里对着电脑，想到了月，想到了很久以前的事。

原刊于《书法报》2018年12月25日，《西部散文选刊》2020年第4期

三花饰马

三花饰马，是马的一种装扮。简单来说就是把马鬃梳成三条小辫子。梳了三条小辫子的马就叫"三花饰马"。

不要小瞧马的这三条小辫，是有讲究的。古的时候可不是什么马都能这样装扮的，就像彼时官员的衣着服饰不能随便乱穿，是有规矩的，马也一样。梳着三条小辫的马，只有皇帝的坐骑才成，称为御式。

现在马的主人想怎么装扮就怎么装扮，古时候，可不成。现在的人要想见识一下御式马的这种装扮，只有像影视小说里写的演的那样穿越了。穿越的事不靠谱，真要见识，看看古画或者古石刻就成。

《明皇幸蜀图》，唐人的画，里面就有一个梳了三条小辫的赤骠马，上面坐着个红衣男子。红衣男子一看就是一行人里最重要的角色，C位，他就是开创了"开元盛世"的唐明皇李隆基。

画中的唐明皇骑着三条小辫的赤骠马，在随从的前呼后拥下，行进在蜀道上，逶迤的队伍逶逶迤迤悠然地向前移着步。

其实，此时的唐明皇正在经历他人生的滑铁卢，这个蜀道就像是他人生的分水岭，以前的他是帝王里的赢家，缔造盛世的霸主。此后的他不过是一个日薄西山，斗败了的公鸡，打发着时日罢了。

从前的唐明皇意气风发，他的帝国在他的统治下承平盛世，万邦来朝。好日子总是不长久，令他没有想到的是，变故人祸降临的这样突然，一切都不一样了。平日里向他山呼万岁，甚至称儿臣的地方大员安禄山居然翻脸，还要夺了他的江山，另一个地方大员史思明居然跟进。一时间，平素里一言九鼎，天下主宰的唐明皇连自己的枕边人也无力保护了，任由一条白绫结束了性命，自己也落得

《明皇幸蜀图》局部

仓皇出逃,骑着三花赤骠马奔向大后方蜀地避难。

《明皇幸蜀图》描绘的正是唐明皇这段走麦城的桥段。

唐明皇正在经历的这段历史,就是唐史上有名的"安史之乱",大书法家颜真卿那个被元人鲜于枢封为天下第二行书的《祭侄文稿》,就是为了悼念在这场战乱中牺牲的侄子而写的。

但是《明皇幸蜀图》里没有一点儿的愁云惨淡,而是一派祥和的承平景象。绿树、白云,小桥、流水,山径曲曲,峰回路转,一行人安然地行进在葱绿朦胧的山道上,俨然一幅帝王游春图,隔着画都能感受到画里人物怡然自乐的惬意。只有远处危耸于绝壑之中的栈道,能看出这是在行路艰难的蜀道上。

看来粉饰这种事很流行,不光是写历史和能入历史的人惯常的手法,就连画者也不能例外,连画的名称都成了《幸蜀图》。

当然,旧时的帝王家有着各种避讳,作画的人和被画的帝王同生一个朝代,自然是要避讳的。只是不明白,他为什么要画这个桥段呢?是像三花饰马那样,非要装扮点儿什么,还是旧时文人的那点风骨,内心即使油煎,表面也还是要云淡风轻?

《明皇幸蜀图》,有人称青绿山水,有人称金碧山水,一字之差,只在强调画面的主色彩。有人说它是山水圣手李思训画的，也有说是他的儿子李昭道画的。但是安史之乱发生的时候，大李已不在人世，所以大多数人认为这幅画的作者应该是他的儿子小李，然也有人认为这画也不是小李画的。这些问题的纠结显然是收藏的学术问题，对于看画的人来说，这些没那么重要。

李氏父子被公认为山水画里北宗之祖，人称"二李"，大李官至右武卫大将军，小李官至中舍人，虽然小李没像他爹那样当过将军，但后人还是习惯地称他们父子大小李将军，他们作品里最著名的就是青绿山水，也有称为金碧山水的。

《明皇幸蜀图》现藏台北故宫博物院。

原刊于《书法导报》2020年7月15日

在行书里穿行

我从不掩饰自己的喜好，特别是在书法的世界里。

我喜欢草书，还把这喜欢写进了文章，不怕人知道，但这不等于说，在黑白线条演绎的汉字世界里，我只喜欢草书。古朴端庄的篆隶书，其实更符合我的审美偏好。再说行书，她那么优雅，那么从容，又那么自由，我没有理由不喜欢，所以每天都在重温着这爱情。

就像喜欢急走的人，也喜欢信马由缰。

一首乐曲，无论主题是什么，都少不了节奏的变化。谁又能说，这些变化的节奏不重要，可有可无呢？没有节奏的变化，主题又怎么表现呢？

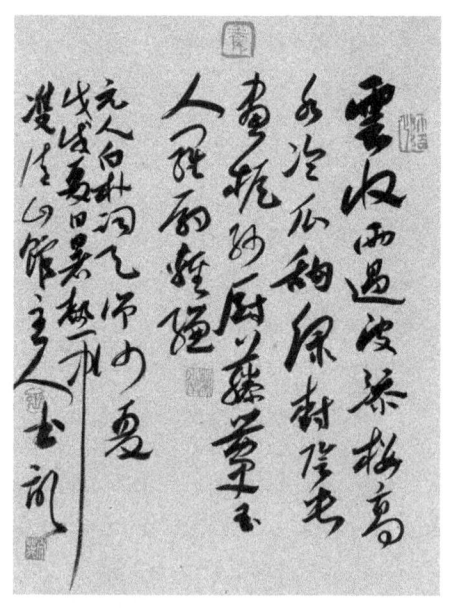

王文英《白朴词〈天净沙〉》

经历的日月多了，信马由缰的时候也就多了。所以，一天一天地写着行书，就像闲庭悠然地踱着步子，不慌不忙地啜饮着工夫茶，看花开花落，云卷云舒。

　　行书，东坡夫子说"如行"，虽然不能说这就是散步，但是一步一步地走着，不像草书那样急火火，血脉偾张的奔跑，也不像楷书那样一笔一画的正襟危坐，由不得半点的松懈。行书可以一步一步地轻松地移着步，使转灵活，点画上下自然呼应；也可以偶尔任性地小跑两步，加快节奏，点画映带连绵；偶尔地放慢一下脚步，摆放一下点画，也无不可。

　　有人用书法的五体形容人生，那么这样不疾不徐，从容中道，又轻松自由，不失浪漫的行书，像极了那些洞察世事，人情练达如老酒，又不失情怀的人。反转来看，这样如陈酿的人若遇着行书，怕也是如神遇一般。

　　如行书一样的人生，多么美好。一天一天这样对着行书，就像漫步在山阴道上，一路全是风景。

原刊于《书法报》2018 年 3 月 14 日

活成自己

《北京青年报》刊登了一篇孙郁的文章《汪曾祺与废名》。文中说："汪曾祺和他的老师沈从文都不喜欢过于载道的文字，趣味与心性的温润的表达，对他们而言意义却是重大的。"

性灵说与文以载道，是两种不同的艺术观。前者讲个性，重审美；后者则对公众，重教化。

平心而论，我也不喜欢过于载道的文字，也倾心趣味与心性的温润的表达。就像东坡夫子说的"作文如行云流水，初无定质，但常行于所当行，常止于所不可不止"（《答谢民师书》）。

我没有苏大才子那样的本领，行文如流水，当行则行，当止则止，却激赏这样颓然天放，有温度，有性灵，有味道，温润如玉，又如老酒一样的文字，可以慢慢地品咂和回味。

所以，我一直有个愿望，希望自己的笔下也能够清风明月我，幽幽地透着情怀、趣味和心性。

人世间的事就是这么奇怪，不是你有了愿望，努力了就可以达成所愿。这不，我写了好久的文字，可那文字就是和自己的心性别着来，那些平日里翻江倒海激涌在心底的情怀，只要落笔就不知道去哪躲猫猫了，好像生怕露出一点儿，让别人看到。

想来想去，这毛病可能是打小落下的。从会用笔写字，写得最多的是各种的决心书，各种的批判稿，各种的学习心得，还有深挖灵魂的思想汇报。眼前的标杆不是"高大全"，就是"人格神"，怎么敢让心里的那些"小九九"见光呢？这种本能的自我保护俨然一把锁，给心门上了保险，自然不会轻易地翻出来给人看。

叁·夕阳晚坐

活成自己

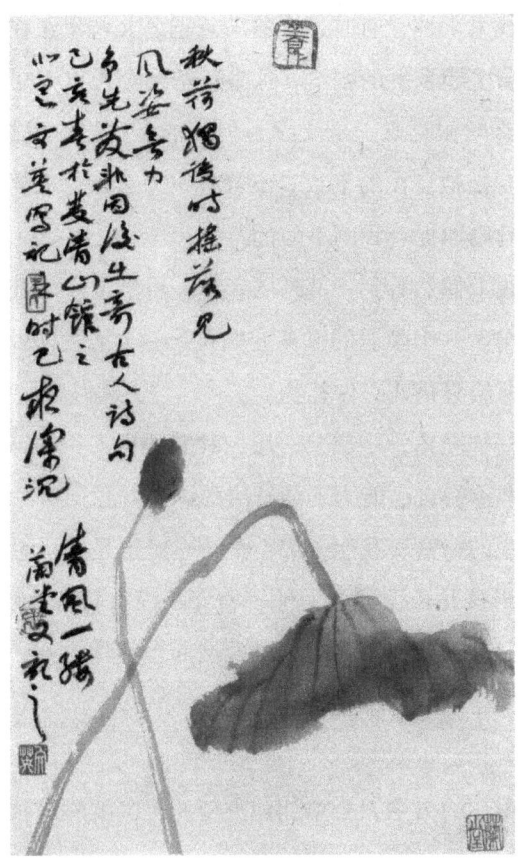

王文英《清平乐·秋日记》

想想小时候,好像我还是有点写作天赋的,只是压根不知道除了写那些"假大空"的八股文,还能写些什么。

有一天,偶然在家里床下角落的纸箱里,发现爸爸的旧日笔记,好漂亮的钢笔字,抄录着很多的诗歌,还有文章。虽然这些超出欣赏能力和经验的诗和文章,如同读古文,但直觉它们很美,奇怪的是,我喜欢。本子里边还夹着一张纸,纸老得发黄了,上面是戎装的穆桂英。当然,那时候,我不知道穆桂英是谁,但感觉她好神气。

这一年,我读小学三年级。不知道爸爸是否发现我偷看过他的笔记,只是打那以后,就再也没有见着过那个纸箱子。但它对我的意义,好比电脑装了新程序，开始想着法子找书来读，有时还会偷看爸爸公文包里正在被批判的资料，记得里面就有日本电影《望乡》的剧本。这事爸爸到今天也不知道。

说不清自己什么时候喜欢上的文字，但真的做过当作家的梦。文字没少写，却总不成器，也难有松弛自在的笔致。不管心里怎么想，只要一下笔就像换了一个人，就跟有人在偷偷地捉着我的手似的。

有一天，在电视上偶然看到一部外国影片。可惜电影已近尾声。

故事好像很简单。一个隐居的孤寡老妇人，一个活泼可爱的少年，一对忘年交。老人故去后，留给男孩儿一件礼物。

这个礼物包裹得很隆重，一层又一层，和它的主人一样神秘，还不能随意打开，除非少年遇到严重得自己能力不能解决的困境。

那一定是笔不小的财富。我想，那个少年一定也是这样想的。

许多年过去，男孩儿长大成人，他一直守约没有打开礼物，直到陷入困境。原以为包裹里的钱财可以帮他解一时之困，然而当礼物打开，却出乎所有人的意料——它只有一张纸，纸上写着五个字：

"找回你自己！"

这让本就失意困顿的男主人公愈加地失望，但又醍醐灌顶，让他不得不思忖自己的人生。

这礼物就是一剂方药，不仅可以疗治男主人公，也对我的病症。想想自己的文字为什么会像冬日的干树枝，不见生气，是因为那里面始终没有自己。

电影里的那个老妇人，没有人知道她是谁，为什么会深居简出，直到电影快结束的时候，谜底才解开，就像她的那个神秘礼物。

很想完完整整地看一遍这个电影，一早起来就问度娘，却只有片言只字。

这是一部墨西哥的电影，叫作《美丽的秘密》，是为纪念墨西哥一位伟大的女作家。

原来，电影里那个步履蹒跚的老妇人曾是红极一时的名作家，不仅才华横溢，而且还颜值当道。人生巅峰的她却突然从世人的视线里消失不见了，在世人几乎忘记她的时候，又悄然出现，而且以一种出人意料的方式，正如电影的名字——美丽的秘密。

　　这真是一个酷到令人嫉妒又不得不佩服的女人，才情与容貌、成就与智慧齐飞，还能这样淡然地活成自己。

　　"美丽的秘密"，非常庆幸这一次的偶遇，人生的每一次遇见都是美丽的记忆。找回自己，虽然不是一件容易做到的事情，但我会努力地活成自己。

原刊于《书法报》2018年4月24日

影子的背后

读张孝祥的词，不知道为什么总是想到他跌宕的人生。

张孝祥，字安国，别号于湖居士，南宋历阳乌江（今安徽和县）人。

张孝祥生活的时代正是书中自有黄金屋的好时代，年轻的他参加科考，一路开挂到廷试，还是状元郎。遗憾的是，张孝祥与秦埙同廷科考。秦埙的爷爷是宰相秦桧，权倾朝野，本来以为自己的孙子可以顺顺当当地成为状元，可偏偏冒出个挡路的。

于是，张孝祥开挂的人生戛然停止，还进了监狱。真应了老子说的：福兮祸所伏。

进士及第，是古时读书人的终极理想，除了洞房花烛，人生美事就只有金榜题名了。能高中状元的概率不比今天的彩票高，张孝祥中了状元，天下有多少读书人就此失去了一次实现梦想的机会，招致羡慕嫉妒恨也不意外，意外的是中个状元还能进监狱，不知道天下还有没有第二个人？

文明的社会都有它的秩序。遗憾的是，文明和秩序也难以铲除私欲和贪念，若要是私欲贪念与权力勾结，悲剧自然不可避免。张孝祥就这样悲剧了，他只是按照正常的社会秩序，在做着自己该做的事，没想到等待他的不是锣鼓喧天的喜报，而是牢狱。

更可悲的是，没有人替张孝祥主持公道，直到秦桧死了，他才出狱。

像张孝祥这样命运跌宕的读书人，历史上并不鲜见。明朝江南大才子唐伯虎，赴京赶考遇到科考舞弊案，无端受牵连，从此与官场无缘；明朝的另一个才子徐文长进进出出科场，却总是名落孙山，一生怀才不遇。

圣人说过，天将降大任于斯人也，必先苦其心智，劳其筋骨，饿其体肤。

叁·夕阳晚坐
影子的背后

王文英《逍遥游》

圣人的话,我不敢怀疑,但文明的社会为什么要缺失公正呢?非要一个人"苦其心智,劳其筋骨,饿其体肤"才能胜大任?谁又见过多少"苦其心智,劳其筋骨,饿其体肤"后必然地担当大任了?

或许寻常的人理解不了做大事人的心胸境界,理想抱负。我只知道,如果我遇到了张孝祥那样突然的人生变故,或许人生就此停摆了。

小人物自有小人物的人生,不用经历大喜大悲的苦难修行。然小人物也有小人物的悲喜,也会遇到挫折失意不公正。能否安然度过,也要看个人的造化了。

行走世上几十年,遇到过好人,也遇到过小人;遇到过好事,也遇到过不好的事,用代数算一算,一半一半吧。不过,我遇到的小人总有小人中的极品,而我这个"对手",却是对手里最弱闲的那个,因为我从来不想成为谁的对手,又没有能力和谁对抗。所以,结局从来就没有悬念,三十六计走为上,惹不起,躲得起。

不过,我很庆幸自己是个小人物,能够每天看得见太阳升起。

有句老话,很可怕,是说"不如意事常八九",也就是说人十之八九的事都不如意。可每天走在街上,数数前后左右的人,笑着的是多数。看来,幸福从来不是天上掉下来的,是争取来的。

想起来了，智慧老人老子还说过：祸兮福所倚。出狱后的张孝祥如愿踏上了仕途，人生也算峰回路转。

新近听到一句话：如果看到影子，那是因为你的背后有阳光。

原刊于《书法报》（原文题目《如果看到影子，那是因为你的背后有阳光》）2018年11月27日

我叫王文英

我叫王文英，国王的王，文化的文，英雄的英，不知道有多少人像我这样介绍着自己的名字。

曾经有朋友，在相关的系统里帮我检索过，有很多很多和我同名同姓的人，具体的数字记不得了，但肯定是过了五位数。

多年以前，曾经写过一篇有关自己名、字、号的文章，今天又想起来说说，是因为刚刚受了点惊。

昨日，朋友发来一段自己文章的音频文件，听过之后，觉得不错，想问问是怎么做的。他说百度来的，不知道是谁做的。当然那个不知名的人，不是雷锋，是爱占便宜的"文偷"，借用别人的文章发点小财。

朋友顺嘴一说，我顺耳一听。深夜闲来无事，顺手也访访度娘。这一访不要紧，着实吓了一跳。偷文章事小，而有许多不知道是哪个王文英的书画作品竟被一个个不知道是谁做的帖子里归于我的名下。起根说，我是一个就怕占便宜的人，这便宜占得这么大，心里着实不是滋味，又不知找谁去说，总不能去找父母算账吧。他们也不知道几十年后，有网络这么个东西，更没想过她们的女儿有一天还能被百度。

林岫老师曾经被不知道是什么人做的帖子里冒名了许多作品，这些作品是冒名家名的李鬼。而我的名声还够不上让人假冒，实在是叫王文英的人太多。

多年以前，曾经有朋友在展览会上错把别的王文英的书法作品当成我的，借着酒力可着劲地数落我，不进步就算了还倒退。当时的我还庆幸自己的书法圈子还没发现第二个王文英。如今不得了，自媒体时代，书画这么的热，呼啦啦有这么多个王文英写写画画。只是可惜我一个也不认识，不然还能结个盟啥的。

话说回来,做这些书画类帖子的,应该对书画不陌生吧,即使不会写写画画,也应该能分得清气息吧,就像张家的二哥断不像李家的人;再不然,这么方便的互联网,您在微博上@我一下,或者在博客下面喊我一声,我不会不回应的啊。这么的图省事,把天下的王文英当成一家,退一步说我乐意了,人家兴许还不乐意呢。

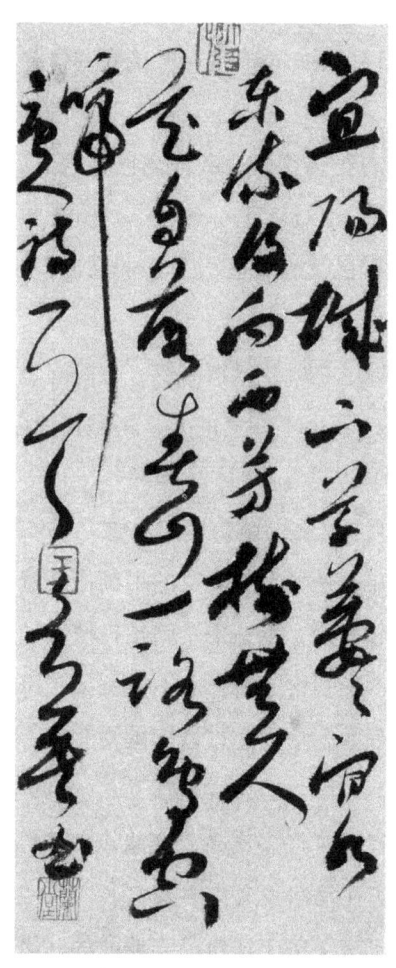

王文英《李华〈春行即兴〉》

再多说一句,我发现自己的大头照被贴在别的女性王文英的百科上,我倒是乐得哪哪都是自己的照片,可人家能乐意吗?

这文章才刚写完,还新鲜着呢,这不,又有朋友微信发来一个帖子,顺道说:您的文章吧,里面的字写得好,我喜欢。

打开帖子一看,文章是我写的,是刚发表在《艺术市场》"兰堂笔记"专栏文章的摘录,里面贴的书法不是我的。朋友说喜欢的那篇大字(还是不叫书法的好,我怕书法有灵,会发怒),放在帖子的开始,俨然门面,作者确实叫王文英,但不是我这个王文英。

话说到这里,我还是要感谢做这些帖子的公号,还有那些没有机会谋面的朋友们,在书画作者和欣赏者之间搭建的这些平台。希望有一天我们能有机会互通有无,真诚地合作。

原刊于《书法报》2018年8月7日

闲话名字

说到名字，每个人的名字都会有故事，只是多和少的区别。

我叫王文英，还有个字为仪羲，字之外还有号，兰堂、双清山馆主人。兰堂用得最多，是故很多朋友直呼我兰堂，是我乐闻的。

当今国人，一般只有姓和名，像我这样写写画画、涂涂抹抹的所谓书法家、画家，才这么不嫌麻烦的姓名之外，又字又号。至于为什么，我还真没深究过。不过，写写画画的书法家和中国画的画家，都是亲近中华传统文化的，他们所学又多，追求又多，想表达的也多，长辈给的名字，又大多不能契合他们的想法。于是延续原有名字之外就有了字，也有了号。

回到历史里看看，古时候的人不分高低贵贱，姓名之外，都有"字"，亦为表字，后来还有了号。

一个人有名、有字、有号，但它们之间有关系又没关系，个个独立却又相互依存。

名为出生时起的，字是成人后起的。《礼记·曲礼》上说："男子二十冠而字"，"女子许嫁笄而字"。颜之推《颜氏家训·风操》言："古者，名以正体，字以表德。"也就是说名是用来给人贴标签的，以区分彼此；字是用来表明德行的。字因名而来，一般是对名的释说或意的延伸与调整，所以说二者是相关联的，合称名字。

一个人有名有字，却不能乱称呼，名是长辈或上级才能叫的，同辈或属下只可称呼尊长的字，而不能直呼其名。

再说"号"。号是一种别名，又称"别号"，是人在名、字之外的尊称或美称，除自己起的外，还有别人赠的。赠号有官称、地望、谥号等等。郑玄注《周礼·春官·大祝》中说,"号,谓尊其名,更为美称焉"。

作为一介草民,我在姓名之外,又取字,又取号,并非单纯好古,或者自诩是个书法家、画家,或者想与众不同,而是我的名字虽好,但太"寻常"了。寻常是说,若出门会碰到很多叫"文英"的,还以"王文英"居多。

多不是问题,但是会有"麻烦"。

比如,很多年前生病去医院,匆忙间忘记带挂号证,因为离家路途遥远,回去取的话,今天就看不成病了。于是,求助挂号的女生想想办法,她拿出一张临时证让我填,看来,忘带证的大有人在。可我脑子是真的不好使,挂号证忘带,病历号也没记住,只能劳烦人家进去找了很久,还是没找到我的病历。于是,她将一摞厚厚的说不清有多少人的病历推到我面前:

"自己找吧,免得耽误后面的人。"

原来,这堆病历的主人都姓"王"名"文英",有男,有女;有上了年纪的老人,有刚出生的小孩。多得一时半会儿数不清,怪不得难找。我也是找了很久,才找到自己的病历。

如果说这只算作生活里的小插曲,而下面的这件事,令人啼笑皆非又无奈。

一日,有人打来电话,不等我应声,便径自大声吵嚷。疑其打错电话,谁知对方一口咬定没有打错。过了好一会儿,我才弄明白。原来,这人是我的朋友,刚从一个书画展览上,看到一件据他说是恶俗的书法作品,署名"王文英"。按他说的,那作品从内容到形式都极为恶俗,心中虽然疑惑,却又不认识还有写书法的其他"王文英",借着酒力,便打电话教育我,不进步就算了,怎么还退步。第二天,酒醒,又打来电话,还是不等我开口,径自道歉,说仔细看了,那的确不是我的作品,大概是另有其人,要我原谅他的鲁莽和酒话。

我当然不会介意,只有真朋友才会如此。但事后想想,若是换作他人,会不会就真的这样认为了?

所以,打那以后,我尽量在作品的落款里,或是用印上,加上兰堂或双清山馆主人,以区别之。可我还写文章诗词,却是没有办法给自己留个记号,生活里的事只认身份证,我的身份证件大名"王文英"。

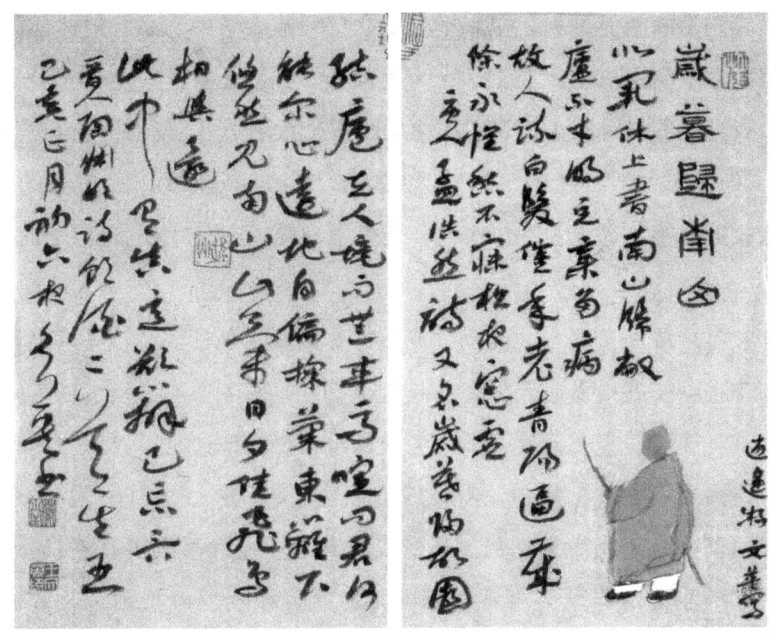

王文英《古人诗二首》

尽管如此,在网上还是常会发现我的作品被人当成其他"王文英"的,又有另外"王文英"的作品归属我的名下,照片更是张冠李戴。若想上网搜点什么,输入"王文英",能出来数不清的"王文英",男女老少,干什么的都有。据说,北京一地,同叫"王文英"的就上万。名字是给人贴标签的,以区别彼此,我的名字却像是批量生产的,难怪大家都喜欢私人定制。

母亲在的时候,常和她开玩笑,您当初咋想的给我起这么个容易撞车的名字?

其实,我知道,自己最初不叫这个名字,因为弟弟早夭,个性自主的母亲才从家族排行,我便有了现在这个名字。

我很后悔和母亲开这样的玩笑,直戳她的伤心处。然母亲没有怪我,笑着说:要不是"文英"这名,你会爱文墨?

母亲的话有些道理。

当初为取字,颇费心思,终觉自己才疏学浅,于是,求助于古典文学专家邱少华先生。先生湖南涟源人,早年毕业于北京师范大学中文系,退休前,一直在首都师范大学中文系讲授古典文学,为人谦和,与世无争,毕生只于教学与学问研究,是我见过的最称得上谦谦君子之人。虽然没有真正拜师邱先生学习,但因闲堂16岁即从先生学习古文,所以过往甚密,常有问题求教,也算我的老师。

知道我欲取字,邱先生一口应允,还写了一篇《文英字说》,以记此事:

> 文英,予弟子双华之俪也。秀外慧中,温文尔雅。名,美名也;名与实亦相符也。文英则以为天下之以此名而不符其实者多矣,欲有以别之,乃求字于予。予曰:星日云霞,天文也;山川花树,地文也;典章制度、文学艺术,人文也。书法在其中。英则文之精也。文英喜文而又喜书,书且日见其精进,以今日用功之勤,何患不能上追魏晋。而右军又出自君家,书之英,亦文之英也。右军既为书圣,文英其欲奉为楷模,而爱之,敬之,效法之乎?予字文英曰:仪羲。仪羲,心仪羲之也。文英勉之。

邱先生之文,美文也。情真意切,是对我的勉励,也是厚望。而我却不敢以为天下以"文英"为名而不符其实者多矣,而别之。仪羲之于文英,实为好字,惜我胸中少文采,志向亦不高远,恐负先生美意,是故提及不多。时光荏苒,忽忽已过二十余年,我虽然鼓努为力,长进却不大,有负"文英"之名,更不担"仪羲"之字,不知先生知道了,会不会大失所望。

因"文英"亦有芳洁之意,而意属"兰堂";"双清山馆主人",乃喻心迹双清,又因两个心性淡泊之人,同居一处,是故,为号,常用之。

原刊于《艺术中国》2009年第2期,《中国书法导报》2020年11月18日

过年了，你家贴春联了吗？

新年纳余庆，

嘉节号长春。

过年了，家里的门上贴上这样一副春联，是不是很喜庆，讨得好彩头。

不要小看这副春联，它可不是寻常的春联，是洋洋大观春联中的领头羊，是文字记载的中国最早的春联。

早到什么时候？早到距今一千多年前的五代十国时期，它的作者也不是个普通人，相传是五代后蜀国国君孟昶。

在孟昶之前，中国人过年在门的左右两边贴的不是春联，而是桃符。桃符就是用桃木做的板子，每逢过年挂在门的两边。桃木在古人眼里是仙木，是有驱邪的功能的。相传东海的度朔山有桃树，树下有"神荼"和"郁垒"二神，能食百鬼。所以过年的时候把画有"神荼"和"郁垒"二神的桃木板挂在大门两边，可以驱鬼避邪，护佑一家人一年平安。

话说公元964年的除夕，后蜀第二任也是最后一任国君孟昶，一时突发奇想，想要在卧室门上挂着的桃符上题写联语，代替降鬼大神。于是他命翰林学士辛寅逊撰题联语，结果学士的联语没入他的法眼，只好亲自上阵，提笔蘸墨在桃符上写下了文章开头说的那副楹联。虽然孟昶国君政治上不大作为，生活上讲享受、讲奢华，却腹中有诗书，胸藏有文墨。

"新年纳余庆，嘉节号长春。"悲摧的是孟昶亲自题写在桃木上的这副春联没能护佑他的江山，来年春，宋太祖赵匡胤的部队就灭了后蜀，孟昶也成了阶下囚。

最让人匪夷所思的是，灭了后蜀的宋太祖派了一个名叫吕余庆的人去做曾是

王文英《时光里的诗》

后蜀都城成都的地方长官；而宋太祖早在几年前的建隆元年，就将每年的农历二月十六日自己的生日定名为"长春节"，也就是"圣节"，孟昶降宋那日，正是宋太祖诞辰的日子。这让相信因果谶语的前人生发了多少想象，还有说法。

孟昶的命运并没有影响春联的命运，自他之后，春联渐渐兴起逐渐代替了桃符，桃符也成了春联的别称。

介绍完孟昶国君的天下第一春联，有一点必须要说明。这个天下第一春联的著作权还不是板上钉钉的定论，民间还有记载楹联的作者非孟昶，而是学士辛寅逊，孟昶只是干了书写的活，楹联的个别文字也有出入；坊间还有一种传说作者既不是孟昶，也不是辛寅逊，而是孟昶的儿子，联句也由五言变四言。

这第一春联的归属就像许多的历史公案一样，就是一个无解的谜。民国编纂的《辞海》以《宋史·蜀世家》记载为准，把著作权判给了孟昶，楹联的文字也以此记载为准："新年纳余庆，嘉节号长春。"

其实，天下第一春联的作者是谁，断不断得出，并不影响人们对春联的认知。至于是"嘉节贺长春"，还是"嘉节号长春"，都记在宋人的笔下，很难说得清了。

叁·夕阳晚坐
过年了,你家贴春联了吗?

记得小时候读过王安石的诗《元日》:

> 爆竹声中一岁除,
> 春风送暖入屠苏。
> 千门万户曈曈日,
> 总把新桃换旧符。

诗中的"新桃旧符"说的就是桃符,但这个桃符已是春联。在王安石生活的宋朝,民间农历元旦悬挂春联已经相当的普遍了。不过,这时的春联大多不是写在桃木上,而是写在纸上了。

春联最兴盛的时代当在明朝,相传是明太祖朱元璋的功劳。这个草根出身的皇帝坐稳天下之后,文心萌动,命令上至朝廷官员,下至黎民百姓,除夕都要在自家的门上贴上春联。他老人家还要换上便装亲自查访,挨家挨户观赏取乐。上有所好,下必甚焉,题联作对自然成了当时文人的时尚,贴春联也自然成为一时的社会风尚。

从桃符到桃联,再到后来大红纸上的春联,时光里的一千多年,改了多少朝代,换过多少帝王,过年贴春联的习俗还一直地保留着,成了中国传统文化里少有的保持至今的一个。

现在过年还惦记着在家门上贴副春联的人有多少我不知道,但我知道的是书法家每逢腊月最是忙活,也最贴近百姓。各种组织、各种机构都在乐此不疲地组织着书法家,赶场似的到处去写春联。这几天的朋友圈红彤彤的一片,书法家们不是在写春联,就是在去写春联的路上。还有的书法家干脆把自己写的春联印成印刷品,就是这样,好像还是供不应求。

别看我赶场去写春联,马上就要过年了,自家的门上也还没有贴上春联呢。

原刊于《书法报》2018 年 1 月(原文题目《闲聊春联》)

当紫砂遇上文人

当紫砂遇上文人,紫砂壶便从煮茶、泡茶的器皿,越身一变,升格为文玩,成了文人几上不可或缺的物件儿。

有了文人的染指把玩和品赏,紫砂壶便有了生命,温度和故事。

文人眼中的壶,以小为贵,每客一把,可自斟自饮。然文人的雅趣何止停在自斟自饮上,他们挑泥选砂,设计器型,刻上自家的书画。大名鼎鼎的"曼生十八式",成了紫砂壶中的奢侈爆款。

"曼生十八式"的缔造者是清代的书画篆刻大家陈鸿寿,虽说他不是最早介入紫砂的文人,但他之后近二百年,染指紫砂的文人虽然不少,却难有超越者。

时至今日,似乎喜欢紫砂壶的人越来越多,不论干什么的,是文是武,都煞有介事地弄上一把,向风雅靠靠,好像这样自己也变得文艺了些。

越来越多的人喜欢收藏紫砂壶,书画篆刻家们纷纷亲自操刀,或刻或画,更高一级的也像陈鸿寿那样参与设计制作。凡这样的紫砂壶身价也是水涨船高。

王文英题　沈忠英刻

我也喜欢紫砂壶，也收藏，但不成癖，段位也不高。不为名贵，只为自己看着欢喜。然淘来淘去，还是"曼生十八式"最合胃口。

其实，我与紫砂壶的缘分不只在淘上，也曾应设计师之约，书写过一些句子，刻在他制作的紫砂壶上。也曾尝试亲自动手书画刻在紫砂壶上，但也只有一次，几把，送人外，手里只余一把，于此没有太多心得。总是想着有机会再试牛刀，却总有事情岔开了，不然，或许刻的画的写的多了，也会想着再升一级，像陈鸿寿那样设计器形，让它们长成自己喜欢的模样。

看来，人生里许多事不是安排的，想到遇到就去做、就去收藏，才会别有风景。

紫砂壶遇上文人，改变了运势，有了新的身份证件，身价节节攀高，再也不是那个不小心摔了，说声"碎碎（岁岁）平安"就心安的物件，而是手心里小心翼翼把玩的文玩。有名的文人玩过收藏过的，弄不好还够上文物了，成了拍卖会争抢的对象。

所以说，紫砂遇上文人是紫砂壶此生里最重大的事件。

原刊于《青少年书法报》2018年12月25日

整理自己

生活里，有一件事，不大，但很重要，这就是定期清理打扫自己的生活空间。

这事看似小，却是一个人生活态度的校验场，一个连自己生活空间都懒得整理清扫的人，很难让人有指望。前人说，一室不扫，何以扫天下？就是这个道理。

生活里还有一件事，也不大，但也很重要，那就是每过一个季节就要整理整理衣橱。好让自己有事出门，不至于临时手忙脚乱，仪容不整。

当然，有人一生不在乎仪容，随意穿衣，也成就了惊天伟业，让人敬慕。但讲究仪容、衣品，总还是件好事。如果满大街都是这样仪容整洁的人，让人看着舒服、爽心、享受，是一件怎么看都是美滋滋的事。

还有一件事，是一件和这两件事相仿佛又不大一样的事。只是这事大不大不好说，重要不重要也是因人而异。

这事就是定期整理自己。

整理自己，就像隔段时日清洁整理环境，清理衣橱一样。目的是让自己的身心也像生活空间一样有秩序，清爽敞亮，不至于像田野里的蔓草随意乱长，塞得边边角角都是，挤得满满当当。

这样的定期盘整，也像电脑定期格式化，清除垃圾，条分缕析，提升速度，重新开始。

如此这般，貌似我是个很有主见，也很有理性，又有条理的人。其实，恰恰相反。说来可能很多人不相信，这只能说错觉这事就像走平路也会摔跤一样稀松平常。

比如吧，我明明是一个苦命的人，自己不想着穿衣吃饭，没人会惦记你饿了还是冻着了，可总有人觉着我是一个睡着了都能乐醒的人；再比如，我一天到晚忙忙叨叨，总不闲着，没啥计划也没啥重点，更没啥大事，可总有人觉得我竟夕做着大事，还都是重点。

我曾有冲动和对面的人好好摆摆龙门阵，如此这般地说道说道。后来没说，是因为自个儿压根儿就是一个分不清主谓宾的人，说不说，知道不知道，改变不了啥。

可人生也有涯，稍不留神，倏忽就过去了。自己的人生不管理，真的就会像小学生的造句那样"白话"，直勾勾地一路下去了。当然，我不是说平凡的人生不好，而是说稀里糊涂地过日子要不得。

再者说，我怎么看都还算得上一张底稿起的不错的画稿，就是粗放了点，凌乱了些，还有收拾的可能。这可能眼看着一天天在缩水。

整理自己，就这样提到日程上来了。

当然，整理自己这事儿像电脑格式化，又不像，不会按下键就 OK 了，想着容易，做起来却相当的不易。

而我的确不是一个拎得清，又懂得自律的人。不喜欢的事，不喜欢的人很多；但同时，喜欢的事，喜欢的人也不少。

喜欢同气相求的人，喜欢真诚坦率的人，喜欢超凡脱俗的人，喜欢长得好看的人，喜欢有个性的人，喜欢有情怀的人……喜欢写写画画，喜欢码文字，喜欢读书，喜欢看电影，喜欢花草，喜欢淘货，喜欢漂亮的衣服，喜欢随意，喜欢由着性子，可怕的是喜欢操心……日子久了，拳头大的心房挤得满满当当，好像啥都做了，又好像啥也没做好。

所以定期整理这事，重要的是计划和执行力。

首先，能操的心操，不能操的心不操。坚决杜绝好操心，能不能担，值不值担，担得起担不起，都喜欢揽着的习惯。

这毛病，自诊的结果，是在家排行老大养成的。老大普遍有这个特点，所以，才让生活有点乱，心还累。

这个必须戒，自个儿几斤几两要清楚，世界没谁太阳照样升起。

还有，不能花心，喜欢这喜欢那，找出那个最喜欢的，其他的都删除或往后面排排。

再有，事要一件一件地做，完成一件再开始一件，条理要清晰。

最后，学会睡觉，不能熬夜。睡个好觉，绝对是目标中的目标，虽然最后才说，是觉得这事最难。当然，再难也得痛下决心。

但是，写写画画读书爬格子的事，戒不得；是人家的女儿，是人家的妻子，还是人家的母亲，还有叫姐的兄弟姐妹，戒不得，戒不得。

整理重要，整理成啥样难预料。想想若心里装着太阳，咋样都敞亮，慢慢来吧，一口吃成个胖子的事，真的没有。

原刊于《青少年书法报》2020 年 4 月 27 日，《书法报》2020 年 5 月 5 日

王文英《清供图》

致终将逝去的岁月

又到了一年的最后一天。

一年的最后一天和一年的第一天，其实，在我来说，都是日子，和昨天、明天，还有今天，没有什么两样，该做什么还做什么。如果我生活在一个人的世界，或许连自己是怎么老去的都不知道。

庆幸的是，我生活在人群里，所以我知道一年的最后一天，还有新的一年的第一天，让我不得不静默一会儿，想一想刚刚走过的那些日子，再想一想未来的日子，我怎么过。

刚刚走完的那些日子，每一天，我好像都在忙着，不做事的日子好像很少，却很难罗列罗列，或用数理的方法填个表格统计统计。

好多好多年前，我曾经有过那么一次，坐在那儿，过电影一样细细地重温了一遍过去的几百个日子，格式化了那一年，叫作《我的2009——流水账》。

那时候，我比现在年轻，母亲还在，人生也还算圆满，还有许多的想法。从1月、2月、3月、4月、5月……到12月，罗列下来，也着实吓了自己一跳，我做过这么多事，经历了这么多。

我很踏实。

再后来，每一年的终点也只按照要求做个工作总结，自己的人生里再也没有过句号、逗号，或者分号。

而即将过去的一年却不一样，我开始过着自己希望的生活。

我很想再来一个"我的2016"，看一看这个自己想要的生活与愿望有多近，又有多远。

2016最后一天到了，我却不想罗列了。我怕自己会让自己失望，我怕会让天国的母亲失望。

  其实,好好地过着每一段时光,让每一段时光里都浸润着温暖,让这温暖也温暖你生命里的所有,那些你记得、不记得的人,那些经历过、错过的机缘,那些经意、不经意的停留,那些感动、懊恼的瞬间……

  如此,最后一天和新的一天又有什么不同。

2016 年 12 月 31 日

王文英《逍遥游》

明年的这个节日还得过

春三月是个万物生长的好季节，而女子在这明媚的春光里或比街边里巷的姹紫嫣红更惹人注目。此时的女子气最壮，最受宠，也最忙碌，谁让这三月里的一天是妇女节呢。

春节一过，女人们可不含糊，享受着节日带来的各种待遇和福利，怎么看都有点扬眉吐气的劲头。

还没进三月，各种的约稿、展览的邀约纷至沓来，3月8日这一天，还会为了参加或出席哪一个活动而伤脑筋。

有这么多的人和事惦记着，在这么美好的春日里，还接着过年的喜庆劲，幸福就像眨眼一样，说来就来。

上午《书法报》编辑约稿，还是因为3月8号的这个节日。这是这一波节日里的第几个，记不清楚，好像每天都有好消息。很有创意的编辑列了不少的题目，可以选答。头一个是"怎么理解男女平等"？

这问题太老了，也太通俗了，老的不知道是什么时候开始的，通俗的可以在街边上随便拉个人都可以回答。虽然这问题又老又通俗，细想一下，好回答也不好回答。这么久远了还是个问题，可见没人能回答的好，又有字数的限制，我还是不选择地好。

打我记事起，就知道女子能顶半个天。可我眼里的母亲、外婆在家顶的可不是半边天，那可是大半个天；学校里，成绩排在前面的大多是女生；回家能帮家长分担家务的，多半还是女生。长大了才发现，女人在家里的地位和在外边的地位极度不匹配；也才知道，要想活得像个样，女人不那么容易。

虽然，这个问题我决定不作答，但还是忍不住在微信朋友圈里抖落了几句。

可见要说的话不是没有，可能是太多，这问题就像鱼刺在喉，早卡在那儿，没弄出来过。

若是哪天这个节日没有再过的意义，这个问题是不是也就没有了。

若是女人能把家里的权威和责任感，波及家外，这个问题是不是也不会有人提了。若是哪天别人当着面介绍我的时候不再说女书法家、女画家，这个问题，就是有人问，我也不回答了。

我是希望除了这个节日，还能让人惦记。

当然，打铁还要自身硬。这道理，我明白。

所以，在一年的12个月里，除了3月的优惠券外，11个月都在磨刀砍柴，

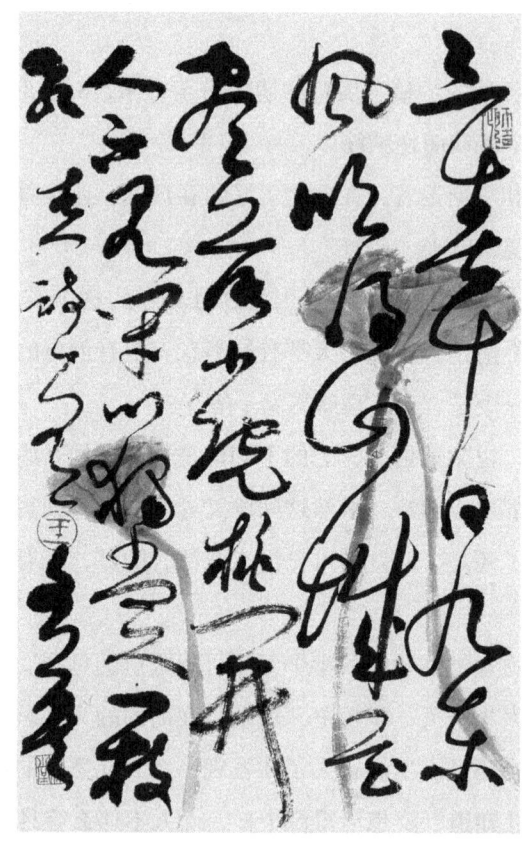

王文英《古人诗》

没有周末，没有假日。所以，我更愿意回答和分享 11 个月里有趣的故事或难忘的事。

上学的时候，老师最怕学生不用功，就给学生灌输勤奋且成功的案例，都是闪闪发光的人生。印象最深的是大科学家爱因斯坦出门回不了家的故事，一个人要笨到什么样才能忘记自己的家门在哪里。

老师不知道学生只对奇奇怪怪的故事感兴趣，对他的初衷不以为然。所有的老师都是从学生长起来的，不知道他们是记性不好，还是成年人有特别的属性，反正他们当了老师，都会重复自己老师那一套，痛心疾首地说着少小不努力，老大徒伤悲，哪个又哪个怎么怎么勤奋才有了后来的荣耀。

其实，我也是这么过来的。虽然依旧地不明白每天烧脑的科学家，怎么出了门，就忘记回家的路，但还是会对学生重复着这些老故事。

有一天，夜深了，不得不离开画室回家。我得留着青山，好有柴烧。出门，拿上怕忘了老早就靠门放着的垃圾。

一路走着，脑子还在画室的那面画墙上，回到家看看桌上的表，指针快上到正中了，怪不得路上一个人影都没有。再低头，垃圾还在手里。

其实，这事不是最好笑的，有件事我一直没说过，是怕被人笑话。有那么几次不小心拿茶杯当了笔洗，那茶我还喝了。如果我那又聪慧又好干净、整齐的母亲还在，又要失望地说我没继承她的优良传统。

看来，太过专注的人，都是一根筋。事不经过，是不能明白的。

虽然，我磨刀不误砍柴，可还是时常有人当着我的面，介绍给他人说：她是个才女，是有名的女书法家，女画家，文章还写得好。上下看看，不错，我是女人啊，这还用你说。明摆着的事，还说，那叫费话。可这费话，却总有人说。看来，明年 3 月的这个节日也还得过。

原刊于《中国文化报》2019 年 3 月 31 日

（原文题目《3 月 8 日眨眼就过去了》）

总有美好

好久好久，久到几年的光景，没有到家西北不远的小园子了。

夜色里的公园花木扶疏，树影憧憧，已不是以前荒疏的模样。小风过处，槐花香气浮动，透过昏黄的路灯光影，依稀可见树下落英，星星一样散落一地。

谷雨过了，立夏了，槐花也已迟暮。

这个春天，过得有些匆忙，就算不匆忙，也很久没有关注过谷雨里的槐花了。

槐花的记忆里有母亲的影子。

那时候，母亲还在。母亲喜欢热闹，喜欢一家人随着她爬山逛园子，谈天说地，特别是"五一"的这个假期，充满了槐花的香气，我也曾把这香气小心地收藏在了诗句里：

> 漫步东园曲径长，
> 薰风拂面柳丝扬。
> 谁言四月芳菲尽，
> 一树槐花一树香。

今夜无月，有点点的灯光，嗅着槐花的香气，移着步子，却全是旧时的记忆，眼眶有些潮湿。

平日里最怕的就是翻起旧时光，却没有办法拒绝睡梦里的旧日光景，看来此生注定就是一个和过去难说再见的人。

回家进书房，最想做的就是展纸研墨，写下那首有些年份的自作诗《槐花》，在母亲节的前两日。

叁·夕阳晚坐
总有美好

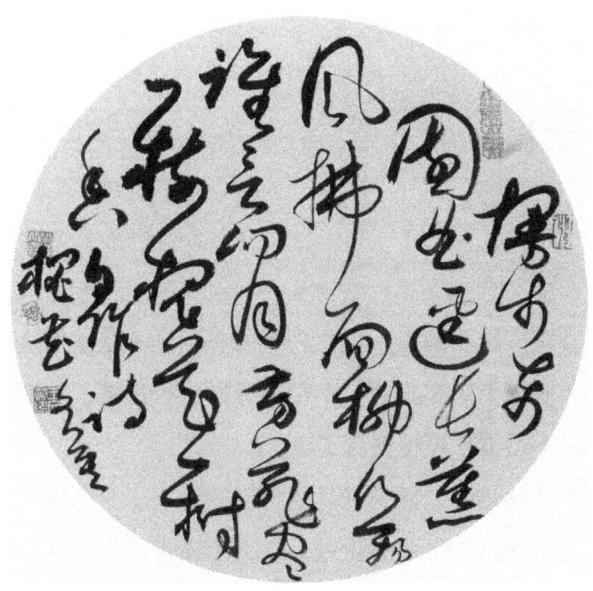

王文英《草书团扇·自作诗〈槐花〉》

孤山散人,诗者,如果愿意他一天可以吟诵很多很多首诗,到底多少,我也不大清楚,但绝对是一个快手。我刚写点文字,发点牢骚,画张画、写幅字,他马上就可以随一首绝句,至今一百三十多首,绝对的叹为观止。这不,刚刚有点小感慨,几盏茶的工夫,孤山原韵的和诗就贴在了后面。

一树槐花一树香,
参天俯首不张扬。
盘根坐耸如椽笔,
怀抱风声听短长。

日出日落之间,人来人往里总有美好的瞬间,美好的人,美好的事,令你感动,让你记忆。

原刊于《青少年书法报》2019 年 12 月 3 日

让心飞一会儿

今日是戊子谷雨，有小雨。不记得去年的谷雨是不是也像这样下过雨。平日的生活忙忙碌碌，塞满了鸡零狗碎，不记得好像也很正常，庆幸的是那颗有向往的心一直还在，只不过被琐碎埋得深了点。

一个多月前去扬州出差，插空满足了自己的游兴。夕阳晚照里的瘦西湖，还有何园，虽然行迹匆匆，却是用心走过，有文字还有诗作为证。比如瘦西湖的春梦，何园、片石山房旧址、石涛的叠石，都被我记入随笔，收藏在了诗句里：

  流水画桥春梦里，
  轻移小步绿莺调。
  忽然一阵微风过，
  片片飞红落发梢。
  …………
  小楼寂寂日迟迟，
  穿石天光月映池。
  燕何知故人去，
  飞来还立旧时枝。

二十天前去通州公干，路边开败的花影闪过车窗，迎面的风无情地吹着，当晚的日记里有了这样的句子："东风不解意，犹自吹落花。"

谷雨是一年二十四个节气里的一个，平均一个月能有两个节气，本也没有什么特别，但是谷雨一到，春天就要走了，夏天即将登临，雨生百谷，万物生长，当它是个节日也不为过。

通常节日对我来说,重要的内容是让心飞一会儿,静静心,读读诗,听听音乐,看看闲书,临几页帖,画两笔画,今儿就读读诗吧。

细雨茸茸湿楝花,
南风树树熟枇杷。
徐行不记山深浅,
一路莺啼送到家。

这是一首元人杨基的诗,喜欢它的清新自然,也喜欢它的平实质朴,尤其后两句的闲适,简直就是梦里的桥段。读着诗,感觉自己真的不紧不慢、不慌不忙,踏着细雨,悠然地漫步在山中。南风微熏,莺啼百啭,不知不觉家门到了,还是在一个万物润泽的天气里,枇杷熟了的季节。

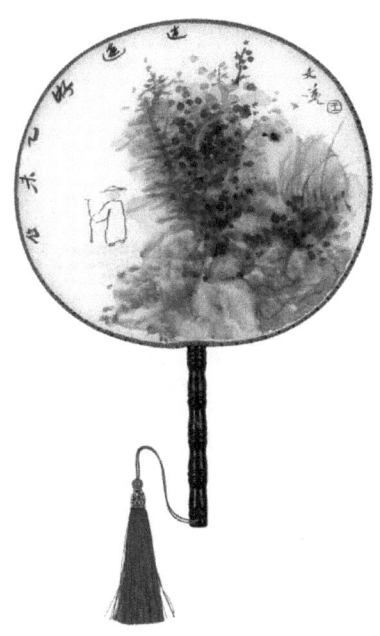

王文英《逍遥游》

王安石《钟山即事》中有"一鸟不鸣山更幽"句，南朝梁王籍《入若耶溪》中有"鸟鸣山更幽"。王公反用其意，自有他的妙处，但两句相较，还是喜欢"鸟鸣山更幽"，有生气、有味道，还有那么点子哲理。

　　欧阳修词中说"人生自是有情痴，此恨不关风与月"。

　　心中无尘，则世上无尘。让心飞一会儿，就像是用筛子过滤，剩下的都是澄明，是清净，是安宁，是岁月里的静好。

作于 2008 年 4 月 22 日

不简单

很多年前,曾经应约写过一篇关于古代女书法家的文章,费心费力地搜罗来搜罗去,也没弄清楚中国古代到底有多少可以称得上书法家的女子。

美国汉学家梅维恒主编的《哥伦比亚中国文学史》,却弄清楚了中国古代有多少知名的女作家,据他的研究成果,公元1世纪开始,两千年中华大地上一共出现了二十九位著名女作家。

这些"著名女作家"多是业余作家,她们的少数作品之所以能留下来,仅为"聊备一格",只有李清照的作品实现了经典化,为后人所师法。

也就是说,真正称得上作家且作品广为流传的古代作家里的女子,只有李清照。

的确,生活在南宋的清照才女是才女中的典范,她的诗词放入顶级高手的诗词里,也不会被淹没,也会让那些自命不凡的男子侧目。不要说学过古典文学的,就是中小学生都能背诵一两首李清照的诗词。

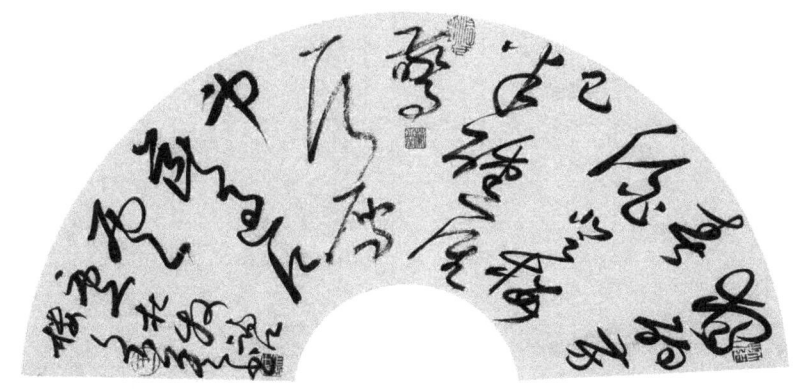

王文英《杜牧〈江楼〉》

李清照在国人的眼里，是可以与李白、杜甫、欧阳修、苏东坡相提并论的。

　　杨早的文章《汪曾祺这道席面如何调排》中说，世传李清照的大多数作品真伪难断，还说据饶宗颐先生说，可确认为真的不过二十多首，但李清照的诗集在清代便已达八十多首，1949年后的"新发现"超过百首。

　　照这样说，我们熟知的清照"名句"很有可能是赝品。先不去追究这些说法靠不靠谱，单那些耳熟能详的句子，若真不是李清照原创，该多伤"清粉"的心啊。

　　话说这种附庸名人而诗文归其名下的，在中国古代文学史上并不少见，就是今天的文坛也不是什么新鲜事。杨早说，据说汪曾祺热就令许多说不清来路的文字，甚至鸡汤文都归在汪的名下，以至汪的女儿汪朝不得不呼吁朋友圈互相转告"这段不知所云的文字与汪曾祺没有关系"。也曾在朋友圈见莫言出面打假。

　　这大概就是今人所说的名人效应吧。只是我弄不明白，自己辛辛苦苦码出的文字，为什么要归在别人名下。应该不是大公无私的情怀作祟吧，细想想，这样做的人，心思一定不简单。

原刊于《青少年书法报》2019 年 9 月 3 日

乐山大佛被美颜了

人活在世上，难事很多，家事、国事就不说了。

就是好好地走在街上，也会遇到意想不到的事；坐在家里，好端端的，也会撞见骗子。网络上，微信里各路的消息满屏飞，真真假假，分辨的难度系数不断攀高，时时考验着知识储备，考验着智商。

"美颜"流行，说明人爱美的天性肆意疯长，然真相或许越来越容易被忽略，或许越来越不那么重要，求真也会越来越难。

"快餐"流行，说明人越来越喜欢生活的快节奏，然消化功能或许会越来越差，越来越懒得思和想，求辨的能力也会越来越弱。

认真的，求真的，愈发可贵和高贵。

乐山大佛被"美颜"了，在各种狂飞的讯息里，很抢眼。乐山大佛很著名，关心她爱她的人很多，想借着她赚点流量的也不在少数，然有多少人认真求证过——真相？

今天收到朋友发来的视频，是电视台现场的报道。

朋友在乐山大佛管委会供职，曾亲历大佛"申遗"的全过程，也曾听他讲过乐山大佛"申遗"的故事，难度系数绝对超高。这么不容易的事，他们都完成得这么 perfect。所以，从来没有怀疑过他们的专业水准。

可是镜头里的大佛确实不太像我曾见过的那样，有着时光和自然力的厚厚包浆，以及岁月淬炼后温润的样子，但也不像网友们疯传的嘎嘎新的样子。

于是求证朋友，得知，大佛确实被动过，被整新过，据说是在被容许的范围之内。

我不是文物工作者，所知也不多，但有一点我还是明白的，文物应当修旧如旧，保护的目的是不再让它受到破坏，这破坏有来自自然力的，当然也有来自人力的，但绝不是像现时流行的滤镜那样简单地灭掉岁月的痕迹，变"嫩"变"好看"。

这让我想起来，走过的一些地方，见过寺庙里的塑像被油漆漆得水光流滑，艳俗的模样，无奈又痛心，难怪网友们看到这么珍贵的文物被"美颜"会如此激动。

人都是很健忘的，过不了多久，这波"乐山大佛被美颜了"的热度就会减弱，甚至是被遗忘。然乐山大佛被"美颜"这件事的真相，那个电视片显然也没能给关心大佛的网友们解了疑、释了惑。

曾经流行一句话叫作：世界上怕就怕认真二字。而这恰恰就是今天人的短板，多大的事吵吵嚷嚷一阵子也就结束了，新的关注点，新的热点，新的话题又开始了，不会有人再关心乐山大佛是不是真的被"美颜"了。于是，真相也就不那么重要了。

作于 2019 年 7 月 11 日

扇子上的风景

扇子，是生活中寻常的物件儿，不熟悉的人怕是没有。但是扇子和扇子可不一样，有些扇子是生活品，有些扇子却是艺术品、文玩，或者文物。寻常的扇子几块钱一把，作为文玩的扇子从几十、上百，到上千、上万元，要是文物，那价值更是难估量。

扇子在外国人那儿什么样儿，我不知道，但在我们中国，可是古老文化中一道绚烂的风景。

从传说中虞舜手创了"五明扇"，几千年来，扇子就没离开过中国人的生活。

帝王之家的仪仗扇、宫扇，平头百姓引风的蒲扇，文人墨客手中把玩的羽扇、纨扇、纸扇……直到现代的电扇，扇子的风景变幻，就像历朝历代服饰的变化，花样不断地翻新。

有纸、丝织物、飞禽翎毛做成的扇子，有竹、木、纸、象牙、玳瑁、翡翠做成的扇子，也有棕榈叶、槟榔叶、麦秆、蒲草等等制成的扇子。扇子的式样也是千姿百态，有日用的，也有工艺的……

需要说明的是，扇子之祖"五明扇"，可不是用来引风纳凉的。据说，当年虞舜创制这"五明扇"，是为了广求贤才，帮助自己管理好尧禅让给他的天下。

后来，扇子也曾一度成了地位、身份的象征，是礼仪的工具，只有王侯将相、士大夫拥有使用权。再后来，扇子流入民间，才从地位、权利的象征一落而成了纳凉的生活用品，成了娱乐、欣赏的工艺品。

不知从什么时候起，扇子这个招揽清风的凉友、礼仪的工具成了文化人手中把玩的物件儿，成了怀袖雅物。想想古时候那些怪诞的文青，还有老谋深算的谋士，一柄扇子在手，增添的不只是范儿，更像是智慧、定力附身。比如三国里的

王文英《逍遥游》

诸葛孔明,羽毛扇就像是他的 logo,只要亮相,手里断是少不了摇着羽毛扇。东坡夫子的词中就曾唱过:羽扇纶巾,谈笑间,樯橹灰飞烟灭。

毫不夸张地说,在古代文青那里,手中如果没有扇子,就像现在追求时尚的主儿没有奇装异饰,就显得不够品位。据说,扇子的大流行是在清代,喜欢扇子的不只有文化人、衙门里的官员,还有那些站柜的账房先生,就是社会下层的各色人等也喜欢摇个扇,好让自己看上去能透出几分文雅气儿。

扇子在文人墨客的手里,摇着摇着就摇成了文玩,在上面画个画,题上字,品位立马儿就不一样,身价自然也就不一样了。文人从什么时候起喜欢在扇子上写写画画,我没有考证过,只见过唐代张彦远的《历代名画记》里有杨修给曹孟德画扇"误点成蝇"的记载,但也只是一点而过。《晋书》里记载了王羲之在蕺山给卖竹扇的老太太题扇的故事,寥寥数十字,却活色生香,正是扇子遇上名家,身价陡增。

可以肯定的是,明清的时候,在扇子上写写画画的风气最盛,家里就收藏有人民美术出版社出版的一套五大本的明清扇面书画集,且幅幅出自名家。这些书法,还有画都是画在成扇上的,这些成扇是用宜书画的宣纸制作的。

现在的书画家不止在成扇上写写画画,更把它当成了一种创作的形式,这种形式行话称为扇面,上面的风景自然更加丰富,也更加的随心所欲。

作为可书可画的扇子,花样也是不少的,尤其近些年,除了折叠的宣纸扇,还流行了仿古的各类纸扇、纨扇,有的还配上名贵木材做的底托,成了案上的陈设。当然,更多的是,书画家们自己动手用宣纸裁制的各种扇面,花样也很多,但主要的样式是折扇样的扇面,还有团扇样的扇面。团扇的称谓来自它的形状,如天上团圆的满月,也因为它暗寓合欢吉祥之意,也有称它"合欢扇"的。

比起在折扇上创作,剪裁的扇面方便好用得多,起码没有了凹凸的折叠线,材质、样式也可以随书画者的习惯、需要而定,所以是书法家、画家常用的创作形式。

用这样古老的形式配上中国元素的书画,那意味比起习以为常的方正的斗方、条幅来,更容易让人欣赏的味蕾活跃起来。当然,扇面的创作,尤其是折扇的形状,书法绘画比寻常直边纸的构成会复杂一些,也更考验创作者的构成能力。

炎炎的夏日,有这些扇子上的风景相伴,想必清凉之意也会像摇扇一样,徐徐而来,清风里还有一种美意,是不是很享受。如果碰巧是一幅出自名家的扇面作品,价值就不好说了。

原刊于《艺术市场》2017 年第 2 期,

《奥凯航空》2017 年 5—6 月号

王文英《毓俊〈宝珠洞晚眺〉》

记忆的重要——兼说张晓林《书法菩提·夷门民国书法人物》

昨日遇到一个人，是旧日北京大宅门的后人，听他讲家门里的故事，很是有趣。如果这些故事能记录下来，那么无缘亲耳听故事的人，或者后来的人，都会有机缘看到或听到这些过去真实的人和事。

曾经和朋友聚会，聊到枣庄新建的台儿庄古城。席间在中国生活工作多年的日本朋友说，当初，要建古城，却找不到丁点儿可供参考的记载资料，后来还是从日本找到了旧城资料。这些资料翔实的程度着实让我惊讶，街道、门牌，就连每一户居民的人口、干什么的都记载得清清楚楚。当然，那段被侵略的历史是不能忘记的。

记忆对于人类社会来说，就是连接着昨天与今天的历史；对于个人来说就是一个人的足迹。而记忆的真实又是还原历史真实的基础。个人历史是公众历史的补充，二者可以相互印证，还有纠偏的可能，足见记忆的重要。据说，国外的许多大学都设有口述历史的相关专业，央视曾经的"名嘴"崔永元，在中国传媒大学也开了这个专业，据说是国内头一份。

民国是离我们最近的一个历史背影。岁月流逝，时代变迁，让这个离我们最近的背影也渐行渐远，几乎成了一个"概念"。

成了"概念"的民国却热了起来，但现代人对那个时代究竟知之多少？曾听过龙应台的演讲《倾听一个人的记忆》，很是感慨。

抗战时期曾经经历过大战的村庄，现如今村子里没有人知道当年这里发生过什么，历史记录也模糊不清。对于那个又远又近的时代，梳理历史是多么的重要，真心希望，记忆不要从我们这里断掉。

记忆的重要——兼说张晓林《书法菩提·夷门民国书法人物》

偶然在《书法报》上读到《书法菩提·夷门民国书法人物》，又承蒙编辑发来几篇连载，读后很是欣喜。我不认识作者张晓林，只知道他是作家中的书法家，书法家中的作家，他在《书法菩提·夷门民国书法人物》中用自己的方式记述了历史长河中的浪花，让一个地域由书法人物（文化）串联起了昨天和今天。可以说，这是一件看似平常，却功德无量的事情，也是一件耗时费力的事情。

虽然他写的人物是书法人，重墨却不在书法本身，而是他们人生中点睛的故事，还有经历。他用文学笔触言说书法人（也是文化人）在那个风起云涌的大时代的际遇、选择，人物性情毕现，鲜活生动，跃然纸上。虽然他写的只是大中国一隅开封的书法人物，折射的却是整个民国的文化人。

所以也可以说，这本书是民国文人的群像谱。通过这群人，读者可以触摸民国文人，通过民国的文化人，进入那个又远又近的时代，感受那个短暂却风云变幻的时代。

这本书可以当作笔记小说来读，也可以当作纪实来读，还可以当作散文随笔来读。书中记录的内容我相信大多都有事实的影子，但也不能说就等于史实，就像记录魏晋名士的《世说新语》。这样轻松的叙述方式，很容易拉近作者与读者的距离，而有共鸣。

我想，这本书从小的方面说，是对开封那段地方史的补充；从大的方面说，是对民国史的补充。当然，书中记载的人和事，有没有附会的地方，我没有发言权。

原刊于《书法报》2017年1月（第2期）

北窗密雪似半千

王文英《逍遥游》

北窗外，飘飘扬扬的雪花像春风过处的梨花，飞舞着。地上、房屋、树干上厚厚的白雪像盖了柔软的鹅毛被。平素热闹的街巷、园林，这会儿像是早先的黑白照片，晕染了时光的味道。

取出手机拍照，取景框里的景致竟有龚半千笔下的意韵：黑白灰的调子，清雅素洁的画面，深郁静穆的意境。忽然想起古人说过的话"外师造化，终得心源"，艺术就是这样从自然、从生活、从人心里长出来的。

此时窗外的景色，的确有龚半千早期画作的韵致，以白为主，黑灰为副，龚半千这时的画作，人称"白龚"。

龚半千，名贤，又名岂贤，字半千，又字野遗，号半亩，又号柴丈人，江苏昆山人。工诗文，善行草，以山水著称，绘画位"金陵八家"之列，并著有《香草堂集》。

龚半千生活在明末清初，一个失去了安定与安宁的年代。他是明朝的遗民，一个节气高蹈的士人。清军入关后，他过着漂泊无定的生活，后来隐居南京的清凉山，葺半亩园，栽花种竹，习画课徒，生活清苦却怡然自得。

他的绘画以反复皴染的积墨法，强烈的黑白对比的节奏感，还有饱满的构图独立于画林。他绘画的经历，从"白龚""灰龚"到"黑龚"，由白到灰到黑，由简到繁到浑厚，完成了自己的艺术追求。黑处，浓密苍茫；白处，洁静淡雅。以白衬托黑，又以黑彰显白。

窗外的雪依旧，也越积越厚，像是半千的笔在一点一点地积着墨，越发的浑厚华滋。

于是，围炉、洗手、烹茶、点香，然后，磨墨、展纸，学着半千，提笔临池对花笺。

作于 2019 年 12 月 16 日

解　谜

午后翻报纸，看到一篇介绍阿房宫考古的文章，虽说不上惊悚，但够得上颠覆，当然，只有我这样孤陋寡闻的才会这样反应过度。我喜欢解谜，喜欢刨根问底，不知道阿房宫与秦与始皇，究竟还有多少未解的谜？

秦朝没了，阿房宫也没了。唐人杜牧的《阿房宫赋》写得真切形象，就好像他曾在里面住过，溜达过。读过的也会随着他的描述，在心里描画一幅自认为是的阿房宫图，应该没谁会把它看成李白《梦游天姥吟留别》那样极尽想象夸张的梦境。

然而，令人意想不到的是，当今的考古专家研究结果显示，杜牧的《阿房宫赋》里的阿房宫就是极尽渲染想象出来的。那个奢华气派的阿房宫只是个传说。

据考古学家刘庆柱团队十几年前实地考证，项羽打到阿房宫时，那里只完成了前殿建筑的基址。

也就是说项羽"火烧阿房宫"，是一个传了两千多年的虚构故事。

刘庆柱，曾经的中国社会科学院历史部主任，1972年开始秦都咸阳的考古，为此耗时二三十年。

古代有名气的宫殿很多，汉之未央宫、唐之大明宫，现在还能进去的紫禁城，没有一个比得上杜氏描绘的绵延三百余里的阿房宫。杜氏笔下的阿房宫何等的气派华丽，一日之内，一宫之间，气候都不一样，俨然一座小有规模的城池。

传说中的阿房宫就在我家乡的边边上，虽说十二竿子打不着，但我们离得近，离得近就有点儿亲。现在却听说，它压根还没出生就胎死腹中，一时半会儿还真难转过弯来，接受专家说的真相。但若真的像专家说的也不失为一件好事，不然，说不定真会被项羽一把火烧了，白白地劳民伤财。

再重温一下《阿房宫赋》：

　　六王毕，四海一；蜀山兀，阿房出。覆压三百余里，隔离天日。骊山北构而西折，直走咸阳。二川溶溶，流入宫墙。五步一楼，十步一阁；廊腰缦回，檐牙高啄；各抱地势，钩心斗角。盘盘焉，囷囷焉，蜂房水涡，矗不知其几千万落。长桥卧波，未云何龙？复道行空，不霁何虹？高低冥迷，不知西东。歌台暖响，春光融融；舞殿冷袖，风雨凄凄。一日之内，一宫之间，而气候不齐……

这么真切的描述，不知道是杜牧做梦梦到的，还是看到了设计方案。不知道下一个考古新发现又会刷新什么认知。

原刊于《青少年书法报》2019年10月15日

似曾相识燕归来

一曲新词酒一杯,去年天气旧亭台。夕阳西下几时回?

无可奈何花落去,似曾相识燕归来。小园香径独徘徊。

这是晏殊的词《浣溪沙》,据说是中学生必背的篇目。

正在热播的电视剧《清平乐》,以还原北宋历史相似度高,得到了宋史专家的肯定,但是在坊间却话题不断。

执掌天下的宋仁宗被他的臣子们,不管家事、国事,想撑就撑,撑得无可奈何人疲惫,仁慈、节俭、克己得不像个天下之主。这让看惯了雷霆万钧,说一不二,杀伐决断霸气帝王的观众,直觉这君子之风的帝王憋屈、窝囊,廷上廷下遇事太拖泥,还带水。

朝堂上的撑戏,一撑撑半天儿,像是纪录片。

这剧,没法追了。

回头看看,这戏一会儿又宫廷内外文艺得不行,个个都像文青,一应物事讲究风雅,文艺范儿十足。服饰、装容、建筑、道具讲究还精细,宋代美的至高都在这里聚齐了。就连大反派夏竦都是个地道的文青。

诗词歌赋,琴棋书画,闻香插花,就连皇后酿的各种酒都有文雅好听的名字。宫廷画院里的画家们也可以凭借才华,谋得职位。难怪大宋的帝王个个是文青,还出了宋徽宗这样的文艺大咖。

再看看宋仁宗超霸气的朋友圈,好亮眼。中国文学艺术史上一串的明珠都在北宋,又一大半都在宋仁宗的朝堂上:晏殊、范仲淹、苏舜钦、蔡襄、欧阳修、韩琦、司马光、梅尧臣……后来还来了苏轼兄弟,个个能言善辩,就连找碴都用诗文。

这戏，还是得追。

仁宗的朝堂上看不到一个武将，就是讨论战事，也是一帮子文官说东道西，主持前方战事的也是论诗填词写赋的文人。敌方下了战书，朝堂上的文官还在想着怎么派人去给他们讲经说义，好让他们明礼义。

崇文的宋朝还真是个神奇的存在。

天天被撑的帝王，怕是只有大宋王朝了。高坐龙椅上的官家，也有普通人的喜怒哀乐，爱恨情仇，还有比不得凡人的种种，说话办事都有人盯着，官家好难啊。

活在大宋王朝的文人偷着乐吧，地位高，俸禄也高，连官家都让着几分，犯啥错，也不会掉脑袋。

所以，仁宗的朝堂上才会天天开演互撑、朋党、外放、回朝的戏码，晏殊是里面脑子清醒，又最讲政治的一个，不愧帝师，但也难保一直都能站在朝堂之上。

看清了这段历史，再读晏殊的《浣溪沙》，才真的靠近了他的人，理解了他的意，并非字面上的那些伤春离别。

深夜的北窗下，展纸磨墨，以加飞白意的草书抄写了晏殊的《浣溪沙》。

顺便说一句，我有个秋日荷塘系列的绘画叫《清平乐》，此《清平乐》非彼《清平乐》。

原刊于《书法报》2020 年 7 月 7 日

肆·兰堂杂记

兰堂杂记（1）

诗·词·歌

翻看《全宋词》（中华书局 1965 年版，唐圭璋编），见林逋一首题为《瑞鹧鸪》的词，竟是熟识且没少书写过的林氏《山园小梅》七律组诗中的一首：

  众芳摇落独鲜妍，占尽风情向小园。
  疏影横斜水清浅，暗香浮动月黄昏。
  霜禽欲下先偷眼，粉蝶如知合断魂。
  幸有微吟可相狎，不须檀板共金樽。

熟识的"众芳摇落独喧妍"，在这里也变成了"独鲜妍"。
这首七言律诗，为何会收到这里？
再翻看手边的《宋诗一百首》（中华书局 1959 年版），林氏这首咏梅的七言律诗，妥妥地躺在书页上，只是题为了《梅花》，首句是熟悉的"独喧妍"。
重回《全宋词》林氏的《瑞鹧鸪》，定睛细读原来是有注释的。注释中说：此原为七律，后人唱作《瑞鹧鸪》。
原来如此，只怪当时太过粗心。
诗本于古歌，词本于诗，诗三百篇皆可歌。
瑞鹧鸪原本为七言律诗，因为唐人的歌唱，而成了词调。双调，五十六字，前调四句三平韵，后调四句两平韵。中间两联例用对偶。此调既可平起，也可仄起，如七律格式。另有六十四字体、八十六字体等，是变格，始作俑者，相传是宋朝人称白衣卿相的柳永。

瑞鹧鸪，又名舞春风、桃花落、鹧鸪词、拾菜娘、天下乐等。（《钦定词谱》）

林逋，字君复，钱塘（今浙江杭州）人，宋朝有名的大隐士。隐居杭州西湖的孤山，过着悠哉游哉的闲适生活，常驾着小船游访寺庙，与高僧诗友你来我往，唱和往还，诗作却随就随弃。终生不仕不娶，只喜欢养鹤种梅，自谓"以梅为妻，以鹤为子"。活着的时候真宗皇帝赐他"和靖处士"，死后仁宗皇帝又赐谥"和靖先生"。

梅妻鹤子的和靖先生，想来一生写过的梅花诗不少，而这首名为《山园小梅》《梅花》又《瑞鹧鸪》的，当是传唱最多、流布最广的。至于"独喧妍"还是"独鲜妍"，则是流传版本的不同。

2003 年 8 月 16 日

唯大学问者方能至此

午间读闲书，偶见论中国诗歌者，有"唐诗重情，宋诗言理，元明尚趣"之论，不由想起启功先生的那首著名的论诗绝句：

> 唐以前诗次第长，三唐气壮脱口嚷。
> 宋人句句出深思，元明以下全凭仿。

绝句之外，启先生在给学生讲课的笔记中还有更详尽的妙解："仆尝谓，唐以前诗是长出来的，唐人诗是嚷出来的，宋人诗是想出来的，宋以后诗是仿出来的。嚷者，理直气壮，出以无心；想者，熟虑深思，行以有意耳。"

两者之论相类，然启功先生之论，明白易晓又形象透彻，是为上论，不得不叹服，唯大学问者方能至此。

2007 年 3 月 5 日

世间有癖念谁无

现在的人做事，总是很着急的样子，像是在赶路，稍稍慢了，好像就赶不上下一站了。

写写画画的人也一样，大多用现成的墨液，不用研磨直接进入主题，挥毫泼洒。但现成的墨液，胶重，不甚好用，写草书总有跳脱的感觉。想想若用上好的墨，汲清水，一点一点地研磨，再写写画画，那过程自有一种适然和从容，就像电影里的慢镜头，体会的是过程，还有过程中的点点滴滴。

当下人困在机器的围城里，很难体会亲自动手的感觉，曾见朋友用日本出产的研墨机。机器磨出的墨液与人工磨出的墨液当没有分别，有别的是用墨人的心境，还有感受，一定很难再有东坡夫子那样"非人磨墨墨磨人"的感慨。

一生颠沛的东坡夫子，于书于画于墨的痴情非今日之人所能体会，"我生百事不挂眼"，"世间有癖念谁无"。

这些句子都是出自苏东坡的诗《次韵答舒教授观余所藏墨》。这是一首古体诗，很长，若要体会诗意，也需静心慢读：

异时长笑王会稽，野鹜膻腥污刀几。
暮年却得庾安西，自厌家鸡题六纸。
二子风流冠当代，顾与儿童争愠喜。
秦王十八已龙飞，嗜好晚将蛇蚓比。
我生百事不挂眼，时人谬说云工此。
世间有癖念谁无，倾身障簏尤堪鄙。
人生当著几两屐，定心肯为微物起。
此墨足支三十年，但恐风霜侵发齿。
非人磨墨墨磨人，瓶应未罄罍先耻。
逝将振衣归故国，数亩荒园自锄理。

王文英《兰气竹阴行草五言联》

作书寄君君莫笑，但觅来禽与青李。
一螺点漆便有余，万灶烧松何处使。
君不见永宁第中捣龙麝，列屋闲居清且美。
倒晕连眉秀岭浮，双鸦画鬓香云委。
时闻五斛赐蛾绿，不惜千金求獭髓。
闻君此诗当大笑，寒窗冷砚冰生水。

2007 年 3 月 6 日

雨天的书

晚饭后，为写文章在书橱中找寻资料，偶见一本《品书絮语》，一时兴起，抽出来翻看。

书中有朱光潜一篇《雨天的书》，只知道周作人有《雨天的书》为名的小品文集，却不知朱先生也有这样同名的一篇文章。翻开一看，方知此文确与周氏有关，正是品藻他的《雨天的书》的文章。

周作人，"五四"新文化运动的激进者，朱先生说他倡导白话文，还积极主张国语欧文化。果真如此，周公也算是个拧巴人吧。以他的人生经历，他对自己曾极力反对的旧文化从来就没有疏远过，年纪越长越是依恋。

确切地说，那个时候的他还很年轻，对于一个吸力狂劲的潮流，难有不中招的。他们那代文化人大多有过严谨的私塾教育经历，又都是旧家庭出身的子弟，本土文化的血脉相浸或许年轻的他们都没有意识到。所以朱先生说:"现在白话文的作者当推胡适之、吴稚晖、周作人、鲁迅,而这几位先生的白话文都得力于古文的滋养。"

我们姑且在周作人的《雨天的书》里摘上几段:

> 喝茶当于瓦屋纸窗之下,清泉绿茶,用素雅的陶瓷茶具,同二三个人共饮,得半日之闲,可抵十年的尘梦。喝茶之后,再去继续修各人的胜业,无论为名为利,都无不可,但偶然的片刻优游乃正亦断不可少。

> 我们于日用必需的东西以外,必须还有一点无用的游戏与享乐,生活才觉得有意思。我们看夕阳,看秋河,看花,听雨,闻香,喝不求解渴的酒,吃不求饱的点心,都是生活上必要的——虽然是无用的装点,而且是愈精炼愈好。

这样散淡禅意的句子,土生的味道,真的不是一句两句口号就可以楚河汉界了。

写到这儿,想起曾经读到的一件趣事,陈师曾与鲁迅为同窗同事好友,常一起相约逛小市、琉璃厂,目标是淘换碑帖和小古董。(《听父亲讲祖父陈师曾》)

2007 年 3 月 21 日

个人的空间

《北京青年报》上有篇采访董桥的文章。董桥,香港作家,以散文著名,据说文章流布极广,我读的却不多,对记者的溢美之词没有太多的感受,但董桥的一段话,却戳中了神经。

他说:"一个作家,要有创意的话,就必须生活在个人的空间里。"

董桥的话虽然是在说作家,其实,艺术家莫不如此。自由的创作空间对于艺术和艺术家来说,虽然不像空气之于万物那样的绝对,但没有就像少了支持生命的血液。然生活的现实世界却千差万别，看似的简单，却也未必做得到。

　　自由的创作空间，可以有，关起门来就可以实现；出了门，就要接受各种的规则、要求，还有制约。人是很难摆脱现实生活的环境的。

　　现实与理想的不同，是因为有距离。这距离，有的时候，不是人力能够消除的。

　　以散文著名的董桥，其实是个职业报人，但他说报人生涯是为了工作，写作才是为了事业。

　　工作是生存之事，不可不为；事业乃终生追求之事，从心而做。

　　当然，如果一个人的工作是爱好，爱好就是工作，当是人世间最幸福的事了。

2007 年 3 月 29 日

兰堂杂记（2）

中华文化是一个大的整体

清晨上班的路上读报，看到一篇画家李燕的访谈，说到他爹苦禅先生经历的一件趣事。

20世纪50年代末，王府井有一个书法门市部，里面挂着苦禅先生一幅四尺行草中堂。一日，一个外国人在那幅行草中堂前看了足足三分钟。苦禅先生很好奇，便上前询问他是否认识中国字。外国人摇头说不认识，但感觉这幅画有音乐的节奏美。

读到这儿，不由想起一件旧事。有朋友曾在外国人出入的建国饭店有个卖艺术品的柜台，曾约我写些少字数的书法作品，真草隶篆无要求，但要写在便于携带的卡纸上。因为出售对象是喜欢艺术品才会购买的外国人，他们习惯拿来就可以装框上墙。出乎意料的是那些作品很快售罄。

我想，那些外国人喜欢中国书法，不是因为他们有我们寻常意义上的认知，而是中国书法，特别是行草书彰显的那种节奏、韵律，还有张力，能感动他们。这种艺术，他们没有。

> 我中华文化是一个大的整体。仅画画是小道，因为比画高一层的是书法艺术，比书法艺术高的有中国古典文学诗词歌赋曲等，再高一层的是音乐，古代有无弦之琴、无声之乐，乃哲理音乐。最高一层是老、庄、禅、易、儒中的哲理。反之，如果以绘画之上的诸文化修养来统领绘画，则画就高了。没有这些修养的画，其文化底蕴就薄，薄如宣纸，薄如钞票。

这是访谈中最有意思的一段话,是李燕他爹苦禅先生说的。

2007 年 3 月 2 日

自挽生挽

《北京青年报》上有篇文章《自挽生挽旷达》,说的是文人的旷达,能笑谈生死。活着的时候,就自写祭文,更有甚者,不仅自己写,还征集友人的挽歌。

据说,中国文人中写诗文自挽的,西晋陆机是最早的一个,东晋陶渊明是影响最大的一个。

陶渊明不仅写过自祭文,还写了《挽歌辞》,且《挽歌辞》不是一首,是三首。

相传陶渊明之外,东晋名士桓伊也擅长写挽歌;庾晞不仅喜欢写挽歌,还经常自己摇着大铃唱,手下左右齐声相和;更有奇的,名士袁山松只要出游,必让左右的人作挽歌。

让今天的人难以理解的自挽生挽,据说是当时名流达人的风尚。

看看陶公的《挽歌辞》,开篇这样唱着:

> 有生必有死,早终非命促。
> 昨暮同为人,今旦在鬼录。
> 魂气散何之,枯形寄空木。
> 娇儿索父啼,良友抚我哭。
> 得失不复知,是非安能觉!
> 千秋万岁后,谁知荣与辱?
> 但恨在世时,饮酒不得足。

能这样活着的时候,了然如此地谈生死,恐也就只有风神潇洒、不滞于物的晋人了。当然,后世的文人中也有活着的时候给自己写挽歌的,比如清代的袁

王文英《清平乐·秋日记》

枚、现代的郑逸梅,但也只是个别中的个别。

生挽或自挽不是旷达两个字就可以释义的,能够这样坦然面对自己过往的一生,也不是今天的人能够做得到的。

2007年3月19日

感动

常常感叹生活当中能让人心生感动的事越来越少,每天的生活平铺直叙,就像记叙文。然而,今日清晨上班的路上,却意外地被感动了。

今天上班的路上没有什么特别,一如既往地堵,一如既往地挤,一如既往地夹在人缝里,举着书摇摇晃晃断续地看着。近旁座位上的女子,手里也捧着书。车行几站,女子收起书,突然站起来对我说:"你坐着读吧。"我以为她到站了,一番感谢之后,落座。

然而,她没有到站,让座是为了陌生的我能舒舒服服地读书。平生还是第一次遇到因为读书而让座的,心中惊讶复又感动,也着实过意不去,幸好三站后,我的目的地到了,才又让她坐着舒服地读书。

其实,感动就在生活的琐碎里,比如,爱唠叨的父母,常挂在嘴边的"少熬夜,按时吃饭";比如,迎面碰到的熟人张开的笑脸;再比如,你问路时,路人热切的回应……只是遇事的人,不是心太过粗粝,就是太过匆忙。

2007 年 4 月 4 日

好书如爱人

有人说:"好书好比爱人,会令你爱不释手。"

对于爱读书、好读书的人来说的确如此。一本好书,一杯清茶,听着窗外梧桐滴雨,这次第纵是神仙,也不换。

读到会心处,弥尔一笑,如饮甘泉醇露;遇疑处,像有绳子拽着,不弄清楚,不能罢手。

遇到如香草美人一般的摄魂书,又怎么能舍得放下,即使一口气读完,也会余音绕梁,又岂止是三日呢。

2007 年 4 月 24 日

兰堂杂记（3）

五十弦

读李义山诗，又见"锦瑟无端五十弦，一弦一柱思华年"。

五十弦瑟什么样子，今天的人是没有眼缘了，好在史书中有详尽的记载，还可以尽情地去想象。

《史记》《汉书》都有记载："泰（春）帝使素女鼓五十弦瑟，悲，帝禁不止，故破其瑟为二十五弦。"

史书中有记为"泰帝使素女鼓五十弦瑟"，也有记为"春，帝使素女鼓五十弦瑟"；有的说这泰帝就是太昊伏羲氏，也有的说帝是秦王，还有说是汉武帝的。且不管是哪个"帝"破了五十弦瑟为二十五弦，现实生活中就只有二十五弦瑟了，且这二十五弦瑟还成了悲哀乐曲的代名词。

距今最古老的二十五弦瑟，出自长沙马王堆汉墓，目前收藏在湖南省博物馆。

唐人李义山应该没有见过五十弦瑟，却不妨碍他把它写进自己的诗里："锦瑟无端五十弦，一弦一柱思华年"，引得后来的读者大开脑洞，最有代表性的猜解是说妻子无端死了，就如同琴弦断了，二十五弦就成了五十弦。

古时候，常以琴瑟比喻夫妻，比如琴瑟和鸣，琴瑟相调，是说夫妻间和谐的关系。所以妻子死了叫断弦，再娶称为续弦。至于为什么妻子没了称断弦，丈夫没了不这样称呼，我没有考证。

唐人李贺诗、宋人辛弃疾词中也有写到五十弦的："三千宫女列金屋，五十弦瑟海上闻""八百里分麾下炙，五十弦翻塞外声"。我想他们诗词中的五十弦瑟与李义山诗中的五十弦一样，都不是实指，但意思却不尽相同，而是以此喻

"多",还有"壮观"之意。

2007 年 4 月 3 日

懂 得

《新华文摘》中曾有一篇写金岳霖的文章,题曰《再说金岳霖》。

散木说:(金岳霖)最懂得林徽因。用张爱玲的话说,就是"因为懂得,所以慈悲"。这种慈悲之爱自不必被婚姻形式拘束,后人也不必对此"匪夷所思"。

金岳霖曾送梁思成、林徽因夫妇对联"梁上君子,林下美人"。在他们之间有着一种超凡脱俗的友谊。梁思成曾言"最爱林徽因的是金岳霖"。

记得冯友兰也有一篇写金岳霖的文章《怀念金岳霖》。冯友兰在文中把金岳霖比作魏晋大玄学家嵇康,说二人风度相像。嵇康越名教而任自然,天真烂漫,率性而行;思想清楚,逻辑性强,欣赏艺术,审美感高。

今日之人多津津乐道金与林、梁间超乎寻常的关系,说着演绎着他们的故事。其实,寻常之人又怎么能懂得他们。

仔细想想,金岳霖才是那个活得明白又通透的人,他知道自己想要什么,在做什么,就像嵇康。这样的人终于民国,现世没有,后世有没有,不好说。

2007 年 5 月 18 日

清 友

苏东坡有句名言:宁可食无肉,不可居无竹。无肉使人瘦,无竹使人俗。

坡翁的名言,典出同样有名的那个雪夜访好友戴安道,近门不访而返的王子猷。

在东晋那些标新立异的名士中,王子猷爱竹是出了名的,且爱得不同凡响。他的住所周围一定要竹林环绕,就连临时借住别人的房子,也不怕麻烦一定要种上竹子,他好能每天站在竹林之下吟诵歌唱。

当时吴中一个士大夫家有一片竹林，子猷闻名前去观赏，到了竹林只顾自己沉醉吟咏，全然不理会洒扫庭院待客的主人。直到兴尽欲返时主人才和他搭上话，他依了主人的挽留，目光里却还是只有那片竹林。

有人不解子猷何以如此的爱竹，他道："此君高尚无比，怎可一日无此君！"

王子猷之后，竹便成了君子清友。唐人陆希声有诗"山前无数碧琅玕，一径清森五月寒。世上何人怜苦节，应须细问子猷看"。殷文珪也有诗句"何事子猷偏寄赏，此君心似古人心"。宋之问的"含情傲睨慰心目，何可一日无此君"。陈陶的"更须瀑布峰前种，云里阑干过子猷"，皆由子猷的故事而来。

王子猷即王徽之，王羲之的儿子，王献之的哥哥，一门俱是大书法家。父亲是"书圣"，弟弟是不让父亲的大书法家，并称"二王"，是中国书法史的主流传统。

2007 年 5 月 23 日

好文章

苏东坡说作文章"大略如行云流水，初无定质，但常行于所当行，常止于所不可不止，文理自然，姿态横生"。

说到写文章，常有人拿苏东坡的这段话来作标尺。于写文章，历史上比东坡经验丰富，见解独到的也没有几个，况且他的文章可堪千古典范。

东坡夫子这段话出自《答谢民师推官书》，虽然是封书信，却是讨论诗文创作的内容，历来为文人所重，除了常被人引用的这段话，还有许多精辟的段落。比如：

> 孔子曰："言之不文，行而不远。"又曰："辞达而已矣。"夫言止于达意，即疑若不文，是大不然。求物之妙，如系风捕影，能使是物了然于心者，盖千万人而不一遇也，而况能使了然于口与手者乎？是之谓辞达。

辞至于能达，则文不可胜用矣。在东坡眼中：

> 扬雄好为艰深之辞，以文浅易之说，若正言之，则人人知之矣。此正所谓雕虫篆刻者，其《太玄》《法言》，皆是类也。而独悔于赋，何哉？终身雕虫，而独变其音节，便谓之经，可乎？屈原作《离骚经》，盖风雅之再变者，虽与日月争光可也。可以其似赋而谓之雕虫乎？使贾谊见孔子，升堂有余矣，而乃以赋鄙之，至与司马相如同科！雄之陋，如此比者甚众，可与知者道，难与俗人言也。因论文偶及之耳。欧阳文忠公言文章如精金美玉，市有定价，非人所能以口舌定贵贱也。

文章自古在中国人这儿，是很有传统的学问。古代文人经营文章，靠着文章走上经世致用之途。虽然今日的读书人不能像古人那样凭借着文章考取功名，但能写得一手好文章，一样令人敬佩，能有作为。毕竟能写好文章的人，都是腹中有物，脑中有想法的人，况且好文章有提神醒脑，补给营养，怡情娱目之功用。

所以，好文章的标准，是必须要讲的：如行云流水，直出胸臆，自然天成，文理自然，姿态横生，言之有物，有话则长，无话则短。断不是像挤牙膏，更不像是凿石琢玉，斤斤于文辞字句的经营雕琢。

当然，文还如其人。

2007 年 6 月 20 日

七月流火

今天是农历也就是夏历的七月初一，《诗经》中有"七月流火"的句子，是说天气渐渐转凉，然常遇有人误理解为是在说天热得如流火。

2007 年 8 月 13 日

兰堂杂记（4）

干什么都不容易

看电视上的天气预报就像看新闻联播，是每天的常规动作。一直以为播报员是站在一面大大的地图前面指指点点，压根不知道，录制的时候，背后根本就没有地图，那个指指点点的手只在空中比画着。

我们看到的都是幕后的合成。

今天有机会到国家气象局参观，才真正见识了天气预报的录制。

播报员身后只有一个什么图案都没有的绿色背景，左边右边前边各立着一个有地图的屏幕，前面的那个最大。播报员播报天气预报时，用手比对着这几个屏幕中的地图来指点说到的地方。

不要小看这抬手的几个动作，要想后期合成成功，可是不容易。我们一行几十号人，纷纷站在那学着比画，不是比画出了国界，就是出了陆地。

其实，动作变换的幅度就在那么一点点，难就难在那一点点，这再一次证明了一句老话：干什么都不容易。

看着今天唯一一张个人照片，是站在播报员站的那个位置，学着他们的样子指着地图，方向是蒙古国，而我的初心是想指向关中老家的，虽然傻点，但极有可能是今天一行人中，比画的最接近目的地的。

2007 年 7 月 26 日

防身的锦囊

吃完午饭,照例读会儿闲书,偶然翻到胡适的文章《一个防身药方的三味药》。这是 1960 年胡适应邀去台南成功大学为毕业生所做的讲演。虽然那时的我还没有出生,但今天读来,却像是坐在那群学生中的一员。人生就是一次次的重逢。

坐在台上的胡适没有一点成功人士的居高临下,他像一个邻家的大哥哥,送给台下将要迈出校门,自立社会的毕业生自己的人生经验,一个可以随时防身救急的药方。这个防身药方中有三味药:"问题丹""兴趣散"和"信心汤"。

胡适将这三味药的药方,称为"防身的锦囊"。

2007 年 8 月 9 日

宋词中的景致

午后读宋人词中有这样的句子:"送春春去几时回?临晚镜,伤流景……风不定,人初静,明日落红应满径。"这是张先《天仙子·送春》中的句子。

春天老了,它要走了,无奈地看着它渐渐远去背影,然走了的春天何时再回来?晚来对镜,不定的风吹过,想来明早的小径上会堆满落英。

虽然时日入秋,然这句子,这况味,读来令人如置身暮春,平添了几分惆怅。

又读"碧云天,黄叶地。秋色连波,波上寒烟翠。山映斜阳天接水,芳草无情,更在斜阳外。……酒入愁肠,化作相思泪",这是范仲淹的词《苏幕遮·怀旧》的段落,此调别一名《鬓云松令》。

"纷纷坠叶飘香砌,夜寂静,寒声碎……年年今夜,月华如练,长是人千里……眉上心间,无计相回避。"这是范公另一首词《御街行·离怀》中的句子,此调另名《孤雁儿》。

范公此两首词,因凉秋景色,人各千里,愁肠顿生,而生相思。

一时之间，由春至秋，由惆怅而愁肠。

春秋的景致，一荣一枯，最能戳中人伤感的神经，而况词人乎。

喜欢长短句的摹情之妙，表情达意之细腻，曲调的抑扬委婉，歌之咏之，直击心户，又何止是齿颊留香。

2007 年 9 月 8 日

但使愿无违

睡眠不好的人中，有一种就是像我这样的，入睡困难，睡着了梦还不断。若是梦里都是些像《枕中记》中卢生那样的黄粱梦也就罢了，偏生都是些说不上是噩梦但紧张得不得了的梦，要不就是说不清道不明地点、空间、人物，却熟悉得不行不行的梦，紧张、困惑。不得睡的白天自然是差着精神的。

醒着的时候，我还有许多的梦想，有些或许马马虎虎算是实现了，而大多数的梦想，此生怕只能是梦想了。

所以一直有个愿望，探一探梦和梦想之间到底有没有关系？解梦的书很多，会解梦的人也不少，但我不想由别人来解读自己，从小自闭且自立惯了，也不能轻易让别人知道自己那点"小九九"。于是，自己剖析自己，这便有了《梦·梦想》一文。

晚间读诗，见陶渊明《归园田居》中有句"但使愿无违"，看来人都一样，古人、今人没有差别，都有人生的愿望，而这愿望都不大容易实现。

明白了这个道理，是不是今晚能睡个好觉呢？

但使愿无违。

2008 年 4 月 8 日

画后面更有意义存在

和友人约聚，午饭后一起去故宫绘画馆看藏品展。从东门入，穿过一层又一层的院落，急行半小时才到达绘画馆。

故宫，过去称紫禁城，是明清两代帝王的家，有朋友戏称为中国最大的地主大院。这大院很大却无树遮阴，6月的正午时分，阳光虽没有伏天那么毒，但也不差什么了。一行人，让当空的日头烤得蔫头耷脑，好在进了展厅凉快了许多，光线柔和，精神来了，心也安静了。

细览作品，有点子失望。虽然都是清宫旧藏，但今天展的这些作品，算不上参展的书画家的精品，但笔墨的自由意趣，今天的人也只有感叹的份。

除"扬州八怪"外，其他几位书画家，书法绘画都是余事，很羡慕、也很向往他们那种自由自在的创作。闲适的笔墨情趣，情怀的自然流露，审美的自由表达。从这些画里看得见背后那个人的适情、适意、适性，轻松自由的表达方式，还有生命的自然呈现。不像今天的书画人绞尽脑汁，挖空心思在无尽的比赛、展览、应酬中过活。

想起钱穆说过，画家作画，不专在所画的像不像，还要在所画之背后能有此画家。西方的写实画，无论画人画物，画得逼真，而且连照射在此人与物上的光与影也画出来。但纵是画得像，却不见在画后面更有意义之存在。

中国画之所以独树一帜，是因为画后面更有意义存在。而能有意义存在，是因为胸无疑滞，有的是丘壑，是诗书，是修为，是精神的寄托，是中国人特有的含蓄的诗意的表达方式。

看完展览，一行人，复又原路走出层层叠叠的"地主大院"。晚上头挨着枕头便着了，而且很沉很香。像我这样睡觉成问题的人，能有这样一个好觉，感觉真是好。

2008年6月6日

兰堂杂记（5）

行　者

每个人都是行者。

就如同爬山，有的人，行色匆匆；有的人，从容中道。

匆忙的人是很难顾及路上的风景的，因为他只想着快些到达顶点；从容的人看重的是过程，是沿途的风景。

匆忙的除了艰辛，或许还有成功带来的片刻欢欣，和来不及弥补的遗憾，便再没有值得回味的了。从容的没有错过人生中的每一道风景，除了快乐，还有幸福、美丽的记忆。

2014 年 2 月 23 日

茶与文人

茶与文人天生有缘，是文人生活中最闲适、最轻松、也最有内容、最有色彩的一部分，就是和敬清寂的茶规，在文人的眼里也各有各的解。

他们喝的是茶，品味的却是人生。

在周作人看来茶道是忙里偷闲，苦中作乐，在不完全现实中享受一点美与和谐，在刹那间体会永久。

林清玄却认为，不管你喝什么茶，你都可以从那里进入人生的道路，看到有味道的部分。悟透以后你进入更高的境界也就容易了，而喝茶恰好可以让人有一颗从容的心去面对人生。

2014 年 10 月 24 日

唐人的时尚

热播剧《武媚娘传奇》，让唐人的时尚扑面而来。唐人真的时尚华丽得如此一塌糊涂？

其实，唐人的时尚也像今天一样，领异标新三五载。

常人只知道唐人以丰润为美，以性感为尚，殊不知唐人也不是一开始就追逐丰满的，女子的领口也不是一开始就低垂性感。恰恰相反，唐初女子的服饰保守，领口、裙腰极高，而且出行，衣装严裹之外，还要头戴称作"幂离"的遮面蔽尘之巾，就像电影里女侠常戴的那种垂着面纱的斗笠。

"粉胸半掩疑晴雪"，则是女皇则天朝才开启的时尚模式。那时的女子从容自信，性情开放，服饰性感华丽。然女子崇尚丰腴，衣着宽松的风尚，却是杨贵妃登场以后的事了。

或许，因为这个时候，唐朝最是鼎盛，女人的地位也是历史新高，这时候的时尚自然地位也不一般。

2015 年 1 月 12 日

通 识

通识是个老词。旧时文人讲究通识，琴棋书画也许不专业，但要懂，即使兴趣在自然科学，但文史哲也会样样通会。

傅雷，翻译家，他的家书影响过很多人，但论起山水画来也头头是道，不输行家。在他的眼中：山水乃图自然之性，非剽窃其形，非具烟霞啸傲之志，渔樵隐逸之怀，难以言胸襟。不读万卷书，不行万里路，难以言境界。襟怀鄙陋，境界逼压，难以言画。

即使今日天天伏案临池的绘者，也未必有这样的见识。

2015 年 12 月 17 日

陈忠实走了

曾经听过一则逸事：

"当年，在陕西文联的院子里，陈忠实每天都能遇到几拨人向他打听：

"这是省作协吗？

"知道路遥在哪儿吗？"

陈忠实回家和老伴说，我要回乡下去，不能再当门房了。如果写不出什么来，就和你回老家养鸡去。

几年后，陈忠实提了一捆纸回来，这就是《白鹿原》。

现在陈忠实又走了。这一次，他走得很远，很远。如果想他了，就到《白鹿原》里去找他吧，你会觉得，其实，他没走远……

2016 年 4 月 29 日

兰堂杂记（6）

留一片空间等你猜

《银幕圆构图——留一片空间等你猜》。

看到报纸上的这个题目，不禁哑然失笑，曾经的大陆票房王者冯小刚导演也要弄这样的噱头，以显示自己宝刀未老，还在前行。

银幕是宽是窄是圆，就像绘画和书法作品的斗方、条幅和对联，更多的是章法、构图上的不同，于内容的表现有影响，但不是最主要的。

圆形的银幕，在电影的世界里的确另类，有个性。四角的空白，像绘画里的留白，又不似绘画的留白，猜谜、想象也就限于具体的画面，于故事的演绎，情节的发展，电影手法的运用没有多大的意义。这样的改变也只能说是讨巧的花哨，热闹也只是一时的。当红明星范冰冰也没救得了《我不是潘金莲》的票房。当然，票房不等于艺术价值。

艺术的事就是这样，个性风格创新，哪里是喊几句口号，折腾几下就能轻易实现的。有多少人穷其一生折腾努力，结果也未必能如愿。

艺术的事，真的是个苦营生。当然，你把艺术当艺术的话。

2016年8月2日

草　书

草书艺术在美学家眼中，一片神机。看似无法却处处机巧，全在下笔时的点画自如。一点一画皆有生命，从头至尾，一气呵成，如天马行空，游行自在。

草书的演绎，取决于创作者对于笔墨的驾驭能力，对于草书语言的掌握，没有深厚的积累，是难以自如地完成对草书的阐释的。

黄庭坚是宋代草书的代表，也是书法史上风格独具的草书大家。《诸上座》是黄氏草书的代表作之一，对笔法、字法、墨法，特别是章法的经营，可谓处处匠心。

只有临池习草，才能体会他匠心独运的地方。若没有一定的草书修养作底，怕是要读下来都很困难。

2016 年 9 月 21 日

中国画

有人说，中国画以诗为魂，以书为骨，以哲为思。

陆俨少绘事之旅以"四三三"法经营，四分读书，三分书法，三分画画。

中国画里技法只是个瓶子，至于里面装什么，怎么装，才是至关重要的，往往高下立现。

2016 年 10 月 7 日

爱很长，人生很短

人的一生中最容易犯的错误或许就是对亲近的人太苛刻，而对不相干的人又过于谦卑，我们把最多的"谢谢"送给陌生人，而对自己最爱的人终其一生也许连"我爱你"都吝于说出口。

很多人忽略自身言行对身边人的心理影响，假如能注意日常言行，很多日常琐碎所造成的心理阴影或许就不会发生。

在这个世界上，爱很长，人生很短，用心去爱你的家人吧。

2016 年 10 月 11 日

"招黑"

娱乐八卦新闻中说，唐嫣和她的好友杨幂天生自带"招黑"体质。这说法很新鲜，然自带"招黑"体质的人却不新鲜，一直都有。自然有四季，日子有黑白，人有高矮胖瘦俊丑，性情更是五花八门。羡慕嫉妒恨，一不留神，谁都有心里犯酸的时候，所以"黑"人，被人"黑"的事天天都有。尤其是那些看着美，事做得风生水起的女人，更容易中招。

古人说过，木秀于林，风必摧之。

"所有的是非争议不及一缕尘烟。一个平凡、安静而专注的人，有时会遗忘了世间的热闹。"

说这话的是个女子，有颜值，文笔也了得，曾经很红火，因为笔下毫无顾虑的文字没少惹口水。

2016 年 11 月 22 日

读懂一个人，其实很难

说过"笔墨等于零"的吴冠中先生，也说过"脱离了具体画面孤立的笔墨，其价值等于零；品评孤立的笔墨同样是没有意义的"。

读懂一个人，其实很难，不是看见了水，就以为看见了江河湖海。

2016 年 12 月 9 日

兰堂杂记（7）

人情练达

董桥说：年事不同，心事不同，用事不同。

只有在岁月里摸爬滚打过的人，才能如此的人情练达。

人生的每一个阶段自有每一个阶段的风景；什么年纪做什么事，不能等到老了，才想起，不曾年轻过。

董桥，香港作家，报人。写作是他的事业，报人生涯是为了维持生计。

2017 年 1 月 31 日

日子原也是可以这么过的

人生中有些事做一次不够，还要两次三次四次五次……一直做下去，比如说书法的临帖，比如说绘画的训练，比如说各种技艺的培养。

而有些事一生只一次就好，比如婚姻，比如婚姻的仪式——婚礼。但这个世界上却常有出格的事，常有不按常规出牌的人。

英国一对璧人亚历克斯·佩林（Alex Pelling）和丽莎·甘特（Lisa Gant）结婚，一场婚礼不够，接力赛式的一场接一场地继续着，因为他们不知道在什么地方举行婚礼最好。

于是，满世界地游走，走过澳洲美洲亚洲非洲，当然还有欧洲，他们浪漫之旅的硕果是举行了五十多次不同地域风俗的婚礼，代价是变卖了所有家财。

听起来，是不是很梦幻，嗨得够够的。

一生中最浪漫的事，有一次留在记忆里，就好，没完没了的重复，是什么样的感受？实在是难以想象。莫非这世界上真的有人有保鲜浪漫的办法？

亚历克斯·佩林和丽莎·甘特说，每一次婚礼都像第一次一样甜蜜。

听着这故事不知怎么想起了奇幻旅行记。寻常的生活里，总有人现身说法，告诉你：日子原也是可以这么过的。

2017 年 2 月 9 日

习 草

唐人孙过庭《书谱》中说："草贵流而畅……然后凛之以风神，温之以妍润，鼓之以枯劲，和之以闲雅。故可达其情性，形其哀乐。"

每日临池习草，总会想起孙氏的这几句话来，就像是一个既定的目标。然这目标的实现或许穷其一生，或许一生也只还是在路上。

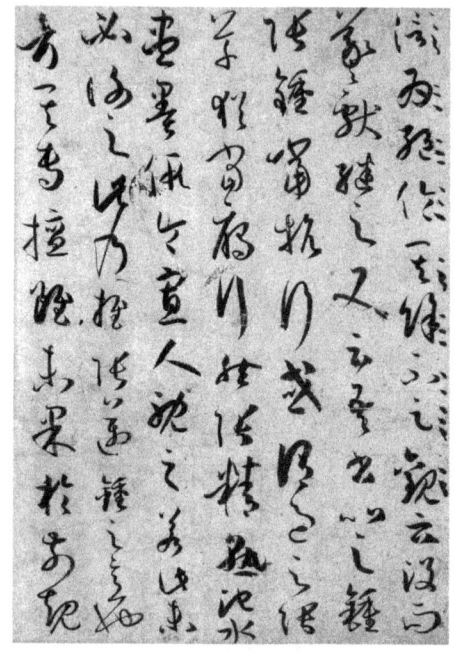

孙过庭《书谱》（局部）

不是一味盲目地崇尚古人，实在是书法千余年来积淀的那口井，太深。

孙氏的这几句话是草书的至高境界，能达到者寥寥无几，愚笨如我者，不敢奢望自己能登顶，然努力过、体验过、愉悦过，也算不枉喜欢和努力。

2017 年 3 月 2 日

成功的秘密

世界走得太快，每天都有人活得像榜样。当这些信息涌入平凡的人生时，平凡就变得格外扎心。

没有人不渴望成功，幸运者却永远是少数。

有首歌里唱道：没有人随随便便成功。决定一个人成功的，天分、运气之外，最重要的是严格的自律和高强度的付出。

今天看到一段话，很想抄给家里的年轻一代："成功的秘密，根本不是秘密，那就是不停地做。复杂的事情简单做，简单的事情重复做，重复的事情认真做。"

如果你真的努力了，你会发现自己比想象的要优秀得多。再也不用羡慕嫉妒恨别人，卑微自己。

当然，努力不等于成功，但起码自己给过自己机会。

2017 年 3 月 4 日

经典与不可复制的个性

苏联导演安德烈·塔尔科夫斯基在《雕刻时光》中说："并不是随便哪一部小说都能搬上银幕的。"

比如说"有些作品，拜作者所赐，布局如此统一，文学形象如此精确，文字的表现力如此高明，全书结构如此奇妙，透过书页可以清晰地感受到作者迷人而不可复制的个性。只有对电影和文学都没什么感觉的人，才会想把这样的杰作拍成电影。"

书法史上有许多穿越岁月始终被人们供奉着的经典，形神兼备，精彩绝伦，无懈可击，在他们诞生时就奠定了自身的美学价值和独特的个性，如同画上了完美的句号。透过书迹也同样可以清晰地感受到作者的迷人和不可复制的个性。后来的人没有谁有能力深入进去，试图找到还有可发挥创作的余地。所以，聪明的书学者，会去学习、去欣赏、去借鉴这些经典，但不会把它作为努力开掘的宝井。

　　而那些未经过度加工提炼的碑版、书迹，烂漫天真，光彩焕然若璞玉，这样的作品，后来者尽可以大胆地对它进行新的美学开采。

2017 年 4 月 16 日

兰堂杂记（8）

我走得很慢，但从来不后退

我走得很慢，但从来不后退。

这是我今天听到的最中听的一句话，就好像是为我量身定制的。这么说，不是因为自傲，而是因为我从来不怀疑自己，也从来不投机取巧，只认定自己的脚走过的路，虽然慢，但一直在向前走着。

2017 年 5 月 17 日

不要辜负

今天京城的太阳够劲道，火辣辣的挂在半空，裸露的皮肤，交给太阳就像交给了烤箱。

风有气无力地吹过来，好像在火堆旁扇风。

这个当口儿，出门一次，回来吃口饭再次出门，天上的太阳似又加码了。这次像是直接走进了烤箱。

有多少无奈的人在这样的时候，还无奈地在烘烤般烈日里忙活着，能够在遮蔽阳光的屋子里待着，已经是很幸福的事了。

若这个时候，手里再有一把我画的青山绿水的扇子，看着，扇扇，感觉也不错，只是舍不得。

生活里有许多类似的事情，买回来的东西舍不得用，一直细心地收藏着。有一天，却发现这东西不过如此，变成了鸡肋，食之无味，弃之可惜。所以，当你还喜欢的时候，或者有能力去喜欢的时候，不要辜负。

2017 年 6 月 15 日

有"癖"

午后读闲书，看到明代大才子袁中郎袁宏道的一段话：余观世上言语无味，面目可憎之人，皆无癖耳。

想起曾经写过的一篇小文《有"癖"的生活》，虽然没有袁中郎那么的愤青，但也毫不掩饰对有癖生活的敬慕。

古时的文人讲究，即使生活困顿，也会变着法儿地让生活色香味俱全，全在一个"癖"字上。

大到自然，小到人，皆如此。

清人张潮就曾说过："花不可以无蝶，山不可以无泉，石不可以无苔，水不可以无藻，乔木不可以无藤萝，人不可以无癖。"

花没有蝴蝶的眷恋，即使艳丽繁盛也还是显得寂寞；山如果没有泉水的滋润，再雄伟挺拔也缺少灵气；水若是没有苔藻的点缀，再清再深也还是少了韵致；树木没有藤萝的缠绕，再高大伟岸也是孤独的。

人要是没点子癖好，生活枯燥乏味，没事也会生事。有了嗜好，生活多了内容，多了乐趣，自然就少了鸡毛蒜皮的计较。

想想，若是世上的人都有点子儿爱好，会不会温暖很多。

2017 年 6 月 16 日

散淡+坚守=境界

饭后翻报纸，看到陈平原写钱谷融的文章《散淡中的坚守》。陈先生眼中的钱先生，散淡之外，还有坚守。

散淡之外，还有坚守，是我崇尚的人生境界，也是自己每天每天过着的日子。

很喜欢陈先生对钱先生的解读，于是，摘录了一段。

陈先生说：与时俱进是一种志向，以不变应万变则是一种智慧。前者是儒家，即使面对危局，也都知其不可为而为之；后者是道家，洞察时代风云与世道人心，知其不可则不为。君不见，人生几十年，有时逆水行舟是进取，有时顺其自然更为积极。历史从来不是一条直线，九曲十八弯，你总想"站在时代最前沿"，不敢落下半步，那必定是不断的自我否定。风水轮流转，到最终算总账时，可怜得失相抵，说不定没多少结余的。与其如此，不如淡定地看待已经走过的道路及可能展开的世界，任凭风浪起，稳坐钓鱼台。

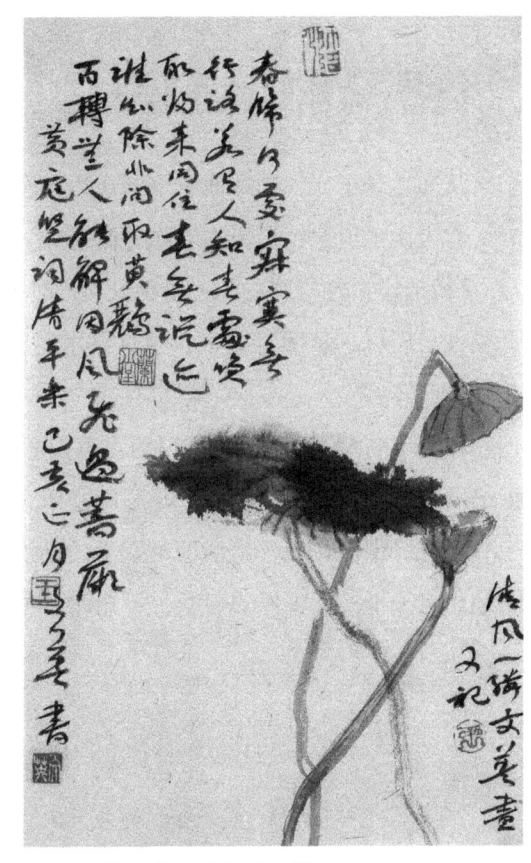

王文英《黄庭坚〈清平乐〉》

…………

有时想想，若能几十年如一日，抵抗各种外在的诱惑，坚守自家的理想与根基，保持往日情怀，断然拒绝"苟日新日日新"，也是一种难得的境界。都说"时代车轮滚滚向前"，你能判断走的就一定是"天下为公"的大道？都说"铁肩担道义"，你敢担保不隐藏着某种精心包装的功名利禄？好吧，都听你的。即便如此，不是说"千夫诺诺，不如一士谔谔"吗？在赞赏"弄潮儿向涛头立，手把红旗旗不湿"的同时，请关注并理解钱先生的淡然与懒散。

2017年7月12日

《道德经》原来叫《德道经》

从知道老子,就知道他有一部让后人膜拜,又影响了许多人的《道德经》。

有人说《道德经》原本叫作《德道经》,是说世间先有德,而后才能获道。

《德道经》之所以成为《道德经》,是因为儒家搞的鬼,为的是体现"德"的重要性。所以,从罢黜百家、独尊儒术的汉代开始,世间只有《道德经》,而没有《德道经》。

让当年的大儒没有想到的是后世考古学的发达,敦煌出土的"老子",还有20世纪发掘的帛书简书,让世人知道了真相,知道了老子的真实的想法——德道。

还有,据说在老子生活的时空里,还没有"道德"这个词。有人说这个词原创是比老子小一百多岁的荀子,不知此话可当真?

2017 年 8 月 25 日

兰堂杂记（9）

故宫又放大招了

看看为瞄一眼《千里江山图》排的长长的队，再看看展柜前围着的人墙，就知道这画有多吸引人。

唐诗在文学史上的分量没人怀疑，李白、杜甫、白居易诗名响，诗作多，然有人称张若虚一首《春江花月夜》，孤篇压倒了盛唐。

王希孟就像文学史上的张若虚，《千里江山图》就像是《春江花月夜》。这个十八岁的小伙子一出手就惊艳四方，旋即又烟云缥缈，踪迹全无，只留下惊鸿一闪的背影。

《千里江山图》（局部）

王希孟，生活在北宋超艺术范儿的皇帝徽宗时代，对他这个绘画天才来说，是件幸运的事。

他十八岁入宫廷画院，得到宋徽宗赏识，半年后《千里江山图》诞生。

然《千里江山图》成为绝唱，相传王希孟二十来岁就驾鹤西天。或许真像人们说的那样：上天也嫉妒英才。

2017 年 9 月 21 日

标点符号的来由

试想一下，如果写文章，没有标点符号，字挨着字的一路码下去，就像古文一样，会怎么样？

如果真这样的话，一篇文章不知会有多少种读法，又会有多少种连作者都意想不到的解读。想想真的这样也挺魔幻的。

现代白话文行文自由，句后又没有古文常用的虚词，断句自然是信马由缰，可以海阔天空。文艺腔的文章也就罢了，科学论文可是一是一，二是二，来不得半点马虎。

标点符号对于白话文来说，好比探案时的线索，没有，一团糨糊；有了，清晰明了。

说到标点符号，识字的人都不陌生，但我敢说有一大半的人从没想过它是咋创造出来的，又是谁的专利？

有人说，胡适是标点之父；也有人说胡氏只是顺应时代的需要，是那些倡导使用标点符号人中的代表。

一百多年前的 1915 年，那时离五四新文化运动还有好几年，新旧文化的冲撞也才刚刚开始，白话文也还是嘎嘎新的事物，胡适就写了篇《论句读及文字符号》的文章，发表在了名为《科学》的杂志上。第二年，胡适为逝世的好友胡绍庭作传，便使用了他说的文字符号。据说，这是首次公开使用标点符号。也许因为这事，胡适被人当作是标点之父，也未为可知。

但凡新鲜事物的普及和推广，一定有人在推动，而推动者一定是有胆有识之士，胡适恰是这样一位有胆有识的人物。

2017 年 9 月 25 日

热播剧的热闹

热了一个月的电视剧《那年花开月正圆》谢幕，引发的口水战却还在持续。

这部电视剧不是凭想象编造的故事，而是有来源的，它的底本是晚清陕西女首富周莹。

当然，按照当今影视剧的套路，胡椒面是不能少的，加一两个、三五个爱恨情仇的桥段，多一个两个死磕的男女情敌是必须的。不然这戏不热闹，不热闹就没收视率。收视率才是王道。

电视剧把一个出身还算尊贵的女子安排成流浪卖艺女，再配上一个见钱眼开的养父，为日后的逆袭凿足了吸睛的料。还加上了庚子国难，与西逃的慈禧太后、光绪皇帝有了一段交集，因为这还成了慈禧的干女儿。

近日读报得知大学者吴宓乃剧中女主周莹的侄子。据吴宓日记记载，"庚子国变"周氏捐资不少，获封"一品诰命夫人"，但没见过慈禧，干女儿也是没有的事。

对当下的热播剧，看热闹里适当求些真，是为积极的观剧方式，切不可也不必死纠缠。

2017 年 10 月 11 日

兰堂杂记（10）

涵芬楼与孙毓修

涵芬楼在王府井大街上，商务印书馆也在王府井大街上。涵芬楼曾是商务印书馆的藏书楼，据说是由张元济先生最早设立的藏书室而来，不过，那时是在上海。

今天读报，看到孙毓修与涵芬楼与商务印书馆的过往。孙毓修不但见证了涵芬楼的诞生，还为"涵芬楼"这个文化品牌首度以商务印书馆出版物为载体面世，做出了卓越贡献。

1916年9月《涵芬楼秘笈》第一集，一函八册，正式出版。第一集中，影印了三种珍罕古籍，排印了一种明代抄本，皆是涵芬楼的珍藏之物，确为世所罕见的珍本秘笈。

这套书有个总序，这个总序就是孙毓修写的，他在序中说：

> 涵芬楼以公司之力，旁搜远绍，取精用宏，收藏最富，闵古本之日亡，旧学之将绝，出其宋元善本，次第摄印，汇入《四部举要》，成古今未有之丛书。复以旧抄旧刻、零星小种，世所绝无者，别为《秘笈》，仿鲍氏《知不足斋丛书》之例，以八册为一集，月有所布，岁有所传，其用心亦勤矣。采用新法流传古本，书之善而卷之多，尤前人之所不及，而为著录家别开生面者也。

2008年12月18日

活好当下

午饭后,翻着报纸,眼睛游览着,脑子却开了小差,想起"今不如昔"这个词。好像每一个时代都会感叹今日不如往昔,当下人这样,古人也是这样。想来或许是因为时光的缘故吧。

时光就像是滤镜,经过滤镜的人和事,就如经过滤镜的美人相片,看到的美好,都是一遍一遍滤过渣渣后的效果。

愈久远的人和事愈远离现场,也就愈远愈抽象。没有了现场感,没有了细枝末节,没有了来龙去脉,也就没有了真切。没有了真切,也就远离了无数琐碎构成的"真相"。

这样看来,活好当下,真是句至理名言。

2017 年 10 月 28 日

知识分子得不好意思

童道明先生说,知识分子得不好意思,你如果没有了不好意思就不是中国的知识分子。

这话今天听起来,真叫人有些不好意思。因为你真没发现有几个会不好意思。

时代变了,吃的饭或许一样,可吃饭的人着实不一样了。

童先生已届耄耋,一辈子都在研究戏剧和俄罗斯文学,是个知识分子。

2017 年 12 月 20 日

兰堂杂记（11）

王冕《墨梅》诗

元人王冕《墨梅》诗，最近成了一首热诗，也成了书法家书写的热门内容，有人约书写此诗，虽有蹭热度之嫌，但诗的内容也还喜欢，欣然应允。

然这首只有28个字的绝句流传版本不止一个，小时候的课本上的与故宫藏王冕"墨梅图"上的亲题诗也有出入。

心下正疑惑着，看到林岫老师的文章《慎断前贤"笔误"（三）》，里面正有王冕《墨梅》诗的前世今生，得来全不费功夫。

林老师，著名的书法家，然于诗的研究没得说，于是欣然读过又抄录下来，是以为记：

> 此诗曰"我家洗砚池头树，个个花开淡墨痕。不要人夸好颜色，只留清气满乾坤"。此诗传播海内外，唯"池头""个个"二语，在《元诗选》和《御定佩文斋咏物诗选》中有"池边""朵朵"之异。
> 今之读者所谓的"书写大错"，就出在《墨梅图》上。冕自己在原创上白纸黑字，明明写的是"只流清气满乾坤"，所以看"留"为正字的读者，认为"流"是王冕笔误；若以王冕墨迹为铁证，"流"为正字，那么元明清及近现代诸多诗集中王冕此诗的"留"是否应该踢出去呢？最近两年，还有一个成为议论热点的是质疑元代画梅大家王冕（1287—1359）的《墨梅图》诗书写时留下的"书写大错"。因为王冕出身贫寒，虽然有人以"文化水平不足"解释"王冕下笔出错"似乎顺理成章，但是笔者可以肯定，王冕《墨

梅图》诗书没有写错。

王冕（号饭牛翁、煮石山农），虽然放牛出身，但每晚至佛寺借长明灯苦读诗书，试进士不第后潜心书画，最后笃志功成。王冕工诗，擅篆刻，画梅多自题，有《竹斋集》。其诗画精品中，最著名的就是《墨梅图》。按《书史会要》《石渠宝笈》《庚子消夏记》等所载，因为王依据字学，"流"与"留"太过纠缠，援引书籍史据较多，小文恕不一一。简单地说，"流"通"留"，自古已然。《易·系辞上》有"旁行而不流。乐天知命，故不忧"，《释文》注："流，亦作留。"又《荀子·君子第二十四》有"令行而不流"，同语句的文例，可举《管子》"令行而不留"，《群书治要》"令行而不留"。又《荀子·王制》有"财物粟米无有滞留"，比对《韩诗外传》卷三有"万物群来，无有流滞"，皆易见"流""留"相通，而且"流"原本也有"不流"的意思。后来随着汉文字的发展，字义始有细致分解，"流"与"留"渐渐各尽其责，然而披阅古籍仍须明眼析之，否则绠短难以汲深，就像"景、影""故、顾""即、则"等一样，古今面貌似是而非，也很添乱。

王冕墨迹书"流"，其原创的旨意是说"清气流动"还是"留住清气"呢？应该说，两者兼而有之，但稍许遗憾的是，"流"有流走流失意，所以祈望绘画能留住清气更好一些的辑诗者选择"留"而淡化了"流"。毕竟在王冕逝后七百五十余年间，有幸拜观《墨梅图》原作或高清出版图片的，能有几人？今人幸运，见闻多多，识广却未必。疑而发问，可以；若作断定，则须细心。但逢这种情况，与其驰骋想象去惨淡经营一个写错的"理由"，不如静心思考或查找前代相关的文字资料，读懂这些文字的来龙去脉。

2018 年 1 月 14 日

盼着有场雪

这几天刷屏最高的莫过于晒雪，江南江北、东北华南的不亦乐乎。

王文英《清平乐·冬日记》

唯独生活在京城的人淡定，没雪可晒，乐得坐观，如果喜欢，也可以偷图跟着晒，感觉雪就在身边飘着似的。

生活在秦岭淮河以南的人，似乎忘记了大雪带来的天寒地冻，出行困难，满屏的泛滥诗意，晒过了还不忘嘚瑟一句：想看雪，请到江南来吧。

说来也真是奇怪，这些年江南的冬天与雪还真是有缘，位居北方的京城，正差儿的雪却常常爽约，任性的时候，任你盼着念着，一个冬天就是不露脸儿。

没有雪的冬天，灰头土脸的，干巴巴的风却隔三岔五的就溜达一趟。这冬天着实无趣，干冷干冷的，人还爱生病。

想想小时候，冬天的记忆里全是雪，庆幸自己有过那样的冬天。

可是现在呢，是天和人在赌气，还是人和天在赌气？冬天该来的雪，就是不来。

一时半会儿走不开，去不了江南，也去不了东北，实景看雪怕是难实现。但迈腿去得了画室，拿得了画笔，自个儿的天地里也还是可以有雪的，这雪想下哪就下哪，想下多大就多大。

可心底里还是盼着北京能有场雪。

2018 年 1 月 29 日

难拗时风

《妖猫传》上映有些日子了，因为《无极》在前，对陈凯歌魔幻+商业的片子便没了兴致。

今天无意间在电视上看了《妖猫传》，没有太失望，但也没有太兴奋。

因为它是陈凯歌的作品，期望自然高些；还是因为陈凯歌，这电影也还好看。

《妖猫传》上影，评论上天入地的对立，想想也实属正常，说明它还不平庸。虽然拍者是奔着商业片去的，但到底还是陈凯歌，那颗文艺心无处不在，美且精致的场景、服装、道具，加上演员的选择，让这电影还是有些看头的。

不知为什么，电影看完了，印象深的不是导演的用心点——草蛇灰线的黑猫之知情者，不是混血之盛世美颜的杨贵妃，不是风情绝代之艳丽无双的张雨绮，也不是探案的白居易，而是日本人染谷将太扮演的日本僧人空海。

空海那张似笑非笑且自信外溢的脸，不知为啥，让我想起中国书画里松弛的笔墨。

好好地讲一个故事，对当下大银幕的导演来说好像挺难的，拍过《霸王别姬》的陈凯歌也终没拗过时风。

2018年2月19日

适合，才好

闲堂从菜市场回来，提了两袋子丑橘，一袋子个儿大皮厚，丑得厉害；另一袋子个儿小皮薄均称，好看些。

顺手拿了个好看的，入口两瓣便没有吃下去的愿望。

迎着闲堂疑惑的眼神，告诉他，这个味道太平庸。

"平庸？"

"噢，甜得没有个性。"

几天过去，丑丑橘眼看着一个一个消失，小个子好看的丑橘一个不少地还摊在地上。

　　闲堂也喜欢酸中带甜的丑丑橘。

　　"哪个价高？"

　　"小丑橘。"

　　闲堂答道，又告诉我开始有坏掉的了。

　　回过头望望阳台上挂着的称得上廉价的新进衣裳。

　　这世间的事，不是哪个昂贵，哪个高级，哪个更劲道就好，而是哪个更适合你，才好。

2018 年 3 月 18 日

生活的底色

　　在外写生，尤其春天，会遇到各种想得到，想不到的事。

　　比如说这两天的通道，雨说来就来，不大不小，就那么飘着，到处湿漉漉的，一直湿到心里。

　　这对美景极度敏感，又背着画板，随时欲上手的画家，虽说不上是灾难，但绝对是场小折磨。

　　这不，刚瞄准地方支上画板，细密的雨点就飘上了，坚持的打着伞，没伞的合上画了半拉子的画，提上行装，满寨子再找能放下家伙不淋雨的地方。

　　就是打着伞，那雨竟像瞄了准似的斜着越过伞沿飞上画板，以吸水见长的宣纸，吃了雨再吃不下墨，只好收拾家伙事儿，再想辙。

　　这两天，狼狈着，恼着，也快乐着。

　　所谓酸甜苦辣咸，五味杂陈才是生活的底色。

2018 年 3 月 25 日

兰堂杂记（12）

书法人很勤奋

上午北兰亭十周年庆典，在晋唐博物馆举行，名曰：书法的盛宴。场面大，花样多，参与者众，声势浩大，够得上盛宴。

下午798，"狮子吼——曾翔书法展"。这个展览让温文尔雅似贵公子的书法里，忽然冒出了乱头粗服的铿锵武士，令人眼前一震一亮又一惊。让人惊的不只是举着拖布吼着刷字，墨花四溅的曾武士，而是这个展览的策展人老道文本解读中的一句话——书法死了。

这个展览无疑是成功的，贡献或者说制造了不少的话题，够书法圈里圈外可以吵吵几天的了。

一天里，两个活动，都是书法，一个弘扬传承，一个不破不立。看来，书法在今天的确很热闹，也很能制造话题。

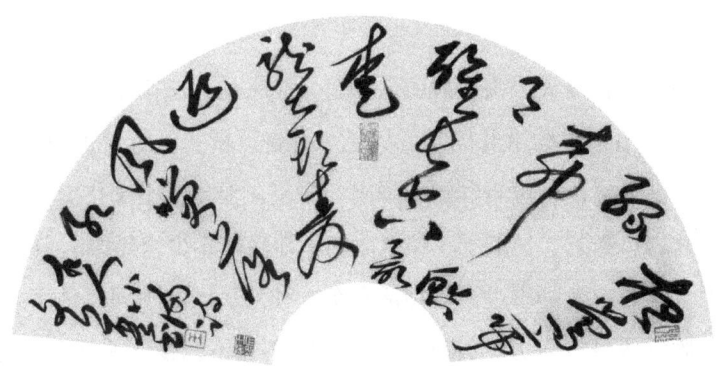

王文英《欧阳修〈小满〉》

传承了千余年的书法，在这个世纪的确遇到了前所未有的困境，但也因此有了机遇，也有了挑战。

不过，机遇、挑战在每个写字人的理解、主张里都会挟带私货。

说实话，在这个私心膨胀，无知无畏泛滥的年代，有无限的可能性。但又因为这个时代可以允许私心泛滥，可以让无知无畏大行其道，有些时候，却不允许太由着性子。

艺术的事，好玩，也不好玩。

所以，书法人做好自己分内的事，在今天就是为书法和这个时代做贡献了。

遇肖文飞博士，得手书请柬，肖博士要在中国美术馆举办书法展。

书法人很勤奋。

2018 年 4 月 15 日

造　神

《北京青年报》有篇唐山的文章《毕加索误读史》，以我对毕加索的认知，不可能断定唐山文章里的判断是否真实，但以我对美术的修养，我认同他的看法。毕加索是个好画家，但不是神，没有必要供在神龛上。

外国的造神啥样儿我不清楚，但在中国，造神运动古已有之，就是今天依然如此。今天除了本土的神，还有许多舶来的神。有句话叫外来的和尚好念经，外来的神大抵也是这样。

就艺术而言，在今天平头百姓的认知里，舶来的普遍高于本土的。就说美术吧，外国美术史上早些的米开朗琪罗、达·芬奇、罗丹，近些的莫奈、凡·高、毕加索，知名度虽然比不过当红的小鲜肉、明星，但比本土文化史上声名显赫的王羲之、王献之、张芝、吴道子、顾恺之们不知高出多少个等级。

记得上大学时，老师讲过西方神话和东方神话最大的不同，是西方神话里的神都有人的脾气秉性；东方的神就是神，不吃不喝不恋爱，一样可以寿比南山，绵延子嗣。外国的神到中国便本土化了，还成了神中之神。

如果把那些被供在神坛上的神级大仙，拉到人堆里，仔细瞧瞧，普通人会活得自信不少。

2018 年 4 月 16 日

中　隐

与上个月意大利行不同，这次的东中欧行，走在地上的时间，没有坐在汽车上多。好在一路上的风景变幻，就像一直拉着洋片。

蓝天白云，绿野开阔，偶尔远处的绿树丛里闪出教堂的尖顶，散落着如同童话里的屋宇，偶尔会有牛羊自由自在的散着步。

这样的色彩明丽，幽然静谧，真想不出如果用中国画的笔墨形式怎样去表现。因为每一处的风景都美，都宜人，都不舍得裁了留白，也不舍得这么明丽的色彩被滤掉。

一方水土养一方人，这话的确是至理名言。

能这样偶尔与自然相对，走一路，看一路，很享受。若能心与自然相通，就不需要时间、空间的方便。当然能做到心远地自偏的人极少极少，就是提倡心远地偏的陶公渊明也曾几番出山为官，实在不爽了，才彻底回归了田园，算不得数。后来的唐诗大咖白乐天才最是智慧，真真的心远地自偏，看看他写的《中隐》，洞彻、高明：

> 大隐住朝市，小隐入丘樊。
> 丘樊太冷落，朝市太嚣喧。
> 不如作中隐，隐在留司官。
> 似出复似处，非忙亦非闲。
> 不劳心与力，又免饥与寒。
> 终岁无公事，随月有俸钱。
> 君若好登临，城南有秋山。

风过梦窗

君若爱游荡，城东有春园。
君若欲一醉，时出赴宾筵。
洛中多君子，可以恣欢言。
……

忙里偷闲，出来走走，透透气，登登山，看看水，会会朋友，做个白乐天似的中隐，实在是不错的选择。

2018 年 4 月 25 日

沃展叫停

这一阵子，书法圈的话题很多，热度最高的当属沃兴华的展览被叫停，然这波的涟漪并没荡多远。信息时代新闻热度持续一周便是大新闻了，何况沃兴华本就是书法圈里的话题人物，说着说着，也就没啥可说的了。

沃兴华，大学教授，书法家。他对书法的痴迷热爱，当下能比肩的没几人，

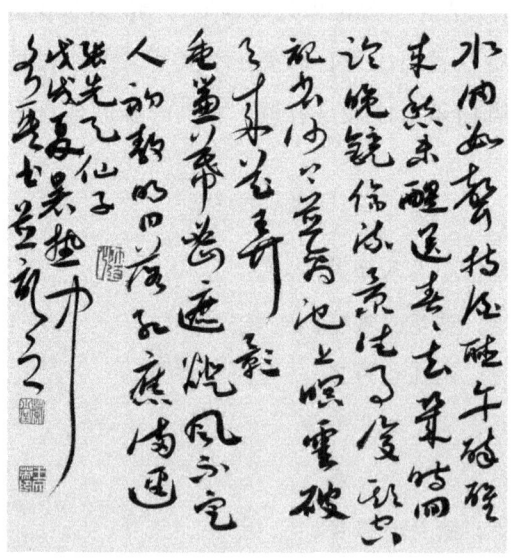

王文英《张先〈天仙子〉》

然笔下的风景，毁誉参半。或许这样的人不是活给现在，而是活给未来的。

这一次的"沃展叫停"，说法很多，最是言之凿凿的说法是资本与权力博弈较量的结果。看来，里面的故事的确不少。

任何时候保守与激进都是一对冤家，摆的都是你死我活的架势。只是我们的文艺方针一贯都是奉行百花齐放，百家争鸣的，沃兴华的艺术行为也并没有越界。记得美学家宗白华说过，是不是毒草，让它长出来再说。

这波的过度反应很是不可思议，这样说，实在是找不出恰当而又不违反什么的词来形容。

2018 年 4 月 30 日

兰堂杂记（13）

李白的床前明月光

床前明月光，疑是地上霜。
举头望明月，低头思故乡。

李白的这首《静夜思》，知名度几可以与李白本尊画上等号。

然宋代刻本里，李白诗仙的这首《静夜思》开头是这个样子的：床前看月光。

举头望着的明月也变身为举头望着山月，你会不会有丝丝的别扭。

细想想，大家耳熟能详的版本通俗还朗朗上口，虽然宋刻本多了份文人清幽的情怀，也避免了词在同一首诗中的重复，但广为流传就是广为流传。

只是不知道李白当年口吟的《静夜思》什么样子。

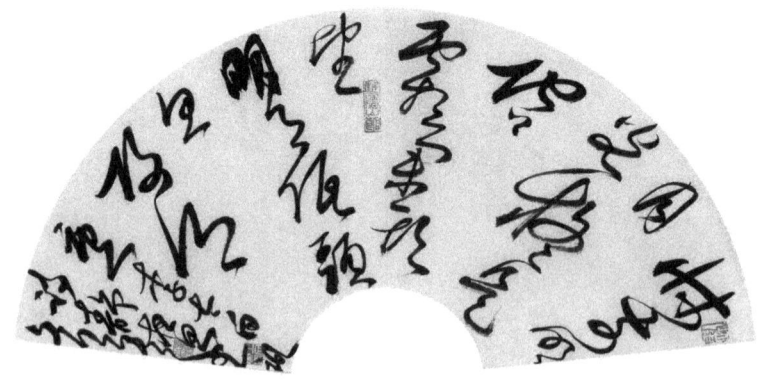

王文英《李白〈静夜思〉》

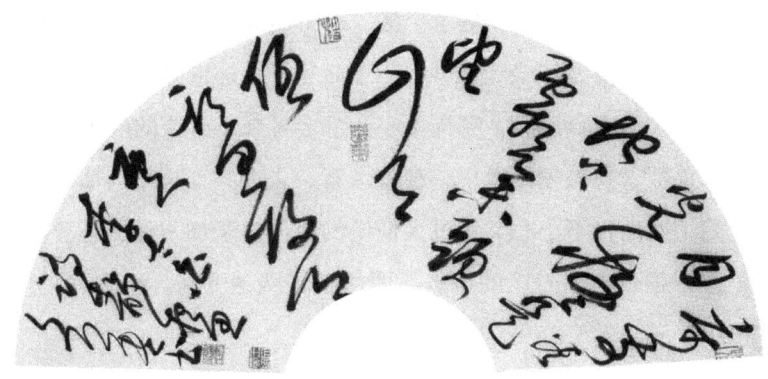

王文英《李白〈静夜思〉》

据说"床前明月光"版正是民间的口传本,新中国成立后,出版物里的这首诗便大多是这个口传本,宋刻本的"床前看月光",便渐渐不为人知了。

今日写了两幅草书扇面,一首《静夜思》,另一首也是《静夜思》。然只把"床前明月光"的拍了照,预备刊在报刊上;"床前看月光"留在了自家书房的书橱里,不示人,是为清静,怕惹口舌。

2018 年 5 月 18 日

做事需谨慎

这几天又出了件刷爆朋友圈的新闻:"导演张扬泡妞"。

导演,何许人也?让人羡慕值爆表,那些吸睛的明星小鲜肉,都必须围着转的人。这样的人要是有点风吹草动,围观的人一定是一圈一圈又一圈,热闹热闹又热闹,何况是言之凿凿的绯闻。

看看帖子后面的留言,就像是在逛庙会,闲坐茶馆,看热闹的,找乐子的,骂骂咧咧的,这么不和公众尺度的事,自然是没一句好听的。

当个公众人物,必须要有公众人物的做派,自律是首要的。如果做不到这一点,干脆褪去身上的光环,回家做饭哄孩子去。

当然,普通人离这些光环加持的公众人物很远,但细想一下,这事和普罗大众也不是一点关系都没有，至少提了个醒，遇事需谨慎，做人最好是自律。

前人说，小心驶得万年船。凡事都三思而后行，这世界不知道会平和多少。

其实，生活中的点点滴滴，哪样不小心都会惹来不必要的麻烦。

就说不久前吧，要去趟西西里，疏忽大意，去办签证忘东落西的，结果一趟能办成的，跑了两趟；不小心又错过大使馆的电话，又加一趟，还要面签。偌大的北京城，跑一趟就耽误一天的工夫，两趟三趟四趟下来，半个多星期就没了，还多花了银子。

若是经点心，这麻烦也不会有了。

2018 年 5 月 28 日

师　范

教育家张伯苓谦和风趣幽默。话说一次在校园散步，碰上一个嘴里叼着香烟的学生。便叫住那学生，问他为何抽烟。

学生答曰："那是因为看见先生您抽烟，所以才学着抽烟的。"

张伯苓听毕，笑着说："如果我不再抽烟了，你是不是也不抽了？"

学生应声点头。

说着话，张伯苓当场砸掉了手里拿着的烟嘴，扔进垃圾箱。

从此再没抽烟。

这是今天翻闲书看到的段子，真实与否不知道。倘若真的，称得上"师范"二字。

2018 年 5 月 30 日

彼此成全

一件事情如果让一个人早上做了，晚上还想着做，如是日复一日，年复一年，就这样重复着，却还没有想要停下来的意思。可以说，这是真爱了。

只是不知道,这件事对坚持的人重要,还是坚持的人对这件事重要。

或许,都重要,又都不重要。彼此的成全,或许才是最好的。

有人很怕过这样单调重复没有波澜的日子,有人却怕这单调重复,有一天会被热闹、喧嚣、焦虑吞噬了。

2018 年 6 月 9 日

王文英《逍遥游》

兰堂杂记（14）

书法的魔性

云游归来，收拾心境。整理书信文稿，打开电脑，文件夹里躺着一串写了半拉子的稿子，数数，大多半与书法有关。

不是因为和书法亲近了大半生，也不是因为彼此熟悉，而着实因为它的魔性。当然，这魔性只对爱它的人才有功力。

因这魔性而痴迷沉醉的人很多，有些人痴迷得一天不可无此君。看看历史深处的那些书法家，个顶个的像着了魔道。

今草的祖师爷东汉张芝，坚辞不就朝廷征官，只愿做个布衣，"临池学书，池水尽墨"。"楷书之祖"曹魏钟繇得空就写，不管白天黑夜，也不管在哪儿，就连夜里睡觉也以手当笔在被子上写写画画，好端端的被子愣是被他天长地久的坚持，画出了大窟窿。隋朝和尚智永练好书法才心安地走下木楼。在明朝、清朝都做高官的王铎，一天临古帖，一天应请索，如此往复，生命里没有一天不临池执笔。元朝的书画大咖赵孟頫一天能写一万字，另一个咖位书法家康里巎巎一天能书三万字，且不知道疲倦……

书法这样的魔性，不只因为那时候的文人标配里有书法，更因为书法能让人沉潜，让人成长；可以寄托，可以抒情达意，可以变化气质，可以让人变得厚重，变得达观。写得一手好字，出门感觉都不一样，别人也会青眼相加。

在今天，书法虽然独立，且面对普罗大众，但魔性依旧，相信沉潜其间，依然临池不辍的也大有人在，且也只因爱得深沉。

2018 年 6 月 15 日

王文英《临与创》

阿 堵

相传东晋的画家顾恺之每次画人物，迟迟不画眼睛，有书中说，有时放着几年都不画。

人皆不解，问他为什么。

顾恺之说："四体妍蚩，本无关少于妙处，传神写照，正在阿堵中。"

在顾恺之看来，描绘人物，人的躯体四肢不是最重要的，要表现出一个人的精神风采，眼睛才是最重要的。

阿堵，意为这，这个。语词类辞典皆释为六朝时的口语。偶见今人文章说顾恺之江苏无锡人，当地的方言，称"这个"叫阿堵。不知确否，或二者有关联，也未为可知。

但"阿堵"这两个字，后来的美术语境里专指传神了。

2018 年 6 月 23 日

作品是艺术家的镜子

作品是艺术家的镜子。

读着钱穆谈诗的文字，忽然想起这句话。这话若放在传统的中国文人艺术家身上，贴切无比。中国文化里的"字如其人""画如其人""文如其人"这样"如其人"的说法，与此异曲同工。所以钱穆会说，中国的诗词、绘画、书法作品里面都有一个人。我想，那个人就是创作者自己，正所谓"不著一字，尽得风流"。

早上收拾书刊，还看到一句话：传统的西方艺术重"科学"，传统的中国艺术表现的是"哲学"。

2018 年 7 月 27 日

画 士

龚贤说画家分三等：画士、画师、画工。画士为上，画师次之，画工为下。画者，诗之余；诗者，文之余；文者，道之余。

龚贤的话代表了中国传统文人眼中的诗文画，重道，重精神的表达，诗文道有哲学的意义。

所以，龚贤要求自己：吾辈日以学道为师事，明乎道，则博雅亦可，浑朴亦可，不失为第一流人……若纯以笔墨为事，则此之贱也……明乎道，始知画之由来。不明乎道，所谓习其事而不明其理者是也。

龚贤又名岂贤，字半千，又字野遗，号半亩，又号柴丈人，江苏昆山人。工诗文，善行草，以山水著称，绘画位"金陵八家"之列。生活在明末清初，他是明朝的遗民，一个节气高蹈的士人。清人入关后，他过着漂泊无定的生活，后来

龚贤《山水册页》

隐居在了南京的清凉山,习画课徒,生活清苦却悠然自得。据说他性情孤僻,与世人落落寡合。其实,我想他是以一种有价值的方式生活在这个世界上,哀乐沉浮之中,保持着一份从容。

他的山水浑厚华滋,沉郁苍润,生机勃勃,特别是他的山水长卷,画面饱满,在笔笔有古意的"四王"山水横贯大江南北的清朝初年,很有些另类,也远离近距离、同地域的金陵画家的画风。

龚贤的画浑厚苍润,反复皴擦点染的山川远林幽深无际,正是江南山水林木茂密润泽的样子;近景的几株杂树,疏离的叶,挺拔的枝干,丛林边裸露的山石,透着苍劲,分明又有着北方山水的雄浑与力度。

一般的画论著作中这样描述龚贤的绘画经历:以五代董源、巨然的画法为基础,以宋初北方画派的笔墨为主体,参以二米(米芾、米友仁父子)、元吴镇及明沈周等人,又结合自己对自然山水的观察和感受,形成了浑朴中见秀逸的风格。

艺术史上杰出的艺术家都是转益多师的,龚贤的绘画经历一定也是如此,但非要定论他以谁为师,又效法哪个,也未必求得准确。我想,他一定像自己说的那样既重传统又重自然,外师造化,中得心源,由技而道,道法自然,是一位称得上明乎道的典范画士。

2018 年 8 月 9 日

兰堂杂记（15）

第一次

中午从北京出发，近傍晚到了承德围场。路边开着好看的格桑花，山角住着人家。

吃过晚饭去农家民宿。这里的民宿，直接开在农家的宅基地里，与主人比邻。

此时的四野寂静黝黑，夜幕上的星星很亮，像小孩子的眼睛。好久没见这么清亮的星星了，久远得像是隔世。

一弯冷月斜挂，凉风吹过，倏忽打了个寒战，那感觉真像是由夏天直接入冬了，就是这会子穿上厚棉衣，也不见得能暖和多少。

九月中的北京，不冷不热，是一年中最好的时日。中午出发时，一行的艺术家都还是短衣打扮，傍晚到了围场，直接加上风衣秋裤，也还显得不够。

依旧停留在夏天的这副皮囊，还没做好迎接寒冷的准备，所以感觉格外地敏锐。

农家客栈里，像是冬天开了冷气，被褥也像是直接从寒风中拎回来，原地蹦跳了好一阵子，才敢钻进被窝。

这个时候，围场的山里，夜里温度接近冰点，早晚的温差大到接近二十度。真个是一寸阳光一个温度。

率先进入冬季的承德，夏天却是这个纬度上少有的可人的地方。在没有空调、电扇的岁月里，热得像钻进烤箱的三伏天，这里却是难得的避暑的好地方，避暑山庄就是这样来的。不过，在王权至上的时代，能避暑和暖冬的，都是特权阶层。

清王朝的皇帝,为了来这里避暑,还专门修了条官道,老百姓是不能上去的。每年整修,只为皇家一年里一次的夏季出行。

此次围场行是京津冀艺术家的联合行动,到大山围着的哈里哈乡,送文化,送艺术进山村。

参加类似的活动很多次,像文艺志愿者协会这样直接上山下乡入户的,还是第一次。

2018 年 9 月 16 日

深秋的荷塘

生活里有许多的美与美好,足可以抵挡阴影里的苟且,让你感受到爱与阳光。

一个来月的闭关临池,几十天的寻美旅程,让渐渐寒凉的天气里,有了些许的温暖,有了些许的慰藉。那些辛苦,那些劳累,原是可以没有记忆的。

王文英《清平乐·秋日记》

劳累的间隙里，暗自希望着能有人会喜欢我的喜欢。明知道这样的想法过于理想，却还是希望遇着知音。这就是人性吧，心里总是装着希望。

在这个世界上，色彩是最鲜活的注解，赤橙黄绿青蓝紫，可以变幻成数不清的色彩，还有色阶。然而，能定格在一定时空里，心里喜欢的，却是有限的。

比如，眼前这些入秋后的荷塘，荷塘里混沌温暖的色调，那些倔强地挺立着的枝干，依旧迎风顽强开着的不再鲜亮的藕花。

秋天的色彩和色阶最是丰富，也最是厚重，就像步入四五十岁的人生，就是酒酿到这份上，力道也是最好的。

这一季，眼里心里装着的是深秋的荷塘。

2018 年 10 月 1 日

人真的能胜天吗

从北京一路向西，雾霾像纱笼着天地之间，直让人想伸手擦擦车窗，要么擦擦眼镜。

小时候跟着父母常走这条线，那时候的天也是这个样子吗？遗憾记忆里全是碎片，没有一件完整的事件，也没记得天这么憋屈地总被纱罩着。

别人家的孩子两岁被拐被卖，不仅记得小时候的事，连事的原委都记和分得清清楚楚，大了还能找回去报仇。郭靖宇导演的电视剧《娘道》里的小老三，就是这个样子，虽然语迟，却天赋异禀。高人都这个样子吧，除了感叹只有羡慕的份儿。

资质平庸的，如我者，也就我这个样子吧，五六岁的事也只记得个大概，串不成串儿。

只记得小时候火车要坐一天一夜，才能从北京到西安，然后再坐船过渭河。现在的高铁只要几个小时，车子也可以直接从渭河的桥上开过去，方便的不是一星半点儿。

几十年的变化不只是出行的方式和速度，生活、理念都不一样了，就连渭河的泱泱大水也不见了，宽阔的河道中间流淌着温柔的"溪水"，但依旧的不改黄色，大片的河套浅滩也被珍惜土地的庄稼人种上了庄稼，只是不知道汛期的时候会怎么样。八百里秦川，像是又一个雾气霭霭的成都，特别是萧索的冬季。

故乡一直是心头爱，虽然我在那儿生活的时日屈指可数。这样一个超有历史感的城市经过多少代又多少岁月的积淀，成就了今天的模样，却遗憾在这个讲求速度、人力的时代遭遇了各种的拔苗助长，各种的逆天行为。当然，这种遭遇不只有八百里秦川，从北京出发，天就一直这样灰蒙蒙的。

小时候，听过许多的铿锵口号，"人定胜天"就是里面最铿锵的一句。

人真的能胜天吗？不遵循规律的事，好像都事与愿违，该开的花没开，不该开的花结了果。

2018 年 10 月 16 日

兰堂杂记（16）

喜欢它的曾用名长安

每次到西安，最不想落下的地方，是那里的博物馆。每一次，都像是第一次。

虽然现在那里享受不到应该有的安静，像极了剧场的中场休息，人挨人，声赶声。这么多人扎堆蜂拥，不是因为忽然间多了古物癖，文青儿，把逛博物馆当作了休闲方式，而是因为博物馆不再收费，地处热门的旅游胜地，自然成了各路旅行社的打卡地。摇晃的各色小旗，招呼队伍的呼喊此起彼伏。遇到喜欢的也难驻足多看两眼，可我依然一落脚西安，心里就盘算着怎么挤时间去逛逛。

我喜欢逛博物馆，不敢说逛过多少，但在我看过的，包括京城的国家博物馆，我还是最喜欢在西安的陕西历史博物馆。

不单是因为我的祖上生活在那里，实实在在是中国历史上风云的，激昂的，又可触可摸的朝代帝都大多在那里。

着迷周秦汉唐的历史，也喜欢那时的人文艺术，若想感受那时的辉煌和传奇，去博物馆是个不错的选择。不知道逛过陕博的人有没有这样的感受，顺着历史的脉络，一个一个的逛过去，走过了周秦、汉唐，走过了宋，再往后虽然历史离我们越来越近，但那些器物却越来越失气度，越来越少古朴，越来越缺艺术感。

今天又逛了一圈，是第几次已记不大清了，但兴趣还是像初次，下次来西安还是会来打卡。

顺便说一句，还是喜欢西安的曾用名长安，长安这个名字连接着历史深处的风云际会，辉煌和过往，厚重有温度，还有点子诗意在。

2018 年 10 月 21 日

艺术家天生多一根神经

有西方心理学家说，所有的艺术家天生都属于焦虑型的。

细想想这话还真有几分道理，外国的凡·高、毕加索、贝多芬、海明威、川端康成……中国的唐伯虎、徐渭、三毛、顾城、海子……

看来艺术家天生的比常人多一根神经，所以，会敏感、会发现常人看不到的，会想到常人忽略的，会努力地想表达与人不同的，自然焦虑也多于常人。

中国传统的文人艺术家追求天人合一，物我两忘，或许现实中的他们，太多禁锢，太多规矩，太多束缚心灵的条条框框，才会这样地向往自然，向望颓然天放，还发明了"卧游"，即使囿于一室，照样可以遍游遍览南北山水胜景。但有一样，他们是传统的士人，都有经世天下的理想，理想的路迂回曲折，坎坎坷坷，失败了，失望了，这才是他们的真焦虑，徐渭、唐寅就是。

中国历史上像邓石如、吴昌硕这样彻彻底底的文人艺术家，是极少极少的，是可以掰着指头数过来的。只有到了清朝中晚期以后，商业发达起来，让艺术家有了可以通过市场生活、发展的可能；后来，文人科举的路也断了，想通过考试上位经世致用是不可能了，这时才有了真正的职业的文人和艺术家，扬州八怪，吴昌硕就是。这时的焦虑，才是艺术家的焦虑。

2018 年 10 月 31 日

2018 最后的笔记——悲欣交集

今天是这一年的最后一天，却没有什么特别的感觉，就像是昨天今天和明天，平静得连自己都吃惊。

这个年纪，余生不长，似乎更应该珍惜一分一秒的人间时光，或许急火火被

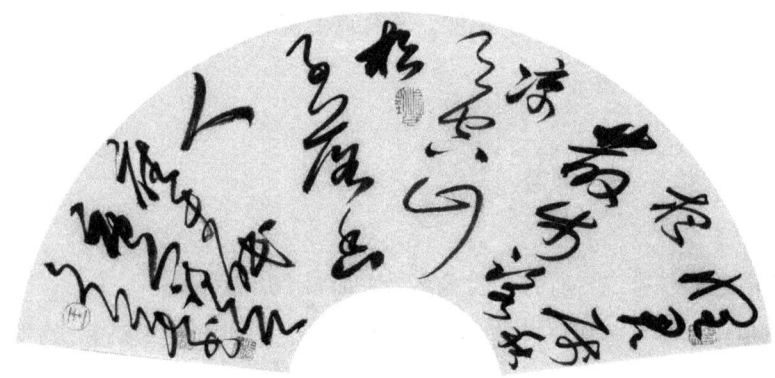

王文英《行草扇面·韦应物诗》

岁月一点一点磨噬了，留下的都是自己最原始的初心，一步一步返璞归真了。

平静地走着，满屏的新年话题，在不时地提醒着我，2018记事到头了。

以往每年的这个时候，总会被一种情绪牵制着，不感叹时光易逝，容颜易老，盘点展望一番，就好像这一年白过了，下一年过不好似的。

早上读过报纸上几篇岁末文，忽然看到弘一法师的"悲欣交集"，正是在这个年尾上，回过头看看时，最想说的几个字。

这一天，依旧地早饭后进画室，和昨天、前天，前天的前天，过的没有什么两样。

入夜了，再过几个小时，2018的纪年就结束了，心里唯一翻腾着的是两个字——感恩。

唯有珍惜生命里所有的遇见，珍惜人世间的温暖，感恩所有的给予，还有美好，才是生命最美的旅程。

2018年12月31日

陌上花开，可缓缓归矣

日本纪录片《人生果实》，记录了建筑师津端修一和他的妻子英子的故事。他们一个九十岁，一个八十七岁，两位老人大隐隐于市生活了几十年，践行着自己的人生理念：

> 只要还活着，就尽力做到最好。只要埋头做事，就能发现各种精彩的事。积累时间，不紧不慢，这才是一生一次的幸福工作。

做建筑师的津端修一，不喜欢城市整齐划一像鱼糕排队的高层建筑，希望人与自然和谐共处，但是理想只是理想，难以变成现实。于是，他买下三百亩土地，开始了属于他们的与自然相伴的田居生活，三百亩的不毛之地，在他与英子的劳作里慢慢变成了绿野成林、鸟语花香的桃花源。

风吹枯叶落，落叶生肥土，肥土生香果，孜孜不倦，不紧不慢。

影片中的这首诗，就是修一与英子的日常。

很多书法家很喜欢写"返璞归真"几个字，很多人喜欢家中挂着书法家写的"返璞归真"，然红尘里的蝇营狗苟，奔波争夺却是家常便饭。

怎么才能在过度劳累中不迷失自己，或许是很多被高速发展的经济社会裹挟的人都想找到的。

找到自己想要的简单生活，也未必真的过得了那样的简单生活，与修一、英子相比，也只徒形式耳。

风吹枯叶落，落叶生肥土，肥土生香果……不紧不慢……

好美的日子，耳边飘过"陌上花开，可缓缓归矣"。

2019年1月23日

兰堂杂记（17）

道阻且长

上午参加中国书法家协会组织的学习座谈习总书记在全国政协会上看望文化艺术界、社会科学界委员们时的重要讲话精神，坚定文化自信，做好培根铸魂的工作。明方向、正导向、出精品，为书法的传承和发展正本清源，摒除伪书法的传播和毒害。

下午回家，就见报纸上有篇文章，曰《用书法推动中国文化传播》。文章的旁边还配有一张照片，一张文章颂扬的主角的书法作品。这作品打眼一看，满眼的鬼画符，离古人书论中批判的"野狐禅"还差好几条街。

其实，这样的事情，如果留心，总会碰到，不在电视节目里，就在报刊上；不在学生的考卷上，就在影视剧里；不在大庭广众的公共场所，就在各类的会议室里。

中国书法是中国传统文化里最能体现其精神的部分，有人还说它是中国文化的舍利子，熊秉明先生甚至说它是中国文化核心的核心。这样的定位，没有人不同意。可现实里，却差着十万八千里，曾经写过许多文章，在讲台上也屡屡讲过。但这样的伪书法，在公共文化传播上，依旧地大行其道。

回到这篇报道，主人公靠着这样的伪书法，在日本以及东南亚，推动着中国文化的传播，读着堂皇的文字，看着这样的鬼画符，五味杂陈，无话可表。

就这样，一个伪书法家、一个官媒不负责轻飘飘地将博大精深的中国文化砸在了地表。

看来传承和发展中国的书法艺术，道阻且长。

2019 年 3 月 15 日

幸福的模样，就是笃定自己

眼前这个廉价的笔筒，被我从市场带回工作室，一点都不奇怪。

越简单越快乐的生活态度，早就让我开启了极简的生活模式，翻新旧物动手做点啥，更不在话下。

但是这个素简又坑洼不平的笔筒，遭到家中大小两先生一致的抨击，太不像个样子。我却不着急，多大点事儿，动动手，定让它变个模样，还要小心被别人喜欢了去。

于是，调好颜料，拿起笔，寥寥数笔，大小两高士，黑白衣裳妙对，筒口一圈汉篆字，算作落款。私人定制，绝无第二，远观近看，颇有些禅意，心生欢喜。

原来幸福的模样，就是笃定自己。

2019 年 4 月 11 日

世界上最远的距离

收拾连日来被祸害的书桌，看到凌乱的纸片里记着这样一句话：世界上最远的距离，是从嘴到脚的距离。据说这话是台湾某大学的一位教授说的，记录下来，是想把它送给预备回巢的儿子。

转念又一想，那么自是，又自觉"老成"的人，还是别讨嫌。何况世界上最远的距离，是什么不重要，重要的是心结在哪儿，哪自然就会成了心里眼中最遥远的那一个。

有一首流传很广的诗，说世界上最远的距离，是飞鸟与鱼的距离，一个在天，一个在水底。可见，每个人理解的那个最远都不一样。

诗是这样开头的：

　　世界上最远的距离

不是生与死的距离

而是　我站在你面前

你不知道我爱你

世界上最远的距离

不是　我站在你面前

你不知道我爱你

而是　爱到痴迷

却不能说我爱你

世界上最远的距离

不是　我不能说我爱你

而是　想你痛彻心脾　却只能深埋心底

世界上最远的距离

不是　我不能说我想你

而是　彼此相爱　却不能够在一起

世界上最远的距离

不是　彼此相爱却不能够在一起　而是明知道真爱无敌
却装作毫不在意

世界上最远的距离

不是　树与树的距离

而是　同根生长的树枝　却无法在风中相依

世界上最远的距离　不是　树枝无法相依

而是　相互了望的星星　却没有交汇的轨迹

世界上最远的距离　不是　星星之间的轨迹

而是　纵然轨迹交汇　却在转瞬间无处寻觅

世界上最远的距离　不是　瞬间便无处寻觅

而是　尚未相遇　便注定无法相聚

世界上最远的距离

是鱼与飞鸟的距离

一个在天

一个却深潜海底

这首诗流布很广，版本也不止一个。有人说是泰戈尔写的，也有说是张小娴写的，还有说是网友续的。多数人认为是泰戈尔写的，毕竟他是中国人广知的印度大诗人，只是我没有查到出自他的哪部诗集。

其实，这诗是谁写的，对于作者来说很重要，关乎知识产权；而对于读诗的人来说，作者是谁并不重要，重要的是读了这诗，有没有哪句真的落在心里，合了心性，或者开悟了什么。

2019 年 4 月 20 日

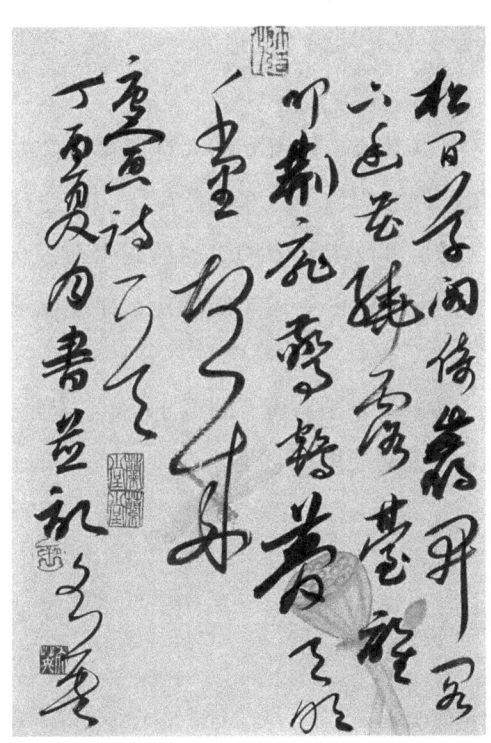

王文英《唐寅诗》

兰堂杂记（18）

惩　罚

风是北方的常客，尤其是在深秋、冬天和春天。记忆里那时的风很大，是欲把人风干的节奏，但又心心念念地盼着它来。因为它来了，太阳也就出来了，再厉害的雾霾在风面前，不得不举手投降。

但像今天这么大的风，在记忆里难寻，而且还是在浅夏5月的天气里。

朋友圈开始有人晒大风惹的祸，倒地的大树，横七竖八的招牌，街上踉跄的人。

讲完课回家，路上也遇到一棵粗壮的大柳树横在公路上，后面是一串串熄了火的汽车排着队，俨然靠站的火车，路阻了。踉跄地行着步，庆幸回家的路不算太长，慢也还是可以走回去的。而那些坐在公交车里，开着车的就没有我这样的幸运了，不知道多久树才能挪走，路才能通，他们才能继续回家的路。

这样的极端天气，也算异常吧，所有的不守规矩，都是要付出代价的，挑战着不言不语的自然界，也是会受惩罚的。

2019 年 5 月 19 日

愿你我出走半生，归来仍是少年

今天的这个节日很特别。

因为这一天很多人会自然而然地想到快乐，或许还会羡慕简单纯粹。

年少的快乐过节自不必说；年纪稍大一点的会不自觉地回望一下刚刚经历过的青葱日子，终于长大了，不会为个节日这样性急，这样兴奋；而那些经历过风、经历过雨，走过了大半生的，会送各种礼物给盼着节日的小孩子，心生羡慕地顺带一番回忆杀。

看到街上那些欢蹦乱跳的小孩子，不由地想，如果我现在这么大，那该多好，还是一张白纸，想怎么画就怎么画。

家里的大先生说：如果是我，我会好好学习，还要……

可惜，人生哪有那么多如果，所以，才会有人感叹人生就是一张单程票。

萧伯纳说，"只有年少时拥有年轻，是件可惜的事"。现在还能指望的只有：愿你我出走半生，归来仍是少年。

2019 年 6 月 1 日

无癖的人不可交

"当你开始生活的新阶段时，请跟随你的爱好。如果你没有爱好，就去找，找不到就不罢休。生命太短暂，所以不能空手走过，你必须对某样东西倾注你的深情。"

这是网传的诺贝尔物理学奖得主，美国能源部前部长，哈佛大学荣誉博士朱棣文在哈佛大学给学生们演讲中的一段话。他告诉听他演讲的学生，自己像他们这么大时，目标是非成为物理学家不可。

结果就像他说的，不仅成了物理学家，而且还是顶级的物理学家。

没有爱好的人，生活要多无趣有多无趣，生命要多无味有多无味。古人说相由心生，所以明人袁中郎曾恨恨地说，没有癖好的人连面目都是可憎的。所以，清人张潮会认为无癖的人不可交。

人生行走几十年，回头望望，深以为然。

2019 年 6 月 3 日

不能错过

今日夏至,原以为会像昨日那样热且有些闷。没想到太阳公公今天轮休,预报的雨也迟迟没到,不太热也不太晒。

讲了一上午的课,午饭后回程。

今天汽车尾号限行,没法开车,早上匆忙地赶公交地铁,一路小跑。这会儿,不用心急,可以溜达着去坐地铁。

不用急着赶路的时候,从容。

心情不错,走在街上,左顾右盼,原来街面上有这么多有特色的店铺、很有创意的招牌。一家馆子的墙面上画满了比真人还高大的老北京人,还有传统的吃食;穿着高跟鞋,长发飘飘的靓女打着洋伞刚好走到那壁墙边,好有趣的画面……早上我走的也是这条路,而且是走过很多次的路,竟没发现这路边有这么文青范儿的店面招牌。过条马路,像换了个世界,绿树掩映的深宅门对着街,门里神秘,门外安静。

走着走着,除了路的方向熟悉,街边的景致都像是头回见到。

不由得又一次感叹:行走在路上,赶路要紧,放慢脚步也要紧。紧张和从容都是人生的节奏,破了哪个,都会差了调。不该错过的风景,不该错过的人和事,不能错过。

2019 年 6 月 21 日

难得的享受

窗外的青山是燕山的余脉,一层一层的山峦推向远方,葱翠铺满山脚,夕阳斜照,祥和澄明。据说此时百里外的京城中正狂风大作,暴雨如注。

夏日的天就是这样任性。

小时候,家总是挨着山,搬来搬去,山边山脚山坳,总觉得这个世界上,山是最普通常见的地貌。

长大后,离山越来越远,想爬爬山,还要特意地找时间、找机会特意着去,才知道住在山边也不是一件容易的事。

山在一般的城市里是一种稀缺的景观,成了建房子,卖房子人的一种噱头。

如今,偶尔住在山边,也成了一种难得的享受。比如此时,能于忙碌中抽身来到京城最西北的燕山脚下,也不是说来就来的,人于尘世中,不得已的事总是十之八九。

2019 年 7 月 2 日

王文英《逍遥游》

兰堂杂记（19）

师　恩

今天是教师节

不久前，朋友发来一个帖子《钱绍武致信李志敏：我的学生宫双华、王文英想入中书协，请您帮忙！》

其实，这帖子收录的是钱绍武先生的几封书信，而题目中说的那封信只是其中的一封，以此为名，是典型的标题党做派。

然这帖子勾起了光阴深处的记忆，那时的我们还很年轻，先生也正值壮年，记忆里全是温暖。

这封信的确是恩师钱绍武先生致李志敏先生（1925—1994）的。先生在信中把我们推荐给当时任北京书法家协会副主席的李志敏先生，希望能推荐我们加入北京书协，而非中国书法家协会。

这封信的时间大概是1984年的秋天，距今已三十多年了，所以书法家、篆刻家蔡大礼先生转发时，称为"掌故"。

彼时北京书法家协会刚成立不久，称为中国书法家协会北京分会。那时的我们已经参加过不少的比赛和展览，得过一些奖，感恩两位先生的提携、奖掖和帮助，1985年，我们如愿加入了北京书协。

钱绍武先生，当代大雕塑家、书法家，中央美术学院的教授，有许多脍炙人口的代表作，以历史人物居多；李志敏先生，当代民法专家、草书大家、北京大学教授，有人将他的草书与林散之先生并称为"南林北李"，遗憾先生早逝。

时光匆匆，转眼三十多年过去，这封信曾在网上被拍卖，当有人告诉我的时

左起：宫双华、钱绍武、王文英

候，拍卖已结束好久了，不知这封信最终流落在谁的手里，现又被晒出来，也算是人间的一桩美事吧。

这又让我想起了恩师钱绍武先生和李志敏先生，想起了旧时跟随先生们如沐春风的求学岁月。

我很幸运也很庆幸，这一生遇到了这样好的老师，生活待我不薄。

岁月如歌，师恩难忘。

今天是教师节，特别特别的想念恩师，祈愿老人家快乐幸福！也祈愿李志敏先生在天之灵能看到我们的努力和成绩。

这一天，问候着，也被问候着，感受着幸福快乐，也愿这感恩和快乐传递给每一个人。

2019年9月10日

忽 悠

包世臣，清朝中期的人，据说是北宋名臣包拯的后人。在书法上倡导碑学，写了部著作叫《艺舟双楫》，影响很大，有不少著名书法家都是他的学生，直到今天，常被书法人提起。

就是这样的一个人物，说起书法来，也不都是真知灼见，忽悠人的话，也没少说，不知道他的那些个学生是怎么跟着这样的老师学习的，还都个个成了材，只能说，彼时的人自律性很高。

书法执笔的方法自古就有很多种说法，包世臣认为要有意地想"握碎此管"，也就是说要用捏碎笔杆的力量去握笔。但凡浸淫笔墨久了的人，都有体会越是松弛，才越能写好字画好画。这不只是说，你有一个松弛的创作状态，执笔、用笔、用墨皆是如此。

所以，启功先生看到包氏的这句话，笑言这笔杆跟他有什么仇哇，他非要把笔杆捏碎了，捏碎了还写什么字呀！想必包世臣小时一定想逃学，老师让写字，他上来一捏，"我要捏碎此管！"他把笔管捏碎了，老师说你捏碎了，就甭写了。

幽默如启先生者，也没谁了。

可见，学习中读书很重要，但尽信书，就不可取了，要懂得思中学、学中思，自然就会甄别、会取舍。

2019 年 10 月 22 日

造 谣

继续说包世臣讲的那些个穿凿附会，忽悠人的事。

这一次说的是"书圣"王羲之爱鹅的故事。这"书圣"爱鹅的传说和他的书法一样的著名。

说到"书圣"爱鹅，包氏解释说，是因为这鹅的脖子是长的，脑袋上头还有一个包。王羲之手里拿着毛笔，食指往上拱着，拱着的食指很像鹅的脑袋上的那个包。

包氏故事讲到这份儿上，启功先生说，那就不是在讲写字了，那是在造谣了。

有多少这样的穿凿附会，忽悠了你。

2019 年 10 月 23 日

兰堂杂记（20）

都是马虎惹的祸

昨日立冬，满屏的刷着冬天的消息。心里一直惦记着抄首诗应景记时，这也是坚持好久的习惯，却一直忙，一直忙。

午夜忙完，看表还剩几十分钟就翻篇了，想着心里一直惦记的事，翻诗集裁纸，连抄几遍才觉有点意思，盖章拍照发圈，还剩几分钟。动作连贯得像个熟练工。

过了一会儿，刷圈惊现，想写的立冬诗，竟抄了首冬至诗。刚入冬，一疏忽一脚踏进了深冬。马上就有朋友留言了。

这样马大哈的事，不是头一回，但总想着是最后一回，可最后一回好像总有。

若我是个外科医生，或者是飞行员，或者火车调度员……真不敢想下去，再想下去不光后背出凉汗，心也会惊出毛病。

都是马虎惹的祸。

这一回该是最后一回了吧，下着决心，心里却还是没有底。老话说，江山易改，本性难移。这毛毛糙糙的毛病的确不是一日两日了。

今日忙完，终于抄了首古人的《立冬》诗。聊补昨日的缺憾。

冻笔新诗懒写，寒炉美酒时温。
醉看墨花月白，恍疑雪满前村。

2019 年 11 月 9 日

王文英《古人冬至诗》

印 证

书艺公社要举办"印证——第二回当代书家用印题跋邀请展",是个很有创意的展览。

自打中国书画遇着篆刻,印章便成了书画作品不可分割的一部分。是个书画家,都会有码起来比火车车厢还多的印章,即使这样,也没有谁会认为自己的印章够了,不再需要了。

书画家对印章的欲望,是没有够的。

当然不同的书画家对印章的要求和选择也是有差异的,大抵和他的书画水平相当。所以,这个展览有意思,且有看头。

第一回的这个展览不小心错过了,想着不能总与错过遇着,虽然忙乱,也还是留心着日子。

我用的印有自己刻的,也有名家大腕的,还有淘来的。这么多印,哪一个值得说说呢?

说实话,我几乎没费什么神就锁定了目标,有了下面的一段话:

眼前的这方印不是最好的,也不是出自名家的,但我喜欢且放在书桌后面书柜最显眼的地方。虽然一直没用,但上面的这句话是我喜欢的。

浮生半日闲。天天念叨，天天不得闲。不得闲里，依旧天天念叨着，就好像天天得闲了。

2019 年 11 月 26 日

明清建筑看韩国

下午的飞机到首尔，街上转了转，天擦黑又到了水原华城。华城的老城门离我们下榻的地方不远，来时的路上已经瞄见了，远看有点像京城的前门楼子。

晚饭后简单收拾了一下，就和大小两先生出门去逛，拐上大街，远远地看到灯火照明的城门楼。一路过去，街上行人很少，城门楼有楼梯可以上去。

上了城楼才发现还有城墙，蜿蜒着伸向远方，上面挂着的一串灯火像条金蛇，闪闪烁烁蜿蜒着远去，消失在黑暗里。

顺着一边的城墙走了一会儿，还是看不到头。问了度娘才知道，这个城墙全长五点五二公里。这会儿已经很晚，明天还要早起，看来今晚也只好作罢。回身转向城楼，才发现城墙上有女墙，还有好多个射击口，是为防御用的。

城楼也有瓮城，上面飞檐斗拱，雕梁画栋，样式的确像京城的前门楼子，色彩温和，以我喜欢的石青、石绿为主调，看得出有明朝建筑的影子。难怪坊间传说，想看唐宋的建筑去日本，看明清的建筑到韩国，还是很有道理的。

京城的前门楼子寻常人是上不去的，没想到在这里上了回城楼。城楼上只有我们仨人，上上下下、左左右右，看了个够。

水原华城是韩国京畿道水原市的一座城堡。朝鲜第二十二代王朝正祖大王为悼念他的父王，把父王的遗骸从扬州拜峰山移葬到当时朝鲜最好的风水宝地水原华山，随同迁移的还有拜峰山附近的邑城。于是，就有了水原华城，地位相当于陪都。

水原华城作为朝鲜王朝时期的陪都，有很深的历史意义，1997 年，被联合国教科文组织列为世界文化遗产。

今天上的这个城门楼叫长安门。"长安门"这名字也很中国化，可以遥想当年华夏文明的强盛，还有她的影响力。

长安门是水原华城四座大门中的北侧门，是正门，建于 1794 年。

从城楼上下来，不由地想国内这样的地方会不会圈起来，设个门岗，白日卖票，夜里关张。

国内流行"文化搭台，经济唱戏"。没有文化可搭台的地方，都会挖空心思，拉名人、编故事、找噱头。像这么白给的，又有世界文化遗产头衔的古迹，不用费事就能创收，有经济头脑的国人，怎么能放过呢。

2019 年 12 月 22 日

宅与困宅

很多很多年以前写过一篇《宅女》，写了乐"宅"的点滴，今天又想起来，是因为满屏晒着各种"宅"。

"宅"这事对我来说就是家常便饭，吃着顺口还舒服。所以，这不得不"宅"的日子，对我一如平常，该干吗还干吗，只是不能和亲朋好友随时聚会话话家常，有些小遗憾。

今天的"宅"，不同往日的"宅"。往日"乐宅"，心甘情愿；今天的"宅"，是"困宅"，不得不"宅"。"宅"得住，才能早些见曙光，快些送走瘟神，众人也好快些结束"宅"。

好在瘟神总有送走的一天，众人也有结束"宅"的一刻，我还会继续着"宅"，但也盼着结束"众宅"，好相见。

所以，在这个艰难的时刻，作为普通人，做好自己，就是对"抗疫"最大的贡献。

临池、读书、写点文字，好好吃饭，好好睡觉，养足精神，等待相见。

2020 年 1 月 26 日

雨生百谷

今日谷雨,春天老了,该开的花都开了,该结的果也都结了。傍晚的北京下了场雨,谷雨日下雨,对于农家来说,是大好的事情,一年的农事有指望了。

今年的谷雨不同于去年,也不同于以往。不只谷雨这样,从庚子年的第一个节气立春开始,六个节气了,一个春天都困在宅里,眼下,还继续着。

按说一个人困个三五月,没啥大不了的;可一群人,成千上万上亿的人困着,可不是个小事。

本来习惯热闹撒欢儿自由惯了的,冷不丁哪也不能去了,不能聚了,心还提了着,生计又难,还有国内国外轮番轰炸的各路消息,大神跳着,小神也不闲着,就连平日里只关心自家灶上事的,忽然间,觉悟了,天下事,操不完的心。一个火星子,燎原一大片。

素日里,你好、我好、大家好的铁哥们,因为这操碎了的心,吵掰了,友谊的小船说翻就翻。

没被这千般万般可恨可怖的新冠病毒打翻,却让这来路不明的各路小道消息炸翻,还像B超超出了各人的三观。

其实,这"困宅",只当是闭关修行,或者路上的驿站,这日子,原也不难过。可就是有些人像是喝海水长大,操不完的心,没一刻消停的;又像是机器人,会看会传,却不会究底,也不想究。还有些人脚下好像安了"二踢脚",见火星子就蹿;还有玻璃心的,说碎就碎。

这日子过的,竟像是被人刻意安排的,里面什么都可能有,就是没有自己。

谷雨了,雨生百谷,傍晚的天还下起了小雨。

2020 年 4 月 19 日